Grandes Aventuras

EL TULIPÁN NEGRO

Alejandro DUMAS

Forum

Dirección editorial: R. B. A. Proyectos Editoriales, S. A.

Título original: La Tulipe Noire
Traducción de F. Cabañas Ventura

Diseño de cubierta: Neslé Soulé
Primera edición en esta colección: agosto 1985
Depósito legal: M. 26.911-1985
ISBN 84-7574-434-6
ISBN 84-7574-248-3 (colección completa)
Printed in Spain - Impreso en España
Distribución: R. B. A. Promotora de Ediciones, S. A.
Travesera de Gracia, 56, ático 1.ª, 08006 Barcelona
Teléfonos (93) 200 80 45 - 200 81 89
Imprime: Gráficas Futura, Sdad. Coop. Ltda.
Villafranca del Bierzo, 21-23.
Pol. Ind. Cobo Calleja. Fuenlabrada (Madrid)

1. *Gratitud de un pueblo*

Era tal la animación y la alegría que reinaba en La Haya el 20 de agosto de 1672, que cualquiera, al recorrer sus calles, hubiera podido creer que en ella todos los días eran festivos. La Haya, capital de las Siete Provincias Unidas, con su parque frondoso, sus grandes árboles dando sombra a las casas góticas, los espejos de sus canales donde se reflejan los campanarios de cúpulas casi orientales, era una ola negra y roja de gente ansiosa e inquieta, que, con el puñal al cinto, el mosquete al hombro o el bastón en la mano, corría presurosa hacia el Buytenhoff, terrible prisión cuyas ventanas enrejadas pueden verse aún. Allí dentro consumía sus días Cornelio Witt, hermano del Gran Pensionario de Holanda, desde que el cirujano Tyckelaer lo acusara de asesinato.

Como que la historia de aquella época, y en especial la de 1672 en que se inicia esta novela, va unida a los dos nombres citados, nos vemos en la necesidad de referir al lector, aunque sea brevemente, el gran acontecimiento político que le sirve de marco.

Cuarenta y nueve años de edad contaba Cornelio Witt —Ruart de Pulten, es decir inspector de los diques de este país, ex burgomaestre de Dordrecht (donde había nacido) y diputado de los Estados de Holanda—, cuando el pueblo holandés, cansado de la República tal como la entendía el Gran Pensionario de Holanda Juan Witt, se volcó masivamente en favor del Estatuderato, abolido para siempre en Holanda por el «edicto perpetuo» impuesto por Juan Witt a las Provincias Unidas.

Como que el pueblo ve siempre a un hombre detrás de cada principio, los holandeses adivinaron que, tras la República, estaban las severas figuras de los hermanos Witt. Estos rehusaban complacer las aspiraciones populares y defendían heroicamente una libertad sin licencia y una prosperidad sin nada superfluo. Detrás del Estatuderato, el pueblo veía la frente inclinada, grave y reflexiva del joven Guillermo de Orange, que por más de un concepto recordaba a su ilustre antepasado, conocido en la historia como *el Taciturno,* mote que le dieran sus contemporáneos.

Veían los dos hermanos Witt que la influencia de Luis XIV de Francia en Europa se acrecentaba de un modo alarmante y acababan de sentir todo su poderío sobre Holanda por el éxito de aquella maravillosa campaña del Rhin que tan bien había sido ilustrado por el conde de Guiche y cantado por Boileau.

Luis XIV era enemigo de los holandeses, los cuales le insultaban y se mofaban de él, aunque casi siempre fuera por boca de franceses refugiados en Holanda. El orgullo nacional había hecho de él un Mitrídates de la República. Existía pues, confabulado contra los Witt, además de la energía con que desde el poder habían reprimido a la nación, el cansancio natural de todo pueblo vencido, que, cuando cree que existe otro jefe que puede salvarlo de la ruina y la vergüenza, aumenta aún más.

Este otro jefe, dispuesto a dar la cara y a luchar con Luis XIV, era Guillermo, príncipe de Orange, hijo de Guillermo II y nieto del rey Carlos I de Inglaterra; era aquel joven taciturno, cuya sombra se adivinaba ya detrás del Estatuderato.

El príncipe de Orange tenía sólo 22 años en 1672. Juan de Witt su preceptor, se había propuesto hacer de él un buen ciudadano, y movido por su amor patrio, superior al cariño que sentía por su discípulo le arrebató por el «edicto perpetuo» la esperanza del Estatuderato. Pero Dios se ríe de las aspiraciones de los hombres que pretenden hacer y deshacer los negocios de la tierra sin consultar al Rey del Cielo; y, por el capricho de los holandeses y el terror que inspiraba Luis XIV, la política del Gran Pensionario acababa de experimentar un notable cambio: el «edicto perpetuo» se abolió y se reestableció el Estatuderato a favor de Guillermo de Orange, a quien le aguardaban afortunados designios providenciales en el futuro.

Juan Witt se sometió a la voluntad de sus conciudadanos; pero su hermano se mostró más reticente, y, pese a las amenazas de muerte de los orangistas —que le asediaron en su casa de Dordrecht—, se negó a suscribir el acta que restablecía el Estatuderato.

Las súplicas de su mujer, que le imploraba bañada en lágrimas, decidiéronle, al fin, a firmar; pero no lo hizo sin agregar a su nombre estas dos letras: V. C. *(Vi coactus)* [1].

---

1. Obligado por la fuerza.

Aquel día se libró milagrosamente de los golpes de sus enemigos.

Juan Witt, que se sometió muy pronto y fácilmente a la voluntad de sus conciudadanos, salió peor librado, ya que unos días después fue cosido a puñaladas y no murió por poco.

Los orangistas no se dieron por satisfechos. Como que la existencia de los dos hermanos era un obstáculo insalvable para materializar sus planes, cambiaron de táctica y pretendieron conseguir mediante la calumnia lo que el puñal no había logrado.

No siempre, en los momentos más difíciles, se encuentra al alcance de la mano de Dios a un hombre capaz de realizar una valerosa acción, y cuando surge providencialmente, la Historia lo registra de inmediato y lo emplaza a la admiración de la posteridad.

Sin embargo, cuando interviene el diablo en las cuestiones humanas, para fulminar una existencia o para derrocar un imperio, en seguida encuentra a algún miserable dispuesto a realizar su obra.

El miserable que entonces realizó los propósitos del genio del Mal se llamaba, como hemos dicho, Tyckelaer, y ejercía la profesión de cirujano.

Aquel infame declaró que Cornelio Witt, desesperado —como lo demostró con su pertinaz resistencia— por la abolición del «edicto perpetuo», e impulsado por el odio que sentía hacia Guillermo de Orange, encargó a un asesino que librase a la República del nuevo Estatúder; y este asesino tenía que ser él, Tyckelaer, pero, sinceramente arrepentido, decidió delatar el crimen.

La noticia del complot produjo un extraordinario impacto entre los orangistas. El procurador fiscal ordenó la prisión de Cornelio, en su casa, el 16 de agosto de 1672; el Ruart de Pulten, el noble hermano de Juan Witt, fue sometido, en una sala del Buytenhoff, al tormento preparatorio destinado a arrancarle, como a los peores criminales, la confesión del supuesto atentado contra Guillermo.

Pero Cornelio tenía no sólo una inteligencia privilegiada sino también un gran corazón. Pertenecía a la raza de los mártires políticos que, como los poseídos por la fe religiosa, sonríen en el tormento. Durante la tortura recitó con voz clara y firme entonación la primera estrofa del *Justum et tenacem*, de Horacio. No confesó nada, y logró vencer la fuerza y el fanatismo de sus verdugos.

Los jueces, sin embargo, absolvieron a Tyckelaer y dictaron contra Cornelio una sentencia por la cual se le exoneraba de todos sus cargos y dignidades, se le condenaba en costas y se le expulsaba para siempre de la República.

Esta sentencia dictada contra un inocente y un gran ciudadano satisfizo en parte los deseos del pueblo, por cuyos intereses tanto había trabajado Cornelio Witt. Sin embargo, no era suficiente.

Los holandeses excedían a los atenienses, que tan grande reputación de ingratitud dejaron. Estos se habían dado por satisfechos desterrando a Arístides.

Juan Witt, tan pronto como oyó los primeros rumores de la acusación contra su hermano, se apresuró a dimitir de su cargo de Gran Pensionario. También su amor al país era «dignamente recompensado». Al retirarse a la vida privada, no se llevaba más que disgustos y heridas, único provecho que generalmente suelen obtener las personas honradas, «culpables» de trabajar en beneficio de los demás, olvidándose de sí mismos.

Mientras tanto, Guillermo de Orange esperaba

—apresurando el acontecimiento por todos los medios a su alcance— a que el pueblo de quien era ídolo le construyera, con los cuerpos de los dos hermanos, los escalones que necesitaba para ascender al Estatuderato.

El 20 de agosto de 1672 —como ya hemos dicho al empezar este capítulo—, toda la población corría al Buytenhoff para presenciar la salida de la prisión de Cornelio Witt camino del destierro, y para ver las huellas del dolor sobre el rostro de aquel hombre que tan bien conocía la vida y obras de Horacio.

Añádese a esto que aquella inmensa muchedumbre que se dirigía al Buytenhoff, no sólo iba a presenciar un espectáculo, sino que muchos de ellos aspiraban a representar un papel, o mejor dicho, a sustituir a un funcionario que, a juicio de ellos, no había desempeñado bien su misión.

Aludimos a la misión de verdugo, obviamente.

Había también otros espectadores, cuyas intenciones eran menos hostiles, ya que sólo aspiraban a presenciar un espectáculo siempre atractivo para la multitud, la cual, instintivamente se enorgullece de ver caído a quien durante un tiempo ha sido poderoso.

Iban a ver, decían, a Cornelio Witt, a aquel hombre valeroso que había estado encerrado y sufrido toda clase de vejaciones; iban a verle pálido, ensangrentado y lleno de vergüenza. ¿Podía imaginarse triunfo más completo para aquella burguesía más envidiosa aún que el pueblo y con cuyo triunfo todo buen burgués de La Haya debía identificarse?

Los agitadores orangistas, diestramente camuflados entre la multitud, pretendían manejarla como un instrumento cortante y contundente a la vez. Preguntaban: «¿No habrá desde el Buytenhoff hasta la puerta de la ciudad una ocasión propicia para arrojar un poco de barro y hasta algunas piedras a este Ruart de Pulten que sólo entregó *vi coactus* el Estatuderato al príncipe de Orange y pretendió hacerle asesinar?»

Y agregaban aquellos feroces enemigos de Francia: «Si esto se hace bien y se muestra arrojo en La Haya, no marchará al destierro Cornelio Witt, ya que, estando fuera, reanudaría toda sus intrigas con Francia, para vivir a expensas del marqués de Louvois, él y su malvado hermano Juan.»

Es fácilmente comprensible que así dispuestos los ánimos, los espectadores en vez de andar corrieran; de ahí que los habitantes de La Haya fueran tan de prisa hacia el Buytenhoff.

Entre los más impacientes, distinguíasc el «honrado» Tyckelaer, proclamado por los orangistas como héroe de probidad, de honor patrio y de caridad cristiana.

Refería aquel canalla —revistiéndolas con todas las galas de su ingenio y todos los recursos de su imaginación— las tentativas que Cornelio Witt había hecho contra su virtud, las cantidades que le había ofrecido y la trama diabólica que le había preparado.

Y cada frase de su relato, que el pueblo escuchaba ávidamente, arrancaba gritos de amor entusiasta en favor del príncipe Guillermo, y manifestaciones de ciega cólera contra los hermanos Witt.

Las gentes insultaban a aquellos jueces inútiles, que dejaban escapar sano y salvo a un criminal tan peligroso como Cornelio.

Algunos repetían en voz baja:

—¡Va a huir! ¡Se nos escapa!

A lo que otros añadían:

—Un buque francés le está esperando en Scheweninger. Tyckelaer lo ha visto.

—Seguro —decía una voz— que tras la liberación de Cornelio, su hermano Juan, otro traidor, seguirá sus pasos.

—Y los dos pillos vivirán en Francia a expensas de nuestro dinero; del dinero de nuestros barcos, de nuestros arsenales, de nuestros astilleros, que fueron vendidos a Luis XIV.

—¡No debemos dejarles marchar! —gritaba un patriota más osado que los demás.

—¡A la cárcel! ¡A la cárcel! —repetía la muchedumbre.

Estos gritos enardecían a los ciudadanos, cada vez más impacientes; se preparaban los mosquetes, relucían las hachas y los ojos despedían chispas.

Pese a todo, los ánimos aún estaban contenidos, y la formación de jinetes que vigilaba los alrededores del Buytenhoff, con su actitud fría, impasible, silenciosa, era por su misma tranquilidad más amenazadora aún que la vociferante muchedumbre; los soldados permanecían inmóviles, atentos a la mirada de su jefe, un capitán de caballería de La Haya, el cual apoyaba la punta de su espada desenvainada en el ángulo del estribo.

El silencio y la gravedad de aquella tropa, única defensa de la cárcel, no sólo contenía a las desordenadas y enfurecidas masas, sino también a un destacamento de milicia urbana que se había situado frente al Buytenhoff para reforzar la tropa y que se había unido al pueblo al sedicioso grito de:

—¡Viva Orange! ¡Mueran los traidores!

La presencia de los soldados del capitán Tilly parecía frenar los impulsos de aquellos ciudadanos armados; pero envalentonados por sus propios gritos y excitados por el silencio cobarde de los soldados de a caballo, se dirigieron a la cárcel, arrastrando tras de sí a la enfebrecida masa.

Al ver esto, el conde de Tilly les salió al paso y con la espada en alto y el entrecejo fruncido, les preguntó:

—¿Qué pretendéis con vuestra actitud?

Los milicianos agitaron los mosquetes y repitieron una y otra vez:

—¡Viva Orange! ¡Mueran los traidores!

—Lo de viva Orange, pase —respondió el conde de Tilly—, aunque personalmente prefiero las actitudes pacíficas a las de hostilidad. Mueran los traidores, si queréis, siempre que no pase de meras palabras. Así que gritad hasta perder la voz: «Mueran los traidores», pero en el momento en que pretendáis darles muerte, yo que estoy aquí para eso, lo impediré por todos los medios.

Y dirigiéndose luego a sus soldados les ordenó:

—¡Preparen las armas!

Los soldados de Tilly obedecieron como un solo hombre, haciendo retroceder a milicianos y paisanos en total desbandada, cosa que hizo sonreír al jefe de caballería.

—¡Ea, ea, tranquilcs! —exclamó burlonamente con el tono propio de los militares—, nada temáis, mis soldados no dispararán un solo tiro; pero vosotros tampoco daréis un paso más hacia la cárcel.

—¿Ignoráis, señor oficial, que nosotros también usamos mosquetes? —preguntó colérico el comandante de los milicianos.

—¡Demonios! Los estcy viendo —repuso Tilly—, bastante los hacéis relucir a nuestra vista; pero no olvidéis que nosotros tenemos además pistola y que la pistola alcanza admirablemente a una distancia de cincuenta pasos y vosotros no os encontráis más que a veinticinco.

—¡Mueran los traidores! —gritó la compañía de milicianos.

—¡Siempre con la misma cantinela! ¡Sois unos pesados!

Y se puso nuevamente al frente de su tropa, en tanto que el tumulto aumentaba en torno al Buytenhoff.

Sin embargo, el pueblo, enardecido, ignoraba que mientras olfateaba la sangre de una de sus víctimas, la otra, como si tuviera prisa por seguir su misma suerte, pasaba a cien pasos de la plaza, detrás de los grupos y de la caballería, en dirección al Buytenhoff.

Efectivamente, Juan Witt acababa de apearse de un carruaje, y cruzaba parsimoniosamente el zaguán de la cárcel.

Había dado su nombre al carcelero, aunque éste ya le conocía. Le dijo:

—Buenos días, Gryfus. Vengo a buscar a mi hermano Cornelio, a quien, como sabes, han condenado al destierro, para llevármelo fuera de la ciudad.

El carcelero, especie de oso adiestrado en cerrar y abrir la puerta de la cárcel, le saludó y le permitió la entrada al edificio cuyas puertas se cerraron detrás de él.

A los pocos pasos le salió al encuentro una hermosa muchacha de unos diecisiete o dieciocho años, ataviada con un traje de frisona [1] y le saludó con una graciosa reverencia.

Juan Witt le acarició la barbilla, diciéndole:

—Buenos días, Rosa. ¿Cómo se encuentra mi hermano?

---

1. **Natural de Frisa, provincia de Holanda.**

—¡Ay, señor Juan! —respondió la joven—. No es el mal que le han causado el que me inspira temor, porque ése ha pasado ya.

—¿Pues qué temes entonces, encantadora niña?

—Temo el mal que pretenden hacerle.

—Ah, ya —dijo Witt—, ese pueblo.

—¿Lo estáis oyendo?

—Muy agitado está, efectivamente; pero como sólo hemos procurado por su bien, cuando nos vea el pueblo se calmará.

—Por desgracia, hacer el bien, es muchas veces perjudicial —replicó la joven.

Un gesto imperativo de su padre el carcelero, obligó a la joven a separarse de Juan Witt, quien dijo:

—Tal vez tengas razón, hija mía.

Y al reanudar su marcha, se dijo para sí: «He aquí una muchacha que con toda seguridad no sabe de letras y, por consiguiente no habrá leído ningún libro; mas con una sola frase ha resumido toda la historia de la Humanidad.»

Y tranquilo como siempre, aunque con cierta pesadumbre, el Gran Pensionario se dirigió al calabozo de su hermano.

2. *Juan y Cornelio Witt*

Rosa no estaba equivocada en sus presentimientos. Mientras Juan Witt subía la escalera de piedra que daba acceso al calabozo de su hermano Cornelio, las gentes armadas se esforzaban por mantener alejada a la tropa de Tilly, cuya presencia era una amenaza.

Cuando el pueblo se dio cuenta de las intenciones de sus milicias gritó con fuerza:

—¡Vivan las milicianos!

El conde de Tilly, tan prudente como enérgico, parlamentaba con los civiles armados, mientras, su escuadrón permanecía alertado. Intentaba explicarles del mejor modo posible que la orden que tenía de los Estados era la de vigilar con sus tres compañías la plaza de la cárcel y sus inmediaciones.

—¿Y por qué se ha dictado esa orden? ¿Por qué se ha de vigilar la cárcel? —vociferaban los orangistas.

—¡Oh! —exclamó el señor de Tilly—. No puedo contestaros a esa pregunta. Sólo sé que me han dicho: «Vigilad la cárcel», y eso hago. Vosotros, señores, casi ya militares, no podéis ignorar que una orden de un superior jamás se discute.

—Entonces, ¿os han dado esa orden para que los traidores puedan salir de la ciudad?

—Bien podría ser, puesto que a los traidores no se les ha impuesto otra pena que la del destierro —respondió Tilly.

—¿Pero quién ha ordenado eso?

—Los Estados.

—Los Estados nos traicionan.

—Eso a mí no me incumbe.

—Y vos también cometéis traición.

—Está bien, hablemos claro, señores. ¿A quién hago traición? ¿A los Estados? No los traiciono, porque, estando a sus órdenes, cumplo puntualmente lo que me ordenaron.

Y, después, dada la imposibilidad de rebatir aquellos argumentos, se redoblaron los clamores y amenazas de las gentes; clamores y amenazas a las que el conde imperturbable contestaba cortésmente:

—Señores milicianos, hagan el favor de desarmar sus mosquetes; podría dispararse alguno casualmente y herir a alguno de mis soldados, cosa que sentiríamos mucho, ya que por cada uno de los nuestros, caerían cien de los vuestros, y ni unos ni otros queremos que ello ocurra, ¿verdad?

—A la menor provocación vuestra —dijeron los milicianos—, dispararemos contra vosotros.

—Sí, pero aunque nos mataseis a todos, antes vosotros dejaríais de existir; muertos seríais.

—Cedednos la plaza y nos convenceréis que sois un buen ciudadano.

—Para empezar, no soy ciudadano —dijo Tilly—, sino militar, lo cual no es lo mismo. Tampoco soy holandés como vosotros, sino francés, lo cual implica una diferencia aún mayor. No reconozco, por lo tanto, más que a los Estados, que son los que me pagan. Traedme pues una orden de los Estados para que os entregue la plaza, y al momento me veréis emprender la retirada.

—¡Sí! —corearon mil voces—. ¡Vamos al Parlamento! ¡Vamos en busca de los diputados!

—Eso es —dijo Tilly al ver que los más exaltados se alejaban de allí—. Reclamad una infamia como ésta a los del Parlamento y veréis si os escuchan; id, amigos míos, id.

El digno oficial confiaba en el honor de los magistrados, quienes a su vez confiaban en el honor de aquel militar.

—Bien está, capitán —murmuró al oído del conde su ayudante— que los diputados rechacen la petición de esos revoltosos; pero creo que harían bien en enviarnos algún refuerzo.

Mientras tanto, Juan Witt —a quien dejamos subiendo las escaleras de piedra—, tras haber conversado con el carcelero Gryfus y su hija Rosa, había llegado a la puerta del calabozo, donde yacía sobre un colchón su hermano Cornelio, a quien ya le habían aplicado los tormentos preparatorios.

Al sentenciársele a destierro, el tormento extraordinario quedó sin efectos.

Cornelio estaba tumbado en su lecho, con las muñecas y los dedos quebrantados, sin haber confesado el crimen que se le imputaba. Al fin, después de tres días de padecimiento, podría descansar, al enterarse que los jueces, de quienes esperaba la muerte, se daban por satisfechos condenándole el destierro.

Su fortaleza física y su entereza de alma habrían desconcertado a sus torturadores cuando en las sombrías profundidades del calabozo del Buytenhoff hubiesen visto resplandecer en su pálido rostro la sonrisa del mártir capaz de olvidarse de las miserias humanas y poner sus ojos en los divinos resplandores del cielo.

El Ruart, haciendo gala de una voluntad irreductible, había recuperado todas sus fuerzas y se entretenía calculando el tiempo que le obligarían aún a permanecer en la cárcel las formalidades de la justicia.

Justo en ese instante el clamor de la milicia y del pueblo se levantaban contra los dos hermanos, increpando al capitán Tilly por protegerles. Aquel ruido, como una marea creciente que se estrellaba contra los muros de la cárcel, llegó hasta el prisionero.

Pero, pese al tono amenazante de aquellos gritos, Cornelio no se inmutó y ni tan siquiera se tomó la molestia de mirar a través de la ventana enrejada, por donde se infiltraba la luz y los ruidos del exterior.

Tantas horas de sufrimiento casi le habían familiarizado con él. Se sentía tan próximo a liberarse de las ataduras corporales, que creía flotar ya fuera de la materia, como hace la llama sobre una hoguera casi extinguida al elevarse hacia el cielo.

Pensaba también en su hermano.

Era su proximidad la que (por los misterios desconocidos que la parapsicología ha revelado después) se dejaba sentir. Cuando Cornelio tenía tan presente en el pensamiento a su hermano que casi murmuraba su nombre, la puerta se abrió y entró. Se precipitó hacia su lecho y el prisionero extendió sus doloridos brazos y sus manos vendadas hacia el noble patricio a quien había conseguido superar, no en servicios prestados al país, sino en el odio que los holandeses le profesaban.

Juan besó con ternura la frente de su hermano y colocó delicadamente sobre el colchón sus manos enfermas.

—Cornelio, ¡pobre hermano mío! —murmuró—; os hacen sufrir mucho. ¿No es cierto?

—Vuestra presencia, hermano mío, ha calmado todos mis dolores.

—¡Ah!, mi querido Cornelio, soy yo el que sufre viéndoos en tal estado; os lo aseguro.

—También yo he pensado en vos más que en mí mismo, y mientras me atormentaban, sólo me quejé una vez diciendo: «¡Pobre hermano mío!» Pero estáis aquí; olvidémoslo todo. ¿Venís a buscarme, no es cierto?

—En efecto.

—Entonces, estoy curado. Ayudadme a tenerme en pie, y veréis lo bien que ando.

—No necesitaréis caminar mucho, mi carruaje está en el Vibero, detrás de los soldados de Tilly.

—¿Los soldados de Tilly? ¿Es que se encuentra en el Vibero?

—Se supone —dijo el Gran Pensionario sonriendo tristemente— que los habitantes de La Haya querrán vernos partir, y se teme que ocurra algún incidente.

—¡Un incidente! —exclamó Cornelio mirando fijamente a su hermano—. ¡Un incidente!

—Sí, Cornelio.

—Entonces ése era el ruido que oí hace un momento —dijo el prisionero, como hablando consigo mismo. Y dirigiéndose a su hermano añadió—: ¿También hay gente en el Buytenhoff?

—Sí, hermano mío.

—En ese caso, para llegar hasta aquí...

—¿Qué?

—¿Cómo habéis pasado?

—Ya sabéis que no nos quieren mucho, Cornelio —dijo el Gran Pensionario con tono amargo—; he venido por las calles menos concurridas.

—¿Os habéis ocultado, Juan?

—Deseaba llegar hasta vos lo antes posible, y he hecho lo que se hace en política y en el mar cuando el viento es contrario: he venido bordeando.

En aquel momento el clamor de la plaza llegó con mayor intensidad hasta allí. Tilly estaba conferenciando con la milicia urbana.

—¡Oh, sí! —exclamó Cornelio—, sois un gran piloto; pero dudo que podáis sacar a vuestro hermano del Buytenhoff en medio de esta marejada y sobre los rompientes populares, tan felizmente como condujisteis la escuadra de Tramp a Amberes a través de los bajíos de Escalda.

—Dios nos prestará ayuda, Cornelio; probaremos al menos —replicó Juan—; pero antes oídme.

—Decid.

Los clamores resonaron más intensamente.

—¡Cielo Santo! —prosiguió Cornelio—. ¡Qué furiosa está esa gente! ¿Es contra vos, o contra mí?

—Contra los dos, Cornelio. Los orangistas nos acusan, entre otras innobles calumnias, de haber negociado con Francia.

—¡Valientes majaderos!

—Sí; pero eso es lo que nos recriminan.

—¿Ignoran acaso que si esas negociaciones hubiesen tenido éxito se hubieran evitado las derrotas de Recs, de Orsay, de Vesel y de Rheinberg; el paso del Rhin no habría tenido lugar, y Holanda podría seguir considerándose inexpugnable en medio de sus pantanos y canales?

—Eso es indudable, hermano. También es cierto que de existir en estos momentos nuestra correspondencia con el señor de Louvois, por buen piloto que yo fuese, no podría salvar el débil esquife en que los Witt y su fortuna van a salir de Holanda. Esa correspondencia, que probaría a las personas sensatas mi amor a la patria y los grandes sacrificios personales que me comprometía a realizar por su libertad y gloria, en manos de los orangistas, nuestros vencedores, sería nuestra total perdición. Espero, querido Cornelio, que la habréis reducido a cenizas antes de salir de Dordrecht para reuniros conmigo en La Haya.

—Hermano mío —respondió Cornelio—, vuestra correspondencia con el señor Louvois es fiel testimonio de que habéis sido, en los últimos años, el ciudadano más grande, más generoso y más inteligente de las Siete Provincias Unidas. Amo la gloria de mi país, pero ante todo, amo vuestra gloria personal, y me he guardado muy bien de destruir esa correspondencia.

—Entonces estamos completamente perdidos. Ese testimonio de mi gloria, como vos le llamáis, será nuestra perdición —repuso con tranquilidad el Gran Pensionario, acercándose a la ventana.

—Al contrario, Juan; nos proporcionará al mismo tiempo la libertad del cuerpo y la reivindicación de la popularidad.

—¿Qué habéis hecho con esas cartas?

—Las he confiado a mi ahijado Cornelio Baerle, que reside en Dordrecht, y a quien ya conoces.

—¿A esa inocente y pura criatura las habéis confiado?; a ese sabio que sabe tantas cosas y que no piensa más que en las flores que alaban al Señor y al Señor que hace nacer las flores. Siento deciros, hermano mío, que ese desgraciado Cornelio está perdido.

—¿Perdido?

—Sí, porque o se es fuerte o se es débil en esta vida, y si Cornelio es de los fuertes, por ajeno que viva a nuestra desgracia (aunque viva siempre sepultado en Dordrecht), llegará a tener que afrontarla más tarde o más temprano. Si es débil, tendrá miedo a nuestra intimidad; si es fuerte, publicará el secreto; en el primer caso, se lo dejará arrebatar. Por consiguiente, tu ahijado de cualquier modo está perdido, y nosotros también; así que, huyamos lo antes posible mientras podamos.

Cornelio se incorporó de su lecho y estrechó la mano de su hermano que, al contacto del lienzo, se estremeció y dijo:

—¿Creéis que mi ahijado es un enigma para mí? ¿Creéis que no leo sus pensamientos y que desconozco los sentimientos de su alma? ¿Me preguntáis si es débil o fuerte? Pues ninguna de las dos cosas. ¿Pero qué importa lo que sea? Lo principal es que guardará el secreto, ya que él mismo lo desconoce.

Juan hizo un gesto de sorpresa.

—¡Oh! —prosiguió Cornelio sonriendo irónicamente—. El Ruart de Pulten es un político educado en la escuela de Juan Witt. Vuelvo a decíroslo, hermano mío, Cornelio Baerle ignora la naturaleza y el valor del depósito que le he confiado.

—¡Entonces, de prisa! —exclamó Juan—, todavía estamos a tiempo, ordenémosle que queme el legajo.

—¿Y quién ha de llevarle esa orden?

—Mi criado Craeke, que venía para escoltarnos a caballo y que está aquí en la cárcel conmigo para ayudaros a bajar la escalera.

—Antes de quemar esos títulos de gloria, pensadlo bien, Juan.

—Pienso, mi buen Cornelio, que antes que nada los hermanos Witt deben salvar la vida para salvar su reputación. Si morimos, ¿quién nos defenderá? ¿De quién nos habremos hecho entender?

—¿Estáis seguro que de apoderarse de esos documentos nos matarían?

Juan, sin responder a su hermano señaló con la mano en dirección al Buytenhoff, de donde procedían unos ruidosos voceríos.

—Sí, sí —repuso Cornelio—; oigo perfectamente esos clamores; pero ¿qué dicen?

Juan abrió la ventana y oyó que el pueblo gritaba: «¡Mueran los traidores!»

—¿Habéis oído, Cornelio?

—¡Y los traidores somos nosotros! —suspiró el prisionero mirando el cielo y encogiéndose de hombros.

—Nosotros —repitió Juan Witt.

—¿Dónde está Craeke?

—Supongo que en la puerta de este calabozo.

—Pues decidle que entre.

Juan abrió la puerta, en cuyo umbral aguardaba el fiel servidor.

—Venid, Craeke, y no olvidéis una sola palabra de lo que mi hermano os va a decir.

—Por desgracia, las palabras no bastan, Juan; necesito escribir.

—¿Por qué?

—Porque Cornelio Baerle no va a entregar ni a quemar las cartas sin una orden mía.

—Pero ¿podréis escribir? —preguntó Juan mirándole las manos quemadas y doloridas.

—¡Diablo, si tuviese pluma y tinta, lo veríais! —dijo Cornelio.

—Tengo un lápiz, algo es algo.

—¿Y papel? Porque aquí me han privado de todo.

—Esa Biblia; arrancad la primera hoja.

—Bien.

—¿Vuestra letra va a ser lo suficiente clara?

—Vais a ver —dijo Cornelio retando con la mirada a su hermano—. Estos dedos que han sufrido las torturas del verdugo y esta voluntad que ha vencido al dolor, van a unirse en un esfuerzo común, y os juro que la línea de escritura quedará trazada sin un solo temblor.

Efectivamente, Cornelio tomó el lápiz y escribió con firmeza.

Restallaron bajo el blanco lienzo las gotas de sangre que la presión de los dedos sobre el lápiz hacía brotar de las carnes abiertas. El Gran Pensionario sudaba copiosamente.

Cornelio escribió:

> Querido ahijado:
>
> Arrojad al fuego los papeles que os he confiado, procurando no leer su contenido para nada, con el fin de que permanezca desconocido incluso para vos. Los secretos como éstos matan a quien los posee. Quemadlo y salvaréis a Juan y a Cornelio.
>
> Adiós, y queredme.
>
> 20 de agosto de 1672
>
> CORNELIO WITT

Juan, con los ojos bañados en lágrimas, secó una gota de la noble sangre que había manchado el papel, se lo entregó a Craeke y regresó junto a Cornelio, que se hallaba próximo a desmayarse.

—Dentro de poco —dijo—, cuando mi fiel Craeke haga sonar su viejo silbato de contramaestre, desde más allá de los grupos de alborotadores, al otro lado del Vibero..., nosotros nos pondremos en marcha.

No habían transcurrido ni cinco minutos, cuando un prolongado y vigoroso silbido procedente del sombrío follaje de los olmos sobrevoló los clamores del Buytenhoff y llegó a los oídos de los hermanos Witt.

Juan elevó sus manos al cielo en señal de agradecimiento.

—Ahora —dijo—, ya podemos marcharnos, Cornelio.

3. *El discípulo de Juan Witt*

Mientras el griterío, cada vez más amenazador, del populacho congregado en el Buytenhoff, batía las gruesas paredes de la cárcel, y mientras Juan Witt preparaba la marcha de su hermano Cornelio, se desplazó —como ya indicamos— al Parlamento de la ciudad una delegación de vecinos, para solicitar la retirada de los soldados de Tilly.

La distancia existente entre el Buytenhoff y el Hoogstract era muy corta.

Un extranjero que había seguido los acontecimientos desde el principio con gran curiosidad, decidió añadirse a la delegación para enterarse cuanto antes de lo que iba a ocurrir.

Aquel extranjero de unos veintidós o veintitrés años y de aspecto un tanto enfermizo, debía tener sus buenas razones para desear que no lo conociesen, pues ocultaba su pálido y demacrado rostro bajo un pañuelo fino de Frisa, con el que se secaba la sudorosa frente y sus labios ardorosos. Con los ojos fijos de ave de rapiña, la nariz aguileña y larga, la boca fina y recta, cuyos labios semejaban una herida abierta, el joven extranjero hubiera podido ofrecer a Levater, caso de vivir entonces, un tema de estudio fisiológico, que, de entrada, no le habría resultado muy favorable.

¿Qué diferencia —se preguntaban los antiguos— hay entre el rostro de un conquistador y el de un pirata? La misma que existe entre un águila y un buitre.

La satisfacción o la zozobra son los sentimientos que los auspician.

Aquella fisonomía lívida, aquel cuerpo delicado y enfermizo que iba del Buytenhoff al Hoogstract detrás de la multitud rugiente, expresaba ambas actitudes; la imagen, o bien de un amo receloso o de un ladrón inquieto; y un agente de policía lo hubiera tomado seguramente por esto último, dado el cuidado con el que el joven extranjeros se ocultaba.

Vestía sencillamente y, si llevaba armas, no se le veían. Su brazo era delgado y nervudo. Sus manos eran blancas, finas y aristocráticas. Una de ellas se apoyaba en el hombro de un oficial que no había separado su mano de la empuñadura de la espada hasta que su compañero se hubo puesto en camino arrastrándolo consigo. Igualmente había contemplado todas las escenas del Buytenhoff con un interés fácilmente comprensible.

Cuando el hombre de pálida tez llegó a la plaza de Hoogstract, empujó al oficial hacia una contraventana abierta y miró ávidamente en dirección al balcón del Parlamento.

Ante el ensordecedor griterío de la muchedumbre, se abrió la ventana del Hoogstract y tras de ella apareció un hombre que empezó a discursear al pueblo allí congregado.

—¿Quién es? —preguntó el joven al oficial, señalándole con los ojos al orador, que muy conmovido se agitaba sobre la balaustrada, aunque más bien parecía estar inclinado sobre ella.

—Es el diputado Bowelt —respondió el oficial.

—¿Y quién es ese diputado Bowelt? ¿Le conocéis?

—Según mis informes, se trata de un noble individuo, monseñor.

El joven al oír el comentario sobre el carácter de Bowelt hizo un claro ademán de contrariedad. El oficial lo advirtió y se apresuró a añadir:

—Eso es lo que dicen de él, monseñor. Yo al no conocerle personalmente, nada puedo opinar.

—Un noble individuo —dijo el joven de tez pálida—. ¿Habéis querido decir noble individuo o individuo noble?

—Excusadme, mi señor; pero no sabría hacer esa distinción en un hombre a quien, vuelvo a repetir a Vuestra Alteza, sólo conozco de vista.

—Para saberlo —replicó el joven—, observemos su comportamiento.

El oficial asintió con un movimiento de cabeza.

—Si ese Bowelt es un noble individuo —dijo el joven al que el oficial llamaba Su Alteza—, no pondrá buena cara ante la petición que van a hacerle esos brutos.

Y el nervioso movimiento de su mano, que, incontrolada se agitaba sobre el hombro de su acompañante, traicionaba su mal disimulada impaciencia.

El jefe de la delegación preguntaba al diputado dónde se hallaban los demás políticos.

—Señores —repitió una vez más Bowelt—, ya os he dicho que sólo nos encontramos aquí el señor Asperen y yo, y no podemos responsabilizarnos de una decisión tan importante.

—¡Queremos la orden! —gritaron miles de voces.

Bowelt habló de nuevo; pero sus palabras apenas se oían, en tanto que sus brazos se agitaban en múltiples y desesperados gestos.

Convencido al fin de que no podría hacerse oír, se dirigió al interior del Parlamento para llamar al diputado Asperen.

Este no tardó en asomarse al balcón, donde fue recibido con gritos aún más fuertes que los que momentos antes habían acogido a Bowelt.

Sin arredrarse por ello se dispuso a calmar a la exaltada muchedumbre; pero ésta decidió forzar la guardia de los Estados —que se resistió como pudo ante aquella avalancha que se les echaba encima— antes que escuchar la arenga del diputado Asperen.

—Vamos —dijo con frialdad el joven cuando el pueblo se precipitaba a la puerta principal del Hoogstract—, va a deliberarse en el interior, coronel. Vamos a oír cuanto allí ocurre.

—¡No lo hagáis, monseñor!

—¿Por qué?

—Entre esos diputados hay muchos que han sostenido relaciones con vos, y bastaría que uno sólo reconociera a Vuestra Alteza para que...

—Sí, lo sé, para que me acusaran de ser el instigador de todo esto —le interrumpió el joven con las mejillas levemente coloreadas de vergüenza al haberse apresurado a exponer sus ideas—. Tenéis razón; pero permanezcamos a la expectativa. Desde aquí los veremos regresar con la autorización o sin ella, y además podremos saber si el señor Bowelt es un noble individuo o un individuo noble, cosa que me interesa averiguar.

—Pero, supongo —dijo el oficial mirando sorprendido a su interlocutor—, que Vuestra Alteza no estará pensando que los diputados ordenen retirar los soldados de Tilly.

—¿Y por qué no? —respondió con frialdad el joven.

—Porque eso supondría la sentencia de muerte para Cornelio y Juan Witt.

—Es imposible prever nada —respondió con la misma frialdad Su Alteza—, sólo Dios sabe lo que está ocurriendo en el corazón de los hombres.

El oficial miró a hurtadillas el impasible rostro de su vecino y palideció.

Aquel oficial era un noble individuo y un individuo de sangre noble al mismo tiempo.

Desde el lugar en que el joven pálido y su acompañante se encontraban podían oírse los clamores del pueblo al subir las escaleras del Parlamento.

Después, aquel ruido fue extendiéndose por la plaza desde las ventanas abiertas de aquella sala en cuyo balcón habían hablado a las gentes los diputados Bowelt y Asperen, los cuales, temerosos sin duda de que el pueblo los arrojase por encima de la balaustrada se habían refugiado rápidamente en el interior.

Luego, se vieron pasar por delante de aquellas ventanas unas sombras que se empujaban tumultuosamente.

El pueblo empezaba a invadir la sala de las Deliberaciones.

De pronto cesó todo ruido e inmediatamente volvió a estallar con mayor fuerza. El viejo edificio se removió en sus cimientos.

Por último aquella riada humana invadió las galerías y las escaleras hasta la puerta, bajo cuya bóveda desbordóse hacia la plaza, imparable cual una tromba.

Delante del primer grupo, volaba más bien que corría un hombre a quien una alegría diabólica transformaba horriblemente.

Se trataba del cirujano Tyckelaer.

—¡Ya es nuestra! ¡Ya es nuestra! —gritó, agitando un papel en el aire.

—¡Han conseguido la orden! —exclamó el oficial, con estupor.

—Ya he formado mi juicio respecto a Bowelt —dijo con impasibilidad Su Alteza—. Me he convencido de que no es ninguna de las dos cosas.

Y sin perder de vista a la muchedumbre que corría enloquecida delante de él, agregó:

—Vayamos al Buytenhoff, coronel. Intuyo que presenciaremos un extraño espectáculo.

El oficial bajó la cabeza y siguió mansamente a su jefe.

En la plaza y en las inmediaciones de la cárcel se había agolpado un gentío enorme. Los soldados de Tilly seguían conteniéndolo con relativa facilidad e igual firmeza que antes.

No tardó en oír el conde Tilly el creciente rumor de aquella oleada de hombres que se iba acercando y cuyos primeros embates pronto empezaron a sentirse como una catarata. Divisó también el papel que ondeaba en el aire sobre las manos crispadas y las armas resplandecientes.

—¡Oh! —dijo irguiéndose sobre su montura a su ayudante—, creo que esos miserables traen la orden.

—¡Cobardes! —gritó el teniente.

Efectivamente, aquel papel era la orden, que la compañía de la milicia urbana recibió con grandes gritos de alegría. Las vociferantes milicias se dirigieron con las armas bajas al encuentro de los soldados de Tilly.

Pero el conde, saliéndoles al paso les espetó:

—¡Alto! ¡Que nadie se ponga ante mis caballos, o de lo contrario mandaré avanzar!

—¡Traemos la orden! —gritaron cien voces estentóreas.

El conde quedó mudo de estupor. Tomó la orden y la recorrió rápidamente con la mirada. Luego, dijo en voz alta:

—Los que han dictado esta orden son los auténticos verdugos de Cornelio Witt. En cuanto a mí, no quisiera, por estas dos manos mías, haber escrito una sola letra de esta infamia.

Y rechazando con la empuñadura de su espada al hombre que pretendía arrebatar de sus manos aquel papel, añadió:

—¡Quieto! Un documento de esa clase tiene su importancia y merece ser conservado.

Dobló el papel y lo guardó cuidadosamente en el bolsillo de su casaca.

—¡Soldados de Tilly! —gritó luego dirigiéndose a su tropa—. ¡Por la derecha, marchen!

Y, a media voz, aunque procurando que sus palabras fuesen oídas por algunos, añadió:

—¡Ahora, asesinos, a vuestra obra!

Su marcha fue acogida con un indescriptible alboroto, mezcla de todos los rencores y de todas las descontroladas alegrías que fermentaban en el Buytenhoff.

Los soldados desfilaban con lentitud.

El conde se quedó rezagado para controlar hasta el último instante al populacho ebrio que iba invadiendo el terreno a medida que los soldados de Tilly lo iban abandonando.

Juan Witt no había exagerado el peligro cuando ayudaba a su hermano a levantarse y le instaba a marcharse cuanto antes. Cornelio, apoyado en el brazo del Gran Pensionario descendió la escalera hasta llegar al patio, donde Rosa, la hermosa hija del carcelero, estaba sumamente asustada.

—¡Ay, señor Juan! —dijo la joven—, ¡qué desgracia!

—¿Qué ha ocurrido? —preguntó Witt.

—Parece que han ido al Parlamento a solicitar la orden para que se retiren los soldados del conde de Tilly.

—¡Cielo santo! —dijo Juan—. Si se aprueba esa orden estamos perdidos.

—Si me permitís daros un consejo... —dijo tímidamente la joven.

—Podéis dármelo, hija mía. ¿Qué de extraño tendría que Dios me hablase por boca vuestra?

—Pues bien, os aconsejaría que no salierais por la calle principal.

—¿Y por qué no? ¿No permanecen en su puesto los soldados de Tilly?

—Sí, mientras no se disponga de lo contrario tienen la orden de permanecer delante de la cárcel.

—En efecto.

—¿Pero contáis con alguien que pueda acompañaros hasta las afueras de la ciudad?

—No, por qué lo decís?

—En ese caso, tan pronto como dejéis atrás a los jinetes de Tilly caeréis en manos del pueblo.

—¿No está la milicia urbana?

—La milicia urbana se ha unido a los revoltosos.

—¿Qué podemos hacer entonces?

—En vuestro lugar —dijo con vehemencia la joven—, yo saldría por la puerta secreta que da a una calle desierta, y mientras todo el mundo espera que salgáis por la calle principal, podréis llegar clandestinamente hasta la puerta de la ciudad por donde escaparéis hacia la libertad.

—Pero, mi hermano no está en condiciones de andar —dijo Juan.

—Trataré de hacerlo —protestó Cornelio con determinación.

—¿Habéis traído vuestro carruaje? —preguntó la joven.

—Sí, pero está situado muy cerca de la puerta principal.

—No temáis —dijo la joven—. He ordenado a vuestro fiel cochero que os esperara junto a la portezuela trasera.

Los dos hermanos se miraron sorprendidos, y sus miradas agradecidas convergieron en la joven.

—Ahora —dijo el Gran Pensionario—, necesitamos saber si Gryfus estará dispuesto a abrirnos la puerta.

—¡Oh, mi padre no lo permitirá de ningún modo! —dijo Rosa.

—¿Qué hacer entonces?

—Para salvar esa dificultad, mientras él se hallaba dialogando en la ventana de la cárcel con un soldado, yo he cogido la llave del manojo.

—¿La tenéis en vuestro poder?

—Aquí está, caballero Juan.

—Hija mía —dijo Cornelio—, nada poseo para recompensar vuestros impagables servicios, salvo la Biblia que encontraréis en mi calabozo. Este es el obsequio que os hace un hombre honrado y agradecido; espero que os traerá suerte.

—Gracias, señor Cornelio. La llevaré siempre conmigo —respondió la joven. Y acto seguido se dijo para sí con tristeza: «Es una desgracia no saber leer.»

—Los clamores van en aumento, hija mía —dijo Juan—; no debemos perder ni un segundo más.

—Seguidme —dijo Rosa con resolución; y por un pasadizo interior condujo a los dos hermanos al otro lado de la cárcel.

Los hermanos Witt guiados por la bella frisona descendieron por una escalera, atravesaron un pequeño patio de muros almenados, y franquearon la arqueada puerta ya al otro lado de la cárcel, en la calle desierta, frente al carruaje que les aguardaba presto a arrancar.

—¡Aprisa, aprisa, mis amos! ¿No oís? —gritó alertado por el vocerío el cochero.

El Gran Pensionario, una vez acomodado su hermano en el carruaje, se volvió hacia la joven y le dijo:

—Adiós, Rosa; las palabras no bastan para expresaros nuestra inmensa gratitud. Os encomendamos a Dios, quien, seguro que os compensará por haber salvado la vida a dos hombres.

Rosa tomó la mano que le extendía el Gran Pensionario y la besó respetuosamente.

—¡De prisa, subid! —dijo—. Están ya forzando la puerta.

Juan Witt subió precipitadamente, se sentó junto a su hermano y cerró la portezuela del carruaje, mientras decía:

—¡Al Tol-Hek, rápido!

El Tol-Hek era la puerta que franqueaba el pequeño puerto de Scheweningen. Allí, una pequeña embarcación les estaba esperando.

El carruaje, tirado por dos vigorosos caballos flamencos, partió velozmente con los fugitivos dentro.

Rosa los siguió con la vista hasta que doblaron la esquina de la calle.

Luego se volvió, cerró la puerta tras de sí y arrojó la llave en un pozo.

Aquel ruido, como bien había intuido Rosa, se trataba efectivamente del convulsionado pueblo, que, después de evacuar la plaza de la cárcel pretendía penetrar en el edificio por la fuerza.

Por maciza que la puerta fuera, y pese a la

tozuda resistencia que oponía Gryfus (hay que hacerle esta justicia) por impedir la entrada a los revoltosos, no resistiría por mucho tiempo. Cuando el carcelero se estaba preguntando si no sería mejor abrir la puerta a dejar que la rompieran, sintió que alguien tiraba suavemente de su ropa.

Se volvió y se encontró con su hija Rosa.

—¿Oís a esos salvajes? —le dijo.

—Los oigo, padre mío; pero yo, en vuestro lugar...

—Abriríais, ¿no es cierto?

—No, permitiría que destrozasen la puerta.

—Entonces me matarán.

—Sí, en caso de que os encuentren.

—¿Y cómo evitarlo?

—Ocultándoos.

—¿Dónde?

—En el calabozo secreto.

—¿Y vos, hija mía?

—Yo os acompañaré. Cerraremos la puerta una vez estemos dentro, y cuando abandonen la cárcel saldremos de nuestro escondite.

—¡Diablos! ¡Tenéis razón! —respondió Gryfus. Y añadió con orgullo—: Es maravillosa la sensatez de esta joven cabeza.

La puerta empezaba ya a ceder bajo el impulso de los revoltosos.

—Corramos, padre mío —exclamó Rosa abriendo una pequeña trampilla en el suelo.

—Pero ¿y qué será de nuestros prisioneros? —preguntó Gryfus.

—Dios no los abandonará —dijo la joven—; ahora permitidme que vele por vos.

Gryfus siguió a su hija y la trampilla se cerró sobre sus cabezas justo en el momento en que la puerta caía abatida por los asaltantes.

El calabozo por el que Rosa conducía a su padre, un calabozo secreto, ofrecía a ambos (a quienes vamos a abandonar por unos instantes) una guarida segura, pues sólo tenían conocimiento de ella las autoridades que en dicho calabozo encerraban a algunos de esos grandes criminales por quienes suelen temerse disturbios e incluso raptos.

El pueblo invadió la prisión al grito de:

—¡Mueran los traidores! ¡Al patíbulo con Cornelio Witt!

4. *El asesinato*

Con el rostro permanentemente oculto bajo las anchas alas del sombrero, sin dejar de apoyarse en el brazo del oficial que le acompañaba y con el pañuelo secándose la frente y los labios, aquel joven taciturno contemplaba desde un rincón del Buytenhoff, oculto en la sombra del cobertizo de una tienda, el espectáculo de aquella escena furiosa, próxima a un desenlace.

—¡Cielos! —exclamó de pronto—. Teníais razón, Deken; la orden firmada por los diputados es el equivalente a la sentencia de muerte para Juan y Cornelio. ¿Oís a ese pueblo? No puede negarse que siente un profundo odio hacia los hermanos Witt.

—Jamás —repuso el oficial—, jamás había oído un griterío semejante.

—Seguramente habrán localizado dónde está encerrado nuestro hombre. ¿No es aquélla la ventana del calabozo de Cornelio?

En aquel momento un hombre agarraba con fuerza la reja del calabozo de Cornelio y la sacudía violentamente.

—¡Maldición! —gritaba aquel hombre—. ¡No están aquí!

—¿Cómo que no? —vociferaron desde la calle

los que, al llegar rezagados, se encontraron con la imposibilidad de entrar en la cárcel, llena a rebosar.

—¡No está, no está! —repetía aquel hombre frenéticamente—. ¡Se ha fugado!

—¿Qué dice ese loco? —preguntó Su Alteza palideciendo por momentos.

—¡Oh! ¡Monseñor! Lo que dice sería una bendición si fuese verdad.

—En efecto, sería una bendición de ser cierto; pero, por desgracia, no lo será.

—Monseñor, mirad... —dijo el oficial.

Rostros furiosos y coléricos se asomaban entonces por las ventanas, chillando:

—¡Se escapó! ¡Le han dejado huir!

Y la multitud, desde la calle, repetía con reiterativa frustración:

—¡Se ha escapado!

—Vamos en su busca! ¡Persigámosle!

—Monseñor, por lo que se ve el señor Cornelio Witt ha logrado escapar —dijo el oficial.

—De la cárcel, mas no de la ira popular. Veréis, Deken, cómo encontrará la puerta de la ciudad cerrada.

—¿Creéis que habrán ordenado cerrar las puertas de la ciudad?

—No, ¿quién había de ordenar semejante cosa?

—¿Pues, por qué suponéis...?

—Hay fatalidades —respondió indolentemente Su Alteza—. Y los grandes hombres han sido a veces víctimas de esas fatalidades.

Estas palabras sentenciosas hicieron comprender al oficial que el prisionero se hallaba irremisiblemente perdido.

El griterío de las gentes aumentó hasta parecer un trueno, cuando se cercioraron que Cornelio Witt había escapado de la cárcel.

En efecto, Cornelio y Juan Witt, tras costear el Vibero, siguieron la calle principal que conducía al Tol-Hek, dando orden al cochero de aminorar el paso de los caballos para evitar sospechas.

Pero en cuanto el cochero divisó a lo lejos la verja y que, tras dejar la cárcel y la muerte, se abrían ante él la libertad y la vida, descuidó toda precaución y puso los caballos al galope.

De repente se detuvo.

—¿Ocurre algo? —inquirió Juan Witt a través de la portezuela.

—¡Ay, mis amos...! —exclamó el cochero—, ocurre... —y no pudo añadir nada más.

El terror le había hecho enmudecer.

—Vamos, acabad de una vez —dijo el Gran Pensionario.

—¡La puerta está cerrada!

—¿Cómo que está cerrada? No es costumbre cerrar la puerta durante el día.

—Podéis verlo con vuestros propios ojos.

Juan Witt sacó medio cuerpo fuera del carruaje y se convenció de que el cochero decía la verdad.

—Seguid adelante —dijo Juan—, llevo la orden de conmutación y el portero abrirá.

El carruaje reanudó la marcha; pero el cochero ya no arreaba a sus caballos con la misma alegría que lo había hecho hasta entonces.

Fatalmente, al asomarse Juan Witt por la portezuela del carruaje, un cervecero que estaba cerrando su negocio apresuradamente para irse a reunir con los demás en el Buytenhoff, le reconoció.

Gritó asombrado y se dirigió hacia otros dos hombres que iban delante suyo.

Cuando les hubo dado alcance les detuvo y les habló. Los tres observaron cómo se alejaba el carruaje, sin tener la certeza absoluta de quiénes eran los que lo ocupaban.

Mientras tanto el carruaje estaba llegando al Tol-Hek.

—¡Abrid! —gritó el cochero.

—¿Que abra? —dijo el portero saliendo de su casa—. ¿Y con qué voy a abrir?

—¡Con la llave, naturalmente! —respondió el cochero.

—Ya lo sé, pero para hacerlo se necesita tenerla.

—¿Qué queréis decir? ¿Que no tenéis la llave de la puerta? —preguntó el cochero.

—No.

—¿Y dónde la habéis dejado?

—Me la han robado.

—¿Quién?

—Seguramente alguien empeñado en que nadie salga de la ciudad.

—Amigo mío —dijo el Gran Pensionario sacando la cabeza por la portezuela y dispuesto a arriesgárselo todo a una sola carta—; la llave es para mí, Juan Witt, y para mi hermano Cornelio, a quien debo acompañar al destierro.

—¡Oh, caballero Witt, no podéis imaginaros cuánto lo siento! —dijo el portero acercándose al carruaje—; pero os juro por mi honor que me han robado la llave.

—¿Cuándo?

—Esta mañana.

—¿Recordáis cómo era el ladrón?

—Sí, era un joven de unos veintitantos años, pálido y demacrado.

—¿Y cómo os pudo arrebatar la llave?

—Traía una orden sellada y firmada.

—¿Firmada por quién?

—Por los diputados del Parlamento.

—Ya —dijo resignado Cornelio—, al parecer nuestra suerte está echada.

—¿Sabéis si se ha hecho lo mismo con todas las demás puertas de la ciudad?

—No, no lo sé.

—Sigamos —ordenó Juan al cochero—; Dios impone al hombre la obligación de seguir viviendo. Probemos con otra puerta.

Y tras dar la vuelta al carruaje, el cochero fustigó a los caballos.

—Gracias por vuestra actitud, buen hombre —dijo Juan al portero—. Con la intención basta; queríais salvarnos y ante los ojos de Dios es como si lo hubieseis hecho.

—¡Señor! —exclamó de pronto el portero—. ¡Mirad, mirad allá abajo!

—Necesitamos pasar a toda costa por entre aquel grupo de gentes —gritó Juan al cochero—. Coged la calle de la izquierda, es nuestra única salvación.

El grupo al que Juan Witt se refería estaba integrado por aquellos tres hombres que momentos antes se quedaron mirando al carruaje. Mientras Juan estaba hablando con el portero, se había ido engrosando paulatinamente.

Por sus adustos rostros mostraban claras intenciones de hostilidad hacia el carruaje y sus ocupantes.

Cuando vieron que los caballos se les venían encima al galope, desafiantes se pusieron en medio de la calle agitando sus manos armadas con palos. Gritaban:

—¡Alto! ¡Alto!

Pero lejos de obedecer, el cochero se inclinó sobre los caballos y los espoleó con rabia.

El carruaje embistió contra el grupo.

Los hermanos Witt, desde el interior del coche nada pudieron ver; pero sintieron encabritarse los caballos y luego una fuerte sacudida. El vehículo trastabilleó brevemente y después de pasar sobre un bulto redondo y flexible parecido al cuerpo de un hombre, emprendió veloz carrera, alejándose de allí entre una nube de insultos e imprecaciones.

—¡Dios mío! —dijo Cornelio—. Temo que hemos ocasionado una gran desgracia.

—¡Al galope! ¡Al galope! —gritó Juan.

Pero desobedeciendo aquella orden el carruaje volvió a detenerse.

—¿Qué sucede ahora? —preguntó Juan, impaciente.

—Vedlo vos mismo con vuestros propios ojos, mi señor —respondió el cochero.

Juan miró en la dirección que se le indicaba.

El populacho del Buytenhoff subía por la calle y avanzaba amenazadoramente hacia ellos como un huracán.

—¡Parad y huid, aprisa! —dijo Juan al cochero—. Es inútil proseguir; ya todo está perdido.

—¡Ahí están! ¡A por ellos! —gritaron a un tiempo centenares de voces.

—¡Sí, ésos son los traidores! ¡Los asesinos! —gritaron los de las primeras filas a los que iban detrás llevando en hombros el cuerpo mutilado de uno de sus compañeros que, al querer agarrarse a las riendas de los caballos, había sido arrollado por éstos.

Aquél era el cuerpo sobre el cual Cornelio Witt intuyó que había pasado el carruaje.

El cochero se detuvo; pero a pesar de los insistentes ruegos de su amo se negó a huir.

En pocos segundos el carruaje se vio rodeado por sus perseguidores, quedando inmerso entre aquellas gentes iracundas como si fuera una isla flotante.

Aquella «isla flotante» se detuvo bruscamente. Un paisano acababa de derribar a uno de los dos caballos de un certero mazazo.

De una casa próxima a allí se entreabría una ventana, y en ella apareció el rostro pálido del joven taciturno dispuesto a presenciar el espectáculo de la calle.

Detrás de él se encontraba el oficial, cuyo rostro aparecía tan pálido como el de aquél.

—¡Dios mío, monseñor! ¿Qué suerte les espera a estos dos desgraciados? —preguntó el oficial.

—Una catástrofe, sin duda alguna —respondió el joven.

—Mirad, monseñor, ahora están sacando del coche al Gran Pensionario... ¡Le están insultando! ¡Lo están maltratando...!

—Realmente, para llegar hasta el extremo de hacerles sufrir tanto, esa gente tiene que sentir hacia ellos un odio incalificable —dijo el joven, imperturbable.

—¡Mirad!, ahora están sacando del carruaje a Cornelio, roto y ensangrentado por los golpes.

—Sí, se trata de Cornelio, en efecto.

El oficial dejó escapar un débil quejido y volvió la cabeza asqueado por aquel cruel espectáculo; pero pudo ver aún cómo en el escalón del estribo descargaban sobre la cabeza del Ruart un fuerte golpe con una barra de hierro, destrozándosela por completo.

Malherido, aún pudo levantarse, pero volvió a caer de nuevo.

Alguien le sujetó por los pies y lo arrastró por entre la muchedumbre, dejando tras de sí un reguero de sangre que era acogido por las gentes con grandes expresiones de júbilo.

El joven de la ventana palideció aún más, cosa

que parecía ya imposible; y durante un momento se le nublaron los ojos.

El oficial, que advirtió por vez primera un gesto de debilidad en su imperturbable compañero, le dijo:

—Ved, monseñor; ahora pretenden asesinar también al Gran Pensionario.

Pero el extranjero taciturno, con los ojos entornados contestó:

—La verdad es que la venganza del pueblo es implacable. Es una buena enseñanza; jamás hay que traicionarle.

—Monseñor —dijo el oficial—, ¿no habría forma de salvar a ese desdichado que con tanto esmero fue vuestro preceptor. Si sabéis de algún medio, decídmelo, porque aunque me costase la vida lo haría.

Guillermo de Orange, que ése era el verdadero nombre de aquel misterioso joven de rostro demacrado y pálido, arrugó la frente y el destello de furor que brillaba bajo sus párpados se aplacó, y dijo:

—Coronel Deken, id en seguida a buscar a mis tropas y alertadlas para cualquier contingencia.

—¿Debo abandonaros ahora y aquí, rodeado de tantos asesinos?

—No os preocupéis por mí más que yo mismo —dijo el príncipe con brusquedad—. Marchaos ya.

El oficial salió de allí con una presteza motivada no tanto por su obediencia como por la alegría de verse librado de asistir al asesinato del segundo de los hermanos Witt.

Cuando todavía no se había cerrado la puerta tras del oficial, Juan Witt haciendo un esfuerzo sobrehumano había conseguido ganar la puerta de una casa colindante a aquella donde se ocultaba su discípulo Guillermo de Orange. Se tambaleó cuando una lluvia de golpes arreció de todas partes sobre su persona.

—¡Hermano mío —se dolía—. ¿Dónde está mi hermano?

Un golpe de uno de aquellos exaltados le hizo saltar el sombrero.

Otro se vanagloriaba de la sangre que corría por sus manos; acababa de asesinar a Cornelio y acudía de prisa, en un verdadero alarde de ferocidad, a dar muerte al Gran Pensionario.

Entretanto el cadáver de su hermano era arrastrado hacia la horca.

Juan Witt lanzó un grito de terror y se tapó los ojos con las manos.

—¡Ah! ¿Cerráis los ojos? —dijo uno de la milicia—; pues esperad a que os los haga abrir.

Y hundió su piqueta en su rostro, haciéndole manar abundante sangre.

—¡Hermano mío! ¡Hermano mío! —sollozaba Witt esforzándose por ver lo que había sido de Cornelio a través del velo de sangre que le cegaba.

—¡Id a hacerle compañía! —aulló otro individuo apuntando a la frente con su mosquete y disparando.

Afortunadamente el tiro no salió.

Entonces el hombre, tras volver el arma, asió el cañón con las dos manos y descargó sobre Juan Witt un tremendo golpe con la culata.

Juan giró sobre sí mismo y cayó a sus pies.

Pero, sacando fuerzas de flaqueza, todavía pudo levantarse.

—¡Hermano mío! —seguía gimiendo con voz lastimera.

El príncipe, conmovido por aquel espectáculo, cerró la ventana.

La tragedia llegaba a su fin. Un tercer individuo disparó a quemarropa sobre el Gran Pensionario y le voló la tapa de los sesos; Juan Witt cayó para no levantarse jamás.

Cegados por el odio los revoltosos se ensañaron sobre el cadáver, al que, a golpes de palos, estocadas o puñaladas dejaron hecho un guiñapo ensangrentado.

La enfurecida multitud arrastró los cuerpos inertes, desnudos y ensangrentados de los dos hermanos Witt. Inmediatamente improvisaron una horca en donde los colgaron por los pies unos verdugos aficionados.

Algunos de entre los más timoratos no habiéndose atrevido a ensañarse contra la carne viva, despedazaron la muerta, y distribuyeron por la ciudad los restos de Juan y de Cornelio Witt, vendiéndolo a diez sueldos el trozo.

Ignoramos si el príncipe contempló por la estrecha rendija de la ventana el final de aquella macabra escena; pero mientras los verdugos colgaban de la horca aquellos dos cuerpos, él cruzaba por entre la turba —demasiado abstraída en su sanguinaria tarea para fijarse en su persona— y se dirigió al Tol-Hek, que permanecía cerrado.

—¡Ay, mi señor! —exclamó el portero al verle—. ¿Traéis la llave?

—Sí, amigo mío; tomadla —dijo el joven.

—Ha sido una gran desgracia no habérmela devuelto tan sólo una hora antes —dijo el portero suspirando.

—¿Por qué? —preguntó el príncipe.

—Porque los hermanos Witt de no encontrar la puerta cerrada no hubieran caído en manos de sus perseguidores.

—¡La puerta, la puerta! —gritó una voz que parecía revelar mucha impaciencia.

El príncipe reconoció al coronel Deken, y se volvió hacia él.

—¿Sois vos, coronel? —preguntó—. ¿Cómo es que aún seguís en la ciudad? Mucho os habéis demorado en dar cumplimiento a mi orden.

—Monseñor —respondió el coronel—, ésta es la tercera puerta a la que acudo, las otras dos estaban cerradas.

—Este buen hombre nos abrirá la puerta. Abridla, amigo mío —dijo el príncipe al portero, que se quedó perplejo cuando oyó que el coronel Deken daba el tratamiento de monseñor a aquel joven pálido a quien acababa de hablar tan familiarmente.

Deseando pues reparar su falta, se apresuró a abrir el Tol-Hek, que giró rechinando sobre sus goznes.

—¿Monseñor, quiere montar en mi caballo? —preguntó el coronel a Guillermo de Orange.

—Gracias, coronel, pero lo tengo todo previsto.

Y sacando del bolsillo un silbato de oro —instrumento que se usaba entonces para llamar a los criados— se lo llevó a la boca y le extrajo un agudo y prolongado son a cuya llamada acudió de inmediato un escudero a caballo, llevando otro de la mano.

Guillermo brincó al caballo sin hacer uso de los estribos, y hundiendo las espuelas a fondo se dirigió hacia el camino de Leyden.

Al llegar a él retrocedió repentinamente.

El coronel Deken le seguía a la distancia de un cuerpo de caballo.

El príncipe le llamó a su lado.

—¿Sabéis —dijo sin detenerse—, que esos miserables han asesinado a monseñor Juan Witt después de haber asesinado a Cornelio?

—¡Ay, monseñor! —dijo profundamente emocionado el coronel—, mejor sería para vos tener que vencer aún estos dos escollos para llegar a ser el Estatúder de Holanda.

—Con seguridad hubiese preferido que no ocurriesen estas desgracias, pero en fin, lo hecho hecho está, nosotros no lo hemos provocado. Démonos prisa, coronel, tenemos que llegar a Alphen antes que llegue el mensaje que los Estados sin duda me enviarán al campamento.

El coronel bajó la cabeza y cedió el paso al príncipe, situándose a la misma distancia que ocupaba antes de haber sido llamado.

—Me alegraría ver la cara que pone el Gran Rey Luis XIV de Francia cuando se entere del modo como han sido tratados sus buenos amigos los Witt —dijo maliciosamente Guillermo de Orange, arrugando el entrecejo, frunciendo los labios y hundiendo las espuelas en los ijares de su caballo—. ¡Ay, Sol, Sol[1]! Yo soy Guillermo de Orange. ¡Sol, procura hacer buen uso de tus rayos!

Y aquel joven príncipe enemigo encarnizado del gran rey, aquel Estatúder tan poco seguro de su nuevo cargo tan solo un día antes pero al que los holandeses acababan de edificar una grada con los cadáveres de Juan y Cornelio Witt —dos nobles príncipes ante Dios y ante los hombres—, emprendió una vertiginosa carrera llevado por su veloz caballo.

1. A Luis XIV sus contemporáneos le llamaron el Rey Sol.

5. *El aficionado a los tulipanes y su vecino*

Mientras las masas alborotadas de La Haya mutilaban los cadáveres de Juan y de Cornelio Witt, y Guillermo de Orange galopaba camino de Leyden con el coronel Deken, Craeke el fiel servidor del Gran Pensionario —montado en un veloz caballo e ignorante de la horrible catástrofe ocurrida tras su partida—, corría por los caminos bordeados de árboles, lejos ya de la ciudad y aldeas vecinas.

Cuando se creyó a salvo de todo peligro, y para no infundir sospechas, dejó su caballo en una cuadra y continuó su viaje en barco. De puerto en puerto, atracó al fin a Dordrecht. Eligió los caminos más cortos entre los meandros de aquel río cuyas aguas prodigan sus húmedas caricias a aquellas islas admirables, rebosantes de vegetación y por donde pastan placenteramente hermosos rebaños relucientes al sol.

A lo lejos, Craeke distinguió la risueña ciudad de Dordrecht, enclavada en la falda de una colina poblada de molinos de viento, con sus lindas casas encarnadas, de finas líneas blancas, y en cuyos balcones colgantes sobre el río ondeaban cortinas de seda con encajes de oro (maravillas de la India y de la China), y junto a las viviendas, lamiendo las aguas, el clásico cebo para pescar las voraces anguilas atraídas allí por los desperdicios diarios que se arrojan desde las ventanas.

Craeke veía desde el puente de la barca, por entre los molinos de alas giratorias, la casita blanca y rosa de junto al ribazo, término de su viaje. Su tejado se confundía con el follaje amarillo de una cortina de álamos que se destacaban sobre el fondo sombrío de un bosque de olmos gigantescos. La pequeña casa, cuando el sol batía de lleno sobre ella, como si fuera un embudo atraía sobre sí los cálidos vapores que el viento del río arrastraba por la mañana y por la noche pese a aquel muro de espesuras vegetales.

Cuando Craeke desembarcó y se encontró inmerso en el bullicio cotidiano de la ciudad, lo primero que hizo fue dirigirse hacia aquella casa, de la que nos es forzoso hacer una breve descripción a nuestros lectores.

Era blanca, limpia, reluciente, cuidada, aseada y encerada con todo esmero, incluso en los sitios ocultos, y daba albergue a un feliz mortal.

Este hombre feliz, *rara avis* según la expresión de Juvenal, era el doctor Cornelio Baerle, ahijado de Cornelio Witt. Nació y vivió en la casa que acabamos de describir, porque era la casa en la que vinieron también al mundo su padre y su abuelo, antiguos y honestos comerciantes de la noble ciudad de Dordrecht.

El padre de Baerle había acumulado en el comercio con las Indias una fortuna valorada en más de trescientos mil florines, que su hijo había heredado en 1668 tras su muerte. Los citados florines habían sido acuñados entre 1610 a 1640, lo que demostraba que eran producto de las economías tanto del padre como del abuelo Baerle. Aquellos trescientos mil florines eran sólo la fortuna en metálico de Cornelio Baerle —personaje central de esta historia—, pues los bienes que poseía en la provincia le rentarían próximamente diez mil florines.

Al fallecer el padre de Cornelio, tres meses después de la muerte de su mujer (como si ésta se le hubiera anticipado para hacerle llevadero el camino de la muerte como le había hecho dichoso el de la vida) le llamó junto a su lecho y besándole por última vez le dijo:

—Disfruta cuanto quieras de la vida, porque no es vida trabajar como un esclavo todo el día sentado en una silla de madera o en un mullido sillón; en un despacho o en un almacén. También te llegará la hora de morir, y si no tienes la dicha de ser padre dejarás sin sucesión nuestro nombre y mis florines se sorprenderán al verse en poder de manos extrañas; esos florines nuevos, que nadie ha pesado excepto mi padre, el acuñador y yo. Desearía que siguieras el ejemplo de tu padrino Cornelio Witt, dedicado por entero a la política, el oficio más ingrato de todos y que más de un disgusto va a costarle.

El viejo Baerle bajó a la tumba al poco tiempo, dejando en el mayor desconsuelo a su hijo Cornelio, que profesaba mucho más cariño a su padre que a los florines.

Cornelio Baerle quedó solo en su lujosa casa.

Rechazó una y otra vez los empleos en las oficinas públicas que su padrino Cornelio Witt le ofrecía, el cual pretendió además inculcarle el deseo de glorias. El joven, por no contrariarle se embarcó con Ruyter en el navío *Las Siete Provincias,* que capitaneaba las ciento treinta y nueve naves con que el bravo almirante iba a eclipsar de un solo golpe la buena estrella de Francia e Inglaterra coaligadas. Cuando el navío *Las Siete Provincias,* conducido por el piloto Liger se encontró a un tiro de mosquete del buque *Príncipe*

—en el que iba el duque de York, hermano del rey de Inglaterra—, fue tan duramente atacado por el almirante Ruyter, que el duque de York sólo dispuso del tiempo necesario para retirarse a bordo del *San Miguel*. Cuando vio que las balas holandesas despedazaban este buque; cuando vio saltar por los aires al *Conde de Sanwick* y las olas y el fuego hacían naufragar a cuatrocientos marinos; cuando vio que después de aquella catástrofe que costó la pérdida de veinte buques, la muerte de tres mil hombres y más de cinco mil heridos, nada se había resuelto en uno u otro bando; cuando vio que ambos bandos se atribuían la victoria y que el único resultado había sido incluir en el catálogo de las batallas un nombre más: el combate de Soutwood-Bay; cuando meditó el tiempo que tarda un hombre en reflexionar mientras sus semejantes se están matando, Cornelio Baerle dijo adiós a Ruyter, al Ruart de Pulten y a la Gloria.

Besó las manos del Gran Pensionario hacia el que sentía una gran admiración y se retiró a su casa de Dordrecht, rico en nuevas experiencias. Tenía veintiocho años, una salud a toda prueba y con sus trescientos mil florines de capital y sus diez mil de renta, plenamente convencido de que el hombre ha recibido siempre del Cielo dones más que suficientes para ser feliz y no poco para dejar de serlo.

A partir de entonces Cornelio se dedicó por entero al estudio de los vegetales y de los insectos. Recogió y clasificó todas las plantas de la isla. Formó colecciones con la abundante fauna y flora de la provincia. Escribió un curioso tratado que él mismo ilustró. Y por último, no sabiendo qué hacer de su tiempo libre y de su dinero, del que cada día recibía mayores beneficios, decidió elegir de entre todas las distracciones la más elegante y costosa: la del cultivo de tulipanes.

Sabido es que en aquella época los flamencos y los holandeses se disputaban la hegemonía de aquel género de flor. Se llegó incluso a divinizar al tulipán y a hacer con esta planta procedente de Oriente, lo que jamás ningún naturalista ha osado hacer con la raza humana a causa del temor a posibles represalias divinas: divinizarla.

Desde Dordrecht a Mons no se hablaba más que de los tulipanes de Baerle, y sus láminas, sus fosos, sus cuartos de secado y sus colecciones de bulbos fueron visitados con igual o mayor interés que, en su tiempo, lo fueron las galerías y bibliotecas de Alejandría por los ilustres viajeros romanos.

Baerle empezó gastando su renta anual para iniciar su colección. Después empleó sus nuevos florines en perfeccionarla.

Su trabajo y su inversión no fueron en vano, pues descubrió especies nuevas a las que bautizó con el nombre de Juana, en honor a su madre; Baerle en recuerdo a su padre; Cornelio, a su padrino, e ignoramos los demás nombres que los aficionados podrán hallar buscando en los catálogos de la época.

En los comienzos de 1672 Cornelio Witt estuvo en Dordrecht para pasar tres meses en su antigua casa de familia, ya que todos los Witt eran oriundos de aquella ciudad.

Cornelio Witt, por aquel entonces, y según afirmaba Guillermo de Orange, empezaba a labrarse su impopularidad. Sin embargo, para sus paisanos, los buenos vecinos de Dordrecht, no era todavía un malvado merecedor de la horca, y, aunque poco satisfechos con su republicanismo exageradamente puro, pero admiradores de su valor personal, le ofrecieron con cariño al llegar allí el vino de la ciudad.

Tras agradecer Cornelio el obsequio de sus conciudadanos, fue a visitar su vieja casa paterna que había mandado reparar antes que su esposa se instalase en ella con sus hijos.

Después el Ruart se dirigió a casa de su ahijado, el único vecino de Dordrecht que todavía no se había enterado de la presencia de su padrino en la ciudad.

Así como Cornelio Witt había sembrado odios plantando esas perniciosas semillas llamadas pasiones políticas, Baerle se había granjeado todas las simpatías de este mundo descuidando olímpicamente el cultivo de la política, absorto como estaba con sus tulipanes.

Así fue como Baerle, muy querido por sus criados y obreros, no concebía que hubiese en el mundo alguien dispuesto a hacer mal a otro.

Y esto que —y sirva ello para vergüenza y escarnio de la Humanidad— Cornelio Baerle tenía sin él saberlo un enemigo mucho más feroz, vengativo y despiadado que ninguno de cuantos hasta entonces habían acosado con sus odios al Ruart y a su hermano, entre los orangistas más hostiles a ellos y a su envidiable fraternidad que más allá de su abnegada muerte le sobreviviría.

Cuando Cornelio Baerle se aficionó a los tulipanes, consagró a su cultivo gran parte de sus rentas anuales y de los florines de su padre. Vivía entonces en Dordrecht, en una casa contigua a la suya un burgués llamado Isaac Boxtel que desde los primeros años de su juventud experimentaba la misma admiración y alegría sólo con oír la voz Tulban, que según afirma el Florista Francés —el mejor conocedor de aquella flor— fue la primera palabra con la que se designó en idioma chingulais esa obra maestra de la creación actualmente conocida por tulipán.

Boxtel no era tan rico como Baerle y sólo a base de trabajo y sacrificio había conseguido acondicionar el jardín para el cultivo del tulipán. Preparó el terreno según las prescripciones recomendadas y había dotado a sus criaderos del color y la frescura que el código de los jardineros aconseja.

Con un mínimo error de cálculo era capaz de deducir la temperatura de sus cuadros-estufas y del peso del viento para controlar el mecimiento de los tallos de sus flores. Sus productos empezaban a ser solicitados. Eran, efectivamente, muy hermosos. Varios aficionados habían ido a visitar los tulipanes de Boxtel. Este, por último, consiguió lanzar al mundo de los Linneos y de los Tournefort un tulipán con su nombre que, atravesando Francia, se extendió por España llegando incluso hasta Portugal. El rey Alfonso VI que al ser expulsado de Lisboa se había retirado a la isla Feneira, en donde se dedicó al cultivo de tulipanes a semejanza del Gran Condé, que hizo lo propio con los claveles, había dicho: «No está mal», tras contemplar el tulipán *Boxter*.

Un día, cuando la pasión de Cornelio Baerle por los tulipanes se afianzó más, decidió reformar su casa de Dordrecht que, como ya se ha dicho, se hallaba contigua a la de Boxtel. Hizo construir otro piso sobre una parte del edificio. Al elevar la altura de la casa privó de algo más de medio grado de calor añadiendo medio grado más de frío al jardín de Boxtel; mitigó el viento, alteró todas las previsiones y la economía florícola del jardín vecino.

No obstante, aquella desgracia nada significaba a los ojos del vecino Boxtel. Baerle no era más que un pintor, esto es, una especie de loco con pretensión de reproducir en el lienzo, desfigurándolas, las maravillas de la Naturaleza. El pintor situaba su taller más alto, elevando el piso de la casa con el fin de captar más luz, y estaba en su perfecto derecho. Baerle era pintor, como Boxtel era cultivador de tulipanes; necesitaba más luz para sus cuadros y privaba de medio grado de temperatura a los tulipanes de Boxtel, eso era todo.

A Baerle le amparaba la ley. Estaba en su derecho.

Además Boxtel descubrió que el exceso de sol dañaba a los tulipanes, y que esta flor prosperaba más y tenía mejor color con el templado sol de la mañana o de la tarde que con el severo sol del mediodía.

Boxtel casi se mostró agradecido a Cornelio Baerle por haberle construido gratuitamente un quitasol.

Quizá no fuese del todo verdad y todo cuanto Boxtel decía de su vecino Baerle no fuera exactamente lo que pensaba; pero las almas grandes encuentran en la Filosofía asombrosos recursos para paliar las grandes catástrofes.

Pero ¡ay!, la perplejidad del pobre Boxtel fue indescriptible al ver los vidrios del piso recién construido guarnecidos con cebolletas, bulbos, siembra de tulipanes esparcidos por el suelo y en tiestos y, en fin, con todos los demás objetos relacionados con el cultivo de los tulipanes.

Paquetes de rótulos, diminutas estanterías, cajas con compartimientos, enrejadas de hierro para guardar esos chismes y renovar en ellos el aire sin permitir el acceso a los ratones, gorgojos, lirones, turones y ratas, tulipanes de a dos mil francos la cebolleta... en fin, de todo había allí.

La visión de todos aquellos aparejos sorprendió desagradablemente a Boxtel, pero aún no había calibrado la extensión de su infortunio. Se sabía que Baerle tenía afición a todo cuanto es grato a la vista; estudiaba minuciosamente la Naturaleza y la plasmaba en sus cuadros, todos ellos con el sello de su maestro Gerardo Dow y su amigo Mieris. Cabía aún la posibilidad de que con el fin de pintar el interior de un tulipanero hubiese ido almacenando allí todos los materiales precisos para la ambientación de un cuadro.

No obstante, pese a alentar aquellas firmes esperanzas no pudo Boxtel resistirse a la tentación que le consumía. Para salir de dudas, una noche dispuso una escalera contra la pared medianera, y observando la casa de su vecino se dio cuenta de que un terreno extenso que hasta entonces había estado sembrado de plantas diversas había sido removido y dispuesto en cuadros de mantillo mezclado con barro de río, combinación muy adecuada para los tulipanes, y todo ello rodeado de césped para contener su desmoronamiento. Además, disponía de sol por la mañana, por la tarde, sombra para templar el sol del mediodía, abundancia de agua, y estaba orientado al Sudoeste; en suma, existían allí todas las condiciones favorables para una buena recolección. La duda no era ya posible: Baerle se había convertido en cultivador de tulipanes.

Boxtel imaginó que aquel cultivador de los trescientos mil florines de capital y diez mil de renta, dedicaría todos sus recursos económicos para la producción de tulipanes a gran escala. Previó su próximo triunfo y experimentó una sensación tan dolorosa que sus manos le desistieron, flaquearon sus rodillas y rodó escalera abajo con gran desesperación.

No era para tulipanes pintados sino para tulipanes verdaderos por lo que Bearle le había privado de medio grado de calor, y podría disponer no sólo de una envidiable exposición solar, sino también de un ancho espacio para la conservación de sus cebolletas y bulbos, de un cuarto iluminado y ventilado, todo cuanto a Boxtel le había sido negado. Había tenido incluso la necesidad de destinar para ese uso su alcoba, y con el fin de evitar la nociva influencia de sus propios miasmas sobre las cebolletas y tubérculos había resuelto dormir en el granero.

Boxtel tenía por vecino a un rival, a un émulo suyo y a un posible vencedor; y ese rival, lejos de ser un jardinero oscuro y desconocido era el ahijado de Cornelio Witt, o lo que era lo mismo, una celebridad.

Boxtel era indudablemente más pobre de espíritu que Posus, el cual se consolaba de que lo hubiera vencido Alejandro Magno precisamente por la celebridad de su vencedor.

¿Qué ocurriría, si, en efecto, Baerle encontrara un nuevo tulipán y lo bautizara con el nombre de Juan Witt después de poner a otro el nombre de Cornelio? Tenía motivos más que sobrados para sentir envidia de su vecino.

Así es como en sus pesimistas previsiones, Boxtel se auguraba a sí mismo los peores males, presintiendo lo que iba a ocurrirle.

Aquel descubrimiento le mantuvo desvelado toda la noche. Fue la peor noche de su vida.

6. El odio de un cultivador de tulipanes

Desde aquel día la idea fija de Boxtel se convirtió en temor. Todo el vigor y nobleza que transmite al cuerpo y al espíritu un pensamiento benévolo, desapareció por completo en Boxtel, obsesionado con los proyectos de su vecino.

No es necesario decir que desde que Baerle dedicó a aquel cultivo toda la gran inteligencia con que la naturaleza le había dotado, llegó a obtener los tulipanes más hermosos, logrando cambiar los colores, modelar nuevas formas y multiplicar prodigiosamente las especies, llegando a superar a las más granadas flores de Haarlem y Leyden, ciudades dotadas de los mejores terrenos y de los más apropiados climas.

Cornelio Baerle formaba parte de aquella escuela de cultivadores de tulipanes ingeniosa y sencilla que desde el siglo VII tomó por emblema este aforismo, expuesto en 1653 por uno de sus adeptos:

«El que desprecia las flores, ofende a Dios.»

Premisa que inspiró a los defensores y cultivadores del tulipán, en 1653, el siguiente silogismo:

«El que desprecia las flores ofende a Dios.

»Cuanto más hermosa es la flor, mayor es la ofensa de quien la desprecia hacia Dios.

»Es así que la flor más bella de todas es el tulipán, luego el que desprecia al tulipán ofende doblemente a Dios.»

Con semejante manera de razonar no tenía nada de extraño que los cuatro o cinco mil aficionados a tulipanes de Holanda, Francia y Portugal, excluyendo a los de Ceylán, la India y la China, pusieran al Universo entero fuera de la ley, y declararan cismáticos, herejes y merecedores de la horca a los numerosos centenares de hombres a quienes nada importaba el tulipán.

Paradójicamente, Boxtel, aunque enemigo mortal de Baerle defendía la misma bandera que él.

Baerle, al obtener constantes y meritorios éxitos en el cultivo, hizo que los entendidos hablaran de él hasta el extremo de eclipsar a su vecino Boxtel de la lista de los notables cultivadores que circulaba por Holanda, y, en adelante la escuela tulipanera de Dordrecht fue representada por Cornelino Baerle, el modesto y pacífico sabio.

Así como de la rama más pobre cualquier injerto hace brotar los más soberbios retoños, y el rosal silvestre con sus cuatro pétalos incoloros da origen a la más hermosa y perfumada rosa, asimismo, de las cabañas de un leñador o de un humilde pescador han nacido algunas veces las más encubradas personalidades históricas. A Baerle, entregado en cuerpo y alma a sus trabajos de plantación, y conocido como era entre los aficionados al tulipán de Europa, no se le ocurrió jamás que a su lado pudiera vivir un infeliz a quien había usurpado el trono. Siguió con sus experimentos y fue sumando triunfos. En dos años cubrió sus platabandas con tan raros ejemplares que nadie, a excepción hecha quizás de Shakespeare y Rubens pudo crear tanta belleza.

Para formarse una idea de cómo debía ser un condenado a quien Dante había condenado al olvido en su inmortal poema *La Divina Comedia,* habría que haber visto a Boxtel en aquel tiempo. Mientras que Bearle escardaba, abonaba y regaba sus platabandas; o de rodillas sobre el declive del césped examinaba cada vena del tulipán estudiando los cambios que podrían introducirse en él, los enlaces de colores que podían intentarse, etcétera. Boxtel, oculto detrás de un pequeño sicómoro que había plantado a lo largo de la pared para que le sirviera de escondite, seguía con los ojos hinchados y la boca humedecida cada paso, cada gesto de su vecino, y cuando le parecía ver en su rostro muestras de satisfacción, cuando sorprendía alguna sonrisa en sus labios o un destello de alegría en sus ojos, le maldecía interiormente y le lanzaba tan furiosas amenazas que parecía imposible que tanta envidia y cólera no llegase a influir negativamente en los tallos de las flores, introduciendo en ellos principios de decadencia y gérmenes de muerte.

Cuando el mal se apodera del alma humana progresa en poco tiempo, por ello Boxtel no se conformó sólo con ver a Baerle sino que quiso observar también sus flores; en el fondo era un artista interesado en la obra maestra de su rival.

Compró un telescopio y con su ayuda pudo seguir con toda precisión cada evolución de la flor, desde el brote del primer tallo hasta que cinco años después su noble y gracioso cilindro empezaba a colorearse, y los pétalos de la flor se abrían desvelando el tesoro oculto de su cáliz.

¡Ay!, cuántas veces, encaramado en su escalera no se sintió deslumbrado aquel incorregible envidioso al contemplar las platabandas de Baerle repletas de tulipanes de una belleza y perfección sin par.

Y una vez repuesto de su asombro se sentía aguijoneado por la envidia, fuente abominable de dolores incesantes y mal que roe el pecho y transforma el corazón en un enjambre de pequeñas serpientes que se devoran entre sí.

¡Cuántas veces, en medio de indescriptibles temores no se sintió tentado Boxtel a saltar de noche al jardín y arrasar las plantas y las cebolletas e incluso al mismo propietario, caso de salir en defensa de sus tulipanes!

Pero matar un tulipán es para cualquier floricultor un crimen tan abominable como acabar con la vida de un ser humano.

Los progresos que instintivamente realizaba Baerle con aquella ciencia, llevaron a Boxtel a un estado de paroxismo, que a punto estuvo de derribar las tablas de tulipanes de su vecino con piedras y palos.

Sin embargo, al pensar que el día siguiente tan pronto como se advirtiera el destrozo Baerle denunciaría aquel hecho, y al comprobarse que la calle estaba lejos y que no caían ya ni piedras ni palos del cielo en el decimoséptimo siglo —como ocurría en tiempo de los Amalecitas—, el autor del crimen sería descubierto, castigado por la ley, y excluido para siempre de la Europa de los Tulipanes, Boxtel pensó en un medio de destrucción que no pudiera comprometerle.

Lo estuvo meditando durante mucho tiempo y al fin dio con ello.

Una noche cogió dos gatos, ató a ambos por una de sus patas traseras con una cuerda de diez pies de largo y los arrojó desde lo alto de la pared en medio de la platabanda maestra del cuadro principal, donde se hallaba el tulipán llamado *Cornelio Witt*; el *Brabanzón*, blanco lechoso, púrpura y rojo; el *Marmóreo*, de Rotre, color lino con aguas rojas y chispeantes; *La Maravilla*, de

Haarlem; el *Colombino oscuro* y el *Colombino mate claro.*

Los animales, atemorizados al caer sobre las flores intentaron huir en direcciones opuestas, hasta que la cuerda que los sujetaba se lo impidió. Empezaron entonces a dar vueltas, maullando terriblemente y segando con su cuerda las flores que quedaban atrapadas en medio, hasta que después de un cuarto de hora de encarnizado forcejeo consiguieron romper la cuerda y desaparecer.

Boxtel, apostado detrás del sicómoro, nada podía ver a causa de la oscuridad de la noche; pero los gritos de los dos gatos le informaban sobre lo que ocurría y su corazón que destilaba hiel se llenaba de gozo.

El deseo de contemplar el destrozo ocasionado era tan grande en él, que permaneció allí inmóvil esperando que la luz del nuevo día le permitiese ver la destrucción ocasionada por los dos gatos en el jardín de su vecino.

La humedad de la mañana le calaba, pero no sentía el menor frío; el placer de la venganza parecía reanimarle.

La desagradable sorpresa de su rival al contemplar aquel desaguisado le recompensaría de todos sus males.

Al despuntar el alba la puerta de la casa blanca se abrió y en ella apareció Baerle.

Se dirigió hacia sus platabandas con la satisfacción propia de un hombre que ha estado mecido durante toda la noche por dulces sueños.

De repente palideció instantáneamente, surcos y montones de tierra removida aparecieron a lo largo y ancho de aquel terreno sólo un día antes más liso que un espejo; las pilas simétricas de sus tulipanes parecían ahora las picas de un batallón en medio del cual hubiese estallado una bomba.

Boxtel se hallaba radiante de satisfacción. Una veintena de tulipanes aparecían rotos y lacerados por el suelo, y por sus heridas corría la savia, esa preciosa sangre que Baerle hubiese cambiado gustosamente por la suya de haber sido posible, pero, ¡oh, sorpresa!, Boxtel comprobó con desesperación que ninguno de los cuatro tulipanes que había pretendido destruir con su incalificable atentado habían sufrido la menor lesión, y todos ellos se erguían con majestuosa altivez sobre los cadáveres de sus compañeros. Aquello era suficiente para consolar a Baerle e incrementar el odio de Boxtel, quien mesándose los cabellos se convenció de la inutilidad de su acción.

A Baerle le fue imposible descubrir la causa de aquella desgracia, que, afortunadamente no fue peor de puro milagro. Sólo pudo saber que durante toda la noche se habían oído terribles maullidos. Además el paso de los gatos podía aún reconocerse a través de las huellas que habían dejado sus uñas; en los pelos que quedaron sobre el campo de batalla y en los que se mecían temblorosas las gotas de rocío como hojas de flor tronchadas. Para evitar que en lo sucesivo volvieran a repetirse hechos como éstos, Baerle ordenó que un mozo jardinero pasase toda la noche durmiendo en la cabaña que había construido en el jardín junto a las platabandas.

Boxtel vio construir la cabaña aquel mismo día. Se consideró afortunado al ver que no sospechaban de él, pero sintiendo mayor hostilidad que nunca hacia el afortunado floricultor esperó a que se presentaran mejores ocasiones.

Por aquella época la sociedad tulipanera de Haarlem había ofrecido un premio importante para quien lograse conseguir el gran tulipán negro sin mancha alguna; algo que entonces parecía imposible si se tiene en cuenta que, a la sazón, no existía en la Naturaleza la especie dicha, y ni siquiera con matices negruzcos.

Esto daba ocasión a que debido a la dificultad de aquel objetivo se pensase que la dotación del premio por elevado que pareciese no era proporcionado a sus posibilidades; sin embargo el mundo de los cultivadores de tulipanes se conmovió profundamente. Algunos aficionados tomaron nota de la oferta, aunque no la juzgaron factible. Pero es tal la fuerza de imaginación de los floricultores que aun dando por sentado el fracaso de aquel objetivo, no pensaron más que en conseguir el gran tulipán negro, tan fantástico, a su juicio, como el Cisne Negro de Horacio o el Mirlo Blanco de la tradición francesa.

Baerle fue uno de los muchos aficionados con aquella idea; Boxtel urdió la manera de sacarle provecho. Tan pronto como Baerle retuvo en su mente despierta e ingeniosa aquella idea, empezó a preparar las semillas y a practicar las operaciones necesarias para que sus tulipanes pasaran del color rojo al café claro y de éste al café oscuro.

Al año siguiente consiguió tulipanes de color oscuro casi negro, mientras que Boxtel, que no dejaba de espiar el cuadro de su vecino, sólo pudo obtenerlos de un tono moreno claro.

Quizá conviniese explicar a los lectores las teorías según las cuales el tulipán toma sus colores de los elementos naturales y que todo es posible para el floricultor que sabe extraer con paciencia y genio: el fuego, del sol; la pureza, del agua; los jugos, de la tierra; y el soplo, del aire. Pero lejos de nuestro propósito está el escribir aquí un tratado del tulipán en general, sino la historia de un tulipán en particular, y a este objetivo hemos de ajustarnos, por atractivos que sean los fenómenos circundantes.

Boxtel, disgustado por la superioridad de su antagonista, abandonó sus tulipanes y se dedicó por entero a la observación constante del jardín de su vecino.

La morada de Baerle estaba situada a plena luz, con el jardín abierto y grandes ventanales que permitían observar el interior con un simple anteojo. Boxtel dejó pudrirse las cebollitas en sus criaderos, que los capullos se secasen en sus cajones y que los tulipanes se angostasen en sus cuadros, y, concentrando todo su ser en sus ojos, no se preocupó más que de que lo que pasaba en casa de su rival. Respiraba por el tallo de los tulipanes de Baerle, bebía el agua con que los regaba y se alimentaba con la blanda y fría tierra con que espolvoreaba Baerle sus queridas cebolletas; pero lo que más le interesaba ocurría en el jardín.

Cada noche, al dar la una, Baerle se encerraba en su laboratorio. El gabinete estaba rodeado de cristaleras y en su interior fácilmente penetraba el anteojo de Boxtel. Allí, cuando las luces del sabio sustituían a las luminosidades del día y alumbraban las paredes y las ventanas, el envidioso vecino espiaba cómo funcionaba el genio inventivo de su rival.

Escrutaba la selección de sus semillas y su posterior riego con sustancias destinadas a modificarlas o colorearlas. Observaba calentar varias de aquellas semillas, humedecerlas y combinarlas luego con otras mediante una suerte de injerto, operación sumamente delicada y compleja. Luego, las que debían dar el color negro las dejaba a oscuras, exponía a la luz del sol o a la luz artificial las que debían dar color rojo y lo mismo hacía y sometía al reflejo constante del agua las que debían suministrar el blanco, hasta conseguir dar un tono apropiado. Boxtel iba anotando todo aquello en su memoria.

Aquella magia inocente, fruto al mismo tiempo de la ilusión infantil y del genio adulto; aquel trabajo paciente y laborioso que Boxtel habría sido incapaz de hacer, le aportaba a través de su anteojo la suficiente esperanza para seguir viviendo.

Y ni su feroz envidia ni su implacable sed de venganza se mitigaban lo más mínimo con el interés que le movían aquellas curiosas manipulaciones. Con frecuencia, contemplando a Baerle se hacía la ilusión de que le estaba apuntando con un arma y mecánicamente buscaba con el dedo el gatillo que había de matarle.

Una vez hechas las aclaraciones necesarias, para dar a conocer al lector los personajes que desempeñan un papel importante en la acción de esta novela, reemprenderemos nuestro relato en el momento en que Cornelio Witt, el Ruart de Pulten, hizo una visita a su ciudad natal.

7. *La felicidad es transitoria*

Cuando Cornelio Witt, en febrero de 1672, hubo despachado sus asuntos de familia y fue a visitar a su ahijado, estaba anocheciendo.

Aunque era poco aficionado a las flores, Cornelio Witt recorrió pacientemente la casa de Baerle, desde el taller hasta los invernaderos, pasando por los cuadros repletos de tulipanes. Agradeció a su ahijado el valeroso comportamiento que tuvo en el combate de Southwood-Bay a bordo del navío las *Siete Provincias,* y también le agradeció el haber puesto su nombre a un soberbio tulipán. Le trató con un afecto y afabilidad dignas de un padre hacia su hijo. Mientras revisaba los tesoros de Baerle un numeroso grupo de curiosos fue congregándose frente a la casa del feliz floricultor.

El respetuoso murmullo de aquellas gentes llamó la atención de Isaac Boxtel, que en aquellos momentos se encontraba merendando junto a la chimenea.

Al enterarse de lo que se trataba se dirigió al laboratorio y se puso a observar con el anteojo, que desde el otoño anterior le había sido de muy poca utilidad. Los tulipanes, como buenos hijos de Oriente, son sensibles al frío y necesitan durante el invierno del cálido abrigo de las habitaciones, el mullido lecho de los cajones y las reconfortantes emanaciones de la estufa.

Cornelio pasaba todo el invierno encerrado en su laboratorio rodeado de sus libros y sus cuadros. Alguna que otra vez abría el cuarto de los bulbos para que los escuálidos rayos de sol penetrasen allí a través de una tronera guarnecida de cristales.

La noche aquella y después que los dos Cornelios hubieran visitado las distintas estancias de la casa, ante la presencia inusual de los criados, Witt le dijo en voz baja a Baerle:

—Hijo mío, despedid a vuestra gente, tenemos que hablar a solas un momento.

Cornelio hizo un gesto afirmativo y seguidamente, en voz bien alta para que le oyeran los acompañantes, dijo:

—¿Queréis dispensarme ahora el honor de visitar mi estufa de tulipanes?

¡La estufa! El *sancta sanctorum* de aquella casa, el lugar vedado a toda persona ajena.

Jamás criado alguno había osado poner sus pies en aquel lugar a excepción hecha de la inofensiva sirvienta anciana que había sido nodriza de Baerle, la cual, desde que Cornelio se dedicaba al cultivo de los tulipanes dejó de poner cebollas en los guisados, temiendo mondar y sazonar el corazón de su hijo de leche.

Así fue como al oír la palabra *estufa* los criados se alejaron inmediatamente de allí. Cornelio tomó un hachón de luz de manos de uno de ellos y acompañó a su padrino hasta la habitación.

Conviene insistir en que el lugar conocido por la estufa era el que con más frecuencia observaba el anteojo de Boxtel el envidioso.

En aquellos momentos estaba observando aquel lugar.

Primeramente vio iluminarse las paredes y las vidrieras.

Luego aparecieron dos sombras.

Una de ellas, alta, majestuosa, severa, se sentó junto a la mesa donde Cornelio había colocado la luz.

Boxtel reconoció el pálido rostro de Cornelio Witt, cuyos cabellos negros separados sobre la frente se descolgaban sobre sus hombros.

Después de dirigirse a su ahijado con palabras cuyo significado no pudo Boxtel adivinar por el movimiento de sus labios, el Ruart de Pulten le entregó un paquete blanco y sellado que extrajo de su pecho y que por el modo en que Baerle lo guardó en su armario dedujo debían tratarse de documentos de suma importancia.

Boxtel en un primer momento pensó que debería contener algunas semillas de las recién importadas de Bengala o de Ceylán, pero inmediatamente después desechó tal idea al recordar que Witt jamás había cultivado tulipanes. Cornelio Witt era un experto cultivador de una planta mucho menos agradable a la vista y sobre todo de más difícil floración: el hombre.

Aquel misterioso paquete, a su juicio, sólo podría contener documentos políticos.

Pero ¿qué podían significar aquellos papeles para un individuo como Cornelio, que se jactaba de ser completamente extraño a una ciencia más oscura que la alquimia, cual es la política?

Tuvo el presentimiento de que aquel paquete podía ser un depósito que Witt —ya amenazado de la impopularidad que empezaba a gozar entre sus compatriotas— confiaba a su ahijado Baerle; y además, con la absoluta garantía de poner aquel depósito en buenas manos.

Aquél hubiera sido el último lugar donde ir a

buscarlo ya que Cornelio estaba totalmente apartado de la política.

Además, si el paquete hubiese contenido bulbos, Boxtel sabía bien que su vecino se habría precipitado a abrirlo cuanto antes.

Cornelio, por el contrario se limitó a recogerlo de manos del Ruart y guardarlo en un cajón, metiéndolo muy adentro sin duda para que no se viera, o acaso también para ceder sitio a sus cebolletas.

Una vez realizada dicha operación Cornelio Witt se levantó, estrechó la mano a su ahijado y se dirigió a la puerta.

Baerle cogió en un revuelo la luz y se adelantó para alumbrar a Witt.

Lentamente la luz de la habitación se fue extinguiendo y reapareció en la escalera, luego en el portal y por fin en la calle, repleta de personas que deseaban saludar al Ruart en el momento de subir a su carroza.

El envidioso Boxtel había acertado instintivamente en sus suposiciones; aquel depósito que Ruart había confiado a su ahijado y que éste con tanto celo guardara, era la correspondencia del Ruart con el señor de Louvois.

Pero el paquete, según contó Witt a su hermano, le fue confiado a Baerle sin que sospechara sobre su importancia política.

Lo único que Cornelio Witt advirtió a su ahijado fue que no entregase para nada aquel depósito salvo que él o la persona por él indicada lo reclamase.

Baerle lo guardó en su armario de bulbos exóticos.

Tan pronto como el Ruart se hubo marchado y el ruido y las luces del carruaje se hubieron extinguido, Baerle dejó instantáneamente de pensar en el paquete; bien al contrario por cierto de Boxtel, quien, semejante a un hábil piloto presentía en lontananza la nube lejana que conforme se acerca va agrandándose hasta ocasionar una tempestad.

Una vez concatenados los eslabones de esta historia, ubicada en la tierra que se extiende de Dordrecht a La Haya, sólo nos resta añadir que ni Cornelio ni Juan Witt tuvieron jamás en Holanda enemigos más encarnizados que Baerle tenía en la persona de su vecino.

Mientras tanto, haciendo cada vez mayores progresos, el cultivador de tulipanes había dado un paso de gigante hacia la meta propuesta por la sociedad de Haarlem, al pasar del tulipán negruzco al tulipán color café oscuro.

El día en que en La Haya se desarrollaban los hechos revoltosos relatados al principio de este libro, Baerle se encontraba recogiendo los bulbos aún productivos de unas semillas de tulipanes color café tostado, tulipanes que de florecer, lo harían en la primavera del año siguiente, 1673, y que presumiblemente según los cálculos del floricultor acabarían produciendo el gran tulipán negro.

El 20 de agosto de 1672, al mismo día y a la misma hora (la una de la tarde), Cornelio estaba en su cuarto-estufa, apoyados los codos sobre la mesa y embebido en la contemplación de los tres bulbos que había separado de sus respectivas cebolletas. Eran perfectos; los más portentosos productos que la Ciencia y la Naturaleza en admirable compenetración habían jamás creado para gloria de Cornelio Baerle.

«Conseguiré al fin el gran tulipán negro —pensaba Cornelio sosteniendo en sus manos uno de aquellos bulbos—, y los cien mil florines del premio serán míos y distribuiré algunos de ellos entre los pobres de Dordrecht, con lo cual conseguiré aplacar el odio y el resentimiento que les inspiran los ricos. De este modo, tanto si gobiernan los republicanos como los orangistas podré seguir manteniendo mis plantaciones en perfecto estado. Con el dinero evitaré que los comerciantes de Dordrecht o los marineros del puerto puedan, en un acto revoltoso, arrancar mis cebolletas para darlas de comer a sus familias —cosa con la cual ya me han amenazado, tras enterarse de que he comprado una planta por más de doscientos florines. Sí, decididamente daré a los pobres los cien mil florines del premio de Haarlem, aunque bien mirado...»

Cornelio Baerle pareció dudar un instante y suspiró profundamente.

«Aunque mirándolo bien sería mucho mejor —siguió pensando— aplicar esos cien mil florines al engrandecimiento de mi jardín o en viajar por Oriente, el país de las hermosas flores; pero desechemos tales sueños, ya que hoy sólo se ven mosquetes, banderas, tambores, proclamas guerreras...»

Baerle miró al cielo y volvió a suspirar.

Después mirando a sus plantas, que a su juicio valían mucho más que los mosquetes, tambores, banderas, y proclamas guerreras —los cuales, únicamente servían para volver locos a los hombres cuerdos— exclamó en voz alta:

—¡Hermosas semillas, pulidas y bien formadas, cómo translucís ya ese tinte melancólico que promete el negro ébano del gran tulipán!

«En su piel apenas pueden observarse las pequeñas venas por donde circula la savia vegetal —siguió pensando—. ¡Oh, ni una sola mancha ensuciará el negro manto de la flor que me deberá su existencia! ¿Cómo llamar a la hija de tantos desvelos, de tantos trabajos y de tantos sacrificios? *Tulipa nigra Barloensis.* Sí, Barloensis, precioso nombre. Toda la Europa culta va a conmoverse cuando esta noticia salte a los cuatro puntos cardinales del globo:

»SE HA CONSEGUIDO EL GRAN TULIPAN NEGRO.

»¿Cómo se llama?, preguntarán los aficionados.

»Tulipa nigra Barloensis.

»¿Y por qué se denomina así?

»Porque su inventor es Baerle.

»¿Y quién es ese Baerle?

»Uno que ya ha conseguido otras especies nuevas, como la *Juana*, la *Juan Witt*, la *Cornelio*, etcétera.

»Pues bien, esto que es toda mi única ambición y que a nadie va a costarle lágrimas, cuando mi padrino Cornelio Witt deje de existir perpetuará su apellido a través del tulipán que lleva su nombre.

»Cuando consiga el tulipán negro —seguía Cornelio ensimismado en sus pensamientos—, y en el supuesto de que la tranquilidad se haya restablecido en Holanda, regalaré sólo cincuenta mil florines a los pobres; después de todo es dádiva suficiente para quien, como yo, nada debe a nadie. Los cincuenta mil florines restantes los invertiré en hacer nuevos ensayos, en elaborar el perfume que se merece tan importante tulipán. ¡Oh!, si le pudiese comunicar el olor de la rosa o del clavel, o tal vez sería preferible un nuevo olor. Si pudiera restituir a esa reina de las flores el perfume natural de su especie, que se ha perdido en el viaje entre Oriente y Occidente y que aún hoy sigue aromatizando la península de la India, Goa, Bombay, Madrás y en especial esa isla tan maravillosa que fue en otro tiempo, según cuentan, el Paraíso Terrenal y que se llama Ceylán... ¡Cuánta gloria para mí! Preferiría mil veces ser

Cornelio Baerle antes que Alejandro, César o Maximiliano.»

El floricultor se extasiaba ante aquellos maravillos bulbos que le sugerían los más dulces ensueños.

Repentinamente la campanilla del cuarto-estufa se puso a sonar con mayor ímpetu que de ordinario.

Cornelio palideció, extendió la mano hacia los bulbos y volviéndose hacia la puerta preguntó:

—¿Quién es?

—Señor —contestó un sirviente—, acaba de llegar un mensajero de La Haya.

—¿De La Haya? ¿Qué desea?

—Señor, se trata de Craeke.

—¿Craeke, el criado de confianza de Juan Witt? Está bien, que espere.

—Me es imposible esperar —dijo una voz que salía del corredor.

Y el mensajero de La Haya, sin la menor ceremonia penetró en la habitación.

Esta súbita aparición casi violenta era un suceso tan inusitado en la casa de Baerle que éste al ver a Craeke entrar bruscamente en el cuarto-estufa hizo un gesto involuntario con la mano que cubría los bulbos y echó a rodar a dos de ellos, uno hasta una mesa pequeña complementaria de la grande y el otro se metió en la chimenea.

—¡Por todos los diablos! —exclamó Cornelio corriendo tras de los bulbos—. ¿Qué sucede, Craeke?

—Señor, os ruego encarecidamente —dijo Craeke extendiendo un papel sobre la mesa— que leáis ese mensaje sin pérdida de tiempo.

Y el recién llegado, sin duda atemorizado por la conmoción que reinaba en las calles de Dordrecht semejante a la que había observado en

La Haya antes de partir, salió de la habitación sin siquiera despedirse de Baerle.

—Muy bien, mi querido Craerke —dijo Cornelio extendiendo el brazo para recoger el magnífico bulbo que estaba en la mesa—, vuestro mensaje será leído.

Tomó después el bulbo y lo contempló en el hueco de su mano.

—¡Diablo de Craeke! ¡Menuda forma de entrar en mi casa! —dijo—. Este bulbo está intacto, veamos ahora el otro.

Y Baerle, sin soltar el huidizo bulbo se dirigió a la chimenea y acuclillado removió la ceniza todavía humeante con la punta de los dedos. Al poco rato encontró el segundo bulbo.

—Perfecto —dijo—, aquí está.

Lo examinó detenidamente con el cariño de un padre y exclamó:

—Tampoco ha sufrido ningún daño.

Mientras Cornelio estaba acuclillado contemplando arrobado su tesoro, la puerta del cuarto-estufa fue sacudida violentamente y se abrió con tal fuerza que Cornelio sintió que sus mejillas y sus orejas enrojecían de cólera.

—¿Qué pasa, ahora? —preguntó—. ¿Es que os habéis vuelto todos locos en esta casa?

—¡Señor, señor! —exclamó un criado que entró corriendo en la habitación más pálido y más asustado aún que Craeke.

—¿Qué os pasa? —dijo Cornelio presagiando una desgracia tras aquella repetida infracción de todo reglamento.

—Huid, señor, huid en seguida —gritó el criado.

—¿Huir? ¿Y por qué?

—La casa ha sido invadida por los guadias de los Estados.

—¿Y qué desean?

—Os buscan.

—¿Para qué?

—Para deteneros.

—¿Para detenerme?

—Sí, señor, un magistrado les acompaña.

—¿Qué significa todo este lío? —preguntó Baerle, ocultando instintivamente en la mano los bulbos y mirando con asombro hacia la escalera.

—¡Se acercan! ¡Están subiendo...! —dijo el criado.

—¡Oh, mi querido hijo! ¡Mi buen amo! —dijo la nodriza entrando al mismo tiempo—. ¡Tomad vuestro dinero, vuestras joyas y escapad cuanto antes!

—¿Pero por dónde queréis que huya?

—¡Saltad por la ventana!

—¡Hay veinticinco pies de altura!

—No temáis, señor, caeréis sobre tierra mullida.

—Sí, pero estropearé mis tulipanes.

—Lo importante ahora es huir; vamos, saltad ya.

Cornelio cogió el tercer bulbo, se dirigió a la ventana y la abrió; pero al pensar en el destrozo que ocasionaría entre sus tulipanes, más bien que en la altura que necesitaba salvar, exclamó:

—¡No saltaré! —y retrocedió.

En aquel momento se asomaban por la escalera las alabardas de los soldados.

La anciana nodriza, desesperada, alzó los brazos al cielo.

En honor a la verdad, diremos que al negarse a saltar Cornelio Baerle no pensaba más que en salvar sus hermosos bulbos.

Dirigió ansiosamente su mirada hacia todas partes en busca de un papel donde envolver sus bulbos, y al ver la hoja de la Biblia que Craeke había dejado en la mesa, la tomó sin respetar su condición sagrada y envolvió con ella los tres bulbos. Se los escondió en el pecho y esperó.

Los soldados precedidos por el magistrado hacían su entrada en aquel momento.

—¿El doctor Cornelio Baerle? —preguntó el magistrado, pese a conocerle de sobras y ajustándose rigurosamente a las formalidades de la ley y también para dar mayor realce al hecho.

—Yo soy, señor Spennen —contestó Cornelio saludando afablemente al juez—, lo sabéis perfectamente.

—Entonces entregadme los documentos sediciosos que ocultáis en vuestra casa.

—¿Documentos sediciosos? —dijo Cornelio aturdido por lo que acababa de escuchar.

—No pretendáis haceros el desentendido, es inútil.

—Os juro, señor Spennen, que ignoro de lo que me estáis hablando.

—Entonces os lo diré más claro: entregadme los documentos que el traidor Cornelio Witt os confió en enero último.

Un rayo de luz cruzó por la mente de Cornelio.

—¡Vaya, parece que vais razonando!, ¿no es así?

—Me habláis de papeles sediciosos y yo no tengo ningún documento de esta clase.

—¡Ah!, entonces ¿lo negáis?

—Naturalmente.

—¿Cuál es la habitación de vuestra casa, a la que llamáis estufa? —preguntó Spennen.

—Justamente estáis en ella.

El magistrado consultó brevemente una anotación de entre sus papeles.

—Está bien —repuso en tono firme y seguro de sí mismo.

Después dirigiéndose a Cornelio preguntó:

—¿Os negáis a entregarme esos documentos?

—Me es totalmente imposible —señaló Cornelio—. Tened en cuenta que esos documentos me fueron entregados en concepto de depósito, y un depósito es cosa sagrada.

—Doctor Cornelio —ordenó con solemnidad el juez—, en nombre de los Estados os mando que abráis este cajón y me entreguéis los documentos que contiene.

Y el magistrado indicaba con el dedo el tercer cajón de un armario que había junto a la chimenea.

En aquel tercer cajón estaban efectivamente los papeles entregados por el Ruart de Pulten a su ahijado, lo cual demostraba que la policía estaba muy bien informada.

—¿Os negáis entonces? —dijo Spennen viendo que Cornelio continuaba inmóvil, y asombrado—. Entonces lo abriré yo mismo.

En efecto, el magistrado sacó el cajón y puso al descubierto a más de una veintena de bulbos colocados y numerados con esmero, y bajo éstos, el fajo de papeles que aparecía sellado tal como Cornelio Witt lo entregara.

El magistrado rompió el precinto, rasgó la cubierta y ojeó velozmente los primeros documentos que se ofrecieron a su vista. Exclamó en tono grave:

—El aviso recibido por la justicia no carecía de fundamento.

—¿Cómo? —preguntó Cornelio—. ¿Qué decís?

—Es inútil que finjáis, señor Baerle; seguidnos —dijo el magistrado.

—¿Me obligáis a que os siga?

—Sí, porque, en nombre de los Estados quedáis detenido.

Todavía no se invocaba, a efectos judiciales, el nombre de Guillermo de Orange. Hacía demasiado poco tiempo que era Estatúder.

—¡Cielo Santo! —protestó Cornelio—. ¿Y de qué delito se me acusa?

—Eso a mí no me incumbe, doctor, ya os entenderéis con vuestros jueces.

—¿Dónde me llevan?

—A La Haya.

Baerle, estupefacto, abrazó a su nodriza que estaba a punto de desmayarse. Dio la mano a sus criados, que lloraban desconsoladamente y siguió al magistrado, el cual le hizo subir a un carruaje como hacen con los prisioneros de Estado y ordenó que lo llevasen a toda prisa a La Haya.

8. *Una invasión*

No es necesario aclarar al lector, pues ya lo habrá adivinado, que la situación precedente se debía a una denuncia del envidioso Isaac Boxtel, quien con el auxilio de su anteojo no había perdido el menor detalle de la entrevista entre Cornelio Witt y su ahijado, aunque se había quedado con las ganas de oír de qué hablaban.

Boxtel supuso la importancia de aquellos papeles por la forma respetuosa con que Baerle cogía el legajo y lo guardaba en el cajón donde estaban sus más preciosas semillas.

Y como que Boxtel —más atento a la política que su vecino—, se enteró que Cornelio Witt se encontraba preso por el delito de alta traición contra los Estados, pensó que bastaría su palabra en contra de la del ahijado de aquel hombre caído en desgracia.

No obstante, y por mucho que el deseo de venganza privase en Boxtel, no pudo por menos de estremecerse al pensar que estaba denunciando a un hombre a quien esta delación podía conducirle a la horca.

Lo peor de las malas ideas es que poco a poco los hombres de mala condición se van familiarizando con ellas.

Isaac Boxtel intentaba darse valor arguyendo del siguiente modo: «Cornelio Witt es un mal ciudadano, puesto que ha sido acusado y detenido por delito de alta traición, mientras que yo soy un buen ciudadano dado que jamás se me ha acusado de nada y soy tan libre como el aire. Ahora bien; siendo Cornelio Witt un mal ciudadano, lo cual es indudable, su cómplice Cornelio Baerle debe ser al menos tan mal ciudadano como él. Por consiguiente, al ser yo un buen ciudadano, y los buenos ciudadanos está escrito que deben denunciar a los malos, yo, Isaac Boxtel, tengo la obligación de denunciar a Cornelio Baerle.»

Este modo de argumentar, por contundente que fuese, probablemente no hubiese prosperado en el ánimo de Boxtel de no ser que el demonio de la envidia se hubiese aliado con el demonio de la avaricia.

Boxtel conocía los progresos que Baerle había hecho en sus averiguaciones sobre el tulipán negro.

El propio doctor Cornelio no había podido vencer el deseo de confesar a sus más íntimos amigos que estaba completamente seguro de obtener, para el año de gracia de 1673, el premio de los cien mil florines, ofrecido por la sociedad de Floricultura de Haarlem.

Aquella seguridad de que hacía gala Cornelio Baerle era la fiebre que consumía a Isaac Boxtel.

La detención de Cornelio produciría una gran conmoción en su casa. A la siguiente noche, nadie vigilaría los tulipanes del jardín y él, Boxtel, escalaría la pared, y, conociendo como conocía el lugar donde estaba el bulbo que podía producir el gran tulipán negro, se apoderaría de él. A partir de ese momento el gran tulipán pasaría a su poder y él recibiría los cien mil florines de dotación, y obtendría, además, el honor de escribir su nombre en la nueva flor, que se denominaría: *tulipa nigra Boxtellensis.*

Sólo así podría culminar, de una sola vez, sus instintos de venganza y de codicia.

La idea de denunciar a Baerle perseguía a Boxtel con tal obsesión que incluso dormido soñaba con ella.

Y al fin, el 19 de agosto, a eso de las dos de la tarde, la tentación fue tan grande que no pudo resistirla.

Redactó una denuncia anónima, dando toda clase de detalles y le dio curso.

Jamás ningún papel envenenado y depositado en los buzones de bronce de Venecia produjo un resultado tan rápido y pernicioso.

La denuncia llegó el mismo día a manos del magistrado supremo quien, al instante, convocó a sus colegas para la mañana del día siguiente. Reunidos éstos, redactaron el acta de prisión con la orden de llevarla a la práctica a Spennen, quien como buen holandés la cumplió a rajatabla. Mientras tanto los orangistas de La Haya se estaban ensañando con los cadáveres mutilados de Cornelio y Juan Witt.

Bien fuera por un cierto remordimiento, o por un mínimo pudor, lo cierto es que Isaac Boxtel, aquel día dejó de dirigir su anteojo hacia la casa de su vecino.

Sabía perfectamente lo que allí iba a ocurrir, y no tenía necesidad de mirar para nada. Así fue como se quedó en el lecho. Cuando su único criado (que envidiaba la suerte de los criados de Cornelio con la misma intensidad que su amo envidiaba a Baerle) entró en su habitación, Boxtel le dijo:

—Hoy no me levantaré; estoy ligeramente indispuesto.

Alrededor de las nueve, oyó un fuerte griterío

en la calle y se estremeció. Estaba tan pálido y tembloroso que parecía estar gravemente enfermo.

Su criado entró de nuevo y Boxtel escondió su rostro bajo las sábanas.

—¿Señor, sabéis lo que ha ocurrido? —dijo el criado seguro de llevar a su amo una noticia sensacional.

—¿Y cómo queréis que lo sepa? —replicó Boxtel con voz apenas audible.

—Escuchad con atención; en este mismo instante se está procediendo a la detención de nuestro vecino Cornelio Baerle, al que imputan de un delito de alta traición.

—¡Bah! —dijo Boxtel con voz ahogada—, eso no puede ser.

—Eso es lo que creen todos; pero acabo de ver con mis propios ojos, entrar en su casa al juez Spennen acompañado de los arqueros.

—Si lo habéis visto —dijo Boxtel—, esto ya es otro cantar.

—Sin embargo, voy a cerciorarme mejor —dijo el criado—. Estad seguro de que os tendré al corriente de cuanto suceda.

Boxtel se limitó a hacer una ligera inclinación de cabeza en señal de asentimiento.

El criado salió, y no había pasado ni un cuarto de hora cuando volvió allí de nuevo.

—¡Oh, señor, no me había equivocado! Lo que antes os dije es cierto.

—¿Cómo?

—Han detenido al señor Baerle y se lo han llevado en un carruaje a La Haya.

—¿La Haya?

—Sí, y si es verdad lo que se dice lo pasará muy mal.

—¿Y qué es lo que se dice?

—Tal vez sólo sean murmuraciones, pero se

asegura que en estos momentos el pueblo está arrastrando por las calles de la ciudad los cadáveres ensangrentados de los hermanos Cornelio y Juan Witt.

Boxtel suspiró profundamente y cerró los ojos para no ver el horrible espectáculo que le ofrecía su imaginación.

—¡Caray! —dijo el criado al salir de la habitación—, seguramente mi amo se encuentra muy grave cuando no ha saltado de la cama al enterarse de una noticia como ésta.

Efectivamente, Boxtel se encontraba muy mal, tan mal como puede estarlo un ser humano que acaba de asesinar a otro.

Su asesinato tenía dos partes bien diferenciadas: la primera se había ya culminado; faltaba por concluir la segunda.

Al fin, tras una larga espera llena de nerviosismo, Boxtel vio llegar la noche y abandonó el lecho. Abrió la puerta de su casa, y salió al jardín.

Se encaramó en el sicómoro.

Todo lo tenía previsto de antemano.

Nadie vigilaba el jardín. Casa y criados, todo estaba revuelto en una total confusión.

Esperó agazapado en el sicómoro a que el campanario hiciera sonar las doce.

Con el corazón encogido, las manos temblorosas y pálido como un cadáver, descendió del árbol, tomó una escalera, la recostó en la pared, subió hasta el último peldaño y se puso a escuchar.

Todo estaba tranquilo; ningún ruido turbaba el silencio de la noche.

En la casa de Baerle sólo había una luz encendida.

Se trataba del dormitorio de la nodriza, sin duda.

Boxtel se dispuso a proseguir con su infame

acción y, una vez se hubo convencido de que nada tenía que temer, pasó la escalera de su jardín al jardín de Cornelio y bajó en él.

Al conocer perfectamente el lugar donde estaban enterrados los bulbos del futuro tulipán negro, se dirigió directamente allí, tratando de pasar por las calles de árboles, con el fin de no dejar huellas. Cuando llegó al sitio previsto, hundió sus manos en la tierra blanda con la misma alegría salvaje del tigre al lanzarse sobre su presa; pero nada encontró, y temió haberse equivocado.

Se incorporó de nuevo mientras un sudor frío empapaba su rostro. Luego se puso a escarbar la tierra afanosamente en todas direcciones, con el mismo resultado infructuoso. Por un instante creyó perder el juicio; hasta que al cabo de un rato pudo comprobar que la tierra había sido removida aquella misma mañana.

Efectivamente, mientras el envidioso Boxtel yacía en la cama, Cornelio se desplazó hacia el jardín y desenterró el bulbo que, como hemos visto, lo dividió en tres partes.

Boxtel no se decidía a abandonar aquel lugar, y llegó a remover la tierra en un espacio de más de diez pies cuadrados.

Se convenció al fin de que aquello era inútil.

Encegado por la rabia, subió de nuevo por la escalera, llegó a lo alto de la pared, colocó la escalera al otro lado y se dispuso a bajar.

En aquel momento brilló en sus ojos un rayo de esperanza.

¡Los bulbos debían estar en el cuarto-estufa; en el invernadero!

Necesitaba, pues, introducirse en la casa como se había introducido en el jardín.

Allí los encontraría, estaba seguro.

El acceso a la casa no parecía difícil.

Las vidrieras del invernadero se deberían abrir con facilidad.

Además, Cornelio Baerle las había dejado abiertas aquella misma mañana y nadie se había preocupado de volverlas a cerrar.

La única dificultad residiría en procurarse una escalera de veinte pies de altura, ya que la de doce no le era útil.

Boxtel recordó entonces que en la calle donde vivía había una casa en construcción y apoyada en una pared se encontraba una escalera gigante. Era la que necesitaba, si no se la habían llevado los albañiles.

Corrió en su busca y tuvo la suerte de encontrarla.

Boxtel consiguió arrastrarla trabajosamente hasta su jardín y la recostó contra la pared de la casa de Cornelio.

La escalera llegaba justo a la altura del invernadero. Boxtel tomó una linterna sorda, que se guardó encendida en el bolsillo; trepó por la escalera y saltó al interior de la estancia.

Al penetrar allí dentro se apoyó en una mesa, las piernas le temblaban y el corazón le latía con tanta violencia que parecía que iba a estallar.

Aquella estancia era más peligrosa que el jardín; puede decirse que el aire libre desprovee a la propiedad privada de su aspecto más imponente: el que salta un vallado y escala una pared suele detenerse ante la puerta o la ventana de una casa.

En el jardín, Boxtel se consideraba únicamente un merodeador, pero en aquella habitación se convertía en un auténtico ladrón.

Sin embargo, consiguió darse ánimos; no había avanzado tanto para tener que volverse ahora atrás con las manos vacías.

Pero su determinación de poco le iba a servir;

fue revisando uno por uno todos los cajones y entre ellos el cajón donde estuvo aquel depósito de tan funestas consecuencias para Cornelio, y sólo pudo encontrar, debidamente ordenados y rotulados como en un jardín botánico, la *Juana*, la *Witt*, el tulipán negruzco, el tulipán color café tostado, pero no encontró el menor rastro del tulipán negro, o para ser más exactos, de los bulbos donde éste se ocultaba.

En el libro de registro de semillas y bulbos que Baerle llevaba por partida doble tan escrupulosamente como puede llevarse el registro comercial de las casas principales de Amsterdam, Boxtel encontró la siguiente anotación:

«Hoy, 20 de agosto de 1672, he desenterrado el bulbo del gran tulipán negro, dividiéndolo en tres partes proporcionales.»

—¡Esos bulbos! ¡Esos malditos bulbos! —gritó Boxtel fuera de sí y destrozando todo cuanto hallaba a su paso—, ¿dónde diablos los había metido?

De repente, empezó a golpearse frenéticamente el pecho.

—¡Necio de mí! —decía—. ¡Tres veces estúpido de mí! ¿Cómo podía haberse separado de sus bulbos? ¿Cómo iba a dejarlos en Dordrecht, marchándose a La Haya? ¿Es que se puede vivir sin esos bulbos cuando esos bulbos son los del gran tulipán negro? No le habrá faltado tiempo para recogerlos al infame. Se los ha llevado consigo a La Haya.

Era como si un rayo hubiese revelado a Boxtel la inutilidad de su crimen.

Boxtel, anonadado, cayó sobre la mesa en que unas horas antes Baerle se había entregado con placer a la deliciosa contemplación de los bulbos del tulipán negro.

—Está bien, si se los ha llevado los conservará mientras esté con vida; pero...

Un horrible pensamiento se plasmó en una grotesca mueca.

—Los bulbos se encuentran en La Haya; en ese caso mi estancia en Dordrecht se ha acabado. ¡A La Haya pues, a buscar los bulbos!

Y Boxtel, rechazando aquellas inmensas riquezas que con tanta prodigalidad se le ofrecían, preocupado como estaba por aquella otra riqueza inestimable, salió nuevamente por la ventana, se deslizó escalera abajo, colocó de nuevo la escalera en el sitio de donde la había cogido, y, rugiendo como una fiera, entró en su casa.

9. *La habitación familiar*

Cuando Cornelio Baerle fue encerrado en la cárcel de Buytenhoff, eran aproximadamente las doce de la noche.

En aquel establecimiento penitenciario se habían cumplido las funestas previsiones que en su día hizo Rosa, la hija del carcelero. Al encontrar vacío el calabozo de Cornelio Witt, la cólera de sus perseguidores fue incontenible, y si el viejo Gryfus se hubiese encontrado al alcance de aquellos salvajes seguramente habría pagado con su vida.

Pero aquella fuerza incontrolable, muy pronto se encauzó hacia los dos hermanos Witt, gracias a las precauciones que había tomado Guillermo de Orange de cerrar las puertas de la ciudad.

Llegó un momento en que la cárcel se encontró vacía, y un pesado silencio sucedió a la espantosa tempestad de aullidos que momentos antes resonaban por sus escaleras.

Rosa, aprovechando este silencio, abandonó su escondrijo, obligando también a su padre a hacer lo mismo.

La prisión se hallaba totalmente desierta. ¿Qué falta hacían allí cuando se estaba produciendo el asesinato de los Witt en el Tol-Hek?

El carcelero siguió tembloroso a su hija. Cerraron lo mejor que pudieron la puerta principal que los revoltosos habían destrozado. Se notaba que había pasado por allí una incontenible riada de ira.

Hacia las cuatro de la tarde aproximadamente, se oyeron nuevamente unos gritos, pero ellos podían estar tranquilos ya que se trataba del ruido que el pueblo producía al arrastrar los cadáveres hacia el lugar de las ejecuciones.

Rosa volvió a ocultarse de nuevo; lo hizo más que nada para no tener que presenciar aquel macabro espectáculo.

A las doce de la noche llamaron a la puerta del Buytenhoff, o mejor dicho a lo que de la misma quedaba.

Se trataba de las gentes que conducían a la prisión a Cornelio Baerle.

Después de recibir, el carcelero Gryfus, al nuevo huésped y tan pronto como conoció la identidad del mismo, le dijo en tono irónico:

—¿Conque el ahijado de Cornelio Witt? Joven, aquí tenéis la habitación familiar; a partir de ahora será la vuestra.

Y satisfecho de su propio ingenio, aquel furibundo orangista tomó el farol y las llaves y condujo a Cornelio al calabozo que aquella misma mañana había abandonado su padrino Cornelio Witt para ir al destierro, palabra que suelen usar los grandes moralistas de la Revolución para encubrir el siguiente axioma político: «Sólo los muertos no regresan.»

Gryfus se dispuso, como se ha dicho, a conducir al ahijado al calabozo del padrino.

Durante el camino Cornelio Baerle no oyó más que el ladrido de un perro, y no vio nada más que el rostro de una joven.

El perro salió de un agujero socavado en el

muro y arrastraba una pesada cadena. Olfateó a Cornelio, con el fin tal vez, de ser capaz de reconocerlo cuando le mandasen que lo despedazara.

Lo joven, al oír crujir el pasamanos de la escalera sobre el que se deslizaba la mano de Bearle, entreabrió el postigo de su habitación y la luz que llevaba en su mano derecha alumbró un lindo rostro rodeado de rubios cabellos, mientras que con la mano izquierda cruzaba sobre el pecho su bata blanca. La inesperada llegada de Cornelio la había despertado de su primer sueño.

La oscura y negra espiral que formaba la escalera, teñida levemente por la luz rojiza del farol de Gryfus, y la sombría estampa del carcelero, formaban un cuadro digno del pincel de un gran artista. En lo alto de la escalera se destacaba la triste figura de Cornelio y por debajo de él, encuadrada en el luminoso dintel de la puerta, el suave rostro y el tembloroso cuerpo de Rosa, algo cohibida por la presencia de un personaje tan importante como Cornelio, la mirada del cual acariciaba vaga y tristemente sus blancos y redondeados hombros.

En la parte baja, en el sitio donde la oscuridad de la escalera hacía desaparecer todos los objetos, restallando como los ojos de un felino, se hallaba el feroz perro con su cadena.

Pero el gran Rembrandt jamás hubiera podido trasladar al lienzo la triste expresión del semblante de Rosa al ver aquel pálido joven y al escuchar las amenazadoras palabras de su padre: «Ocuparéis la habitación familiar.»

Aquella visión fue tan fugaz que duró menos tiempo que el que hemos empleado en describirla. Después, Gryfus, prosiguió su camino y Cornelio, al cabo de unos cinco minutos, entró en el calabozo cuya descripción no es necesaria ya que el lector ya la conoce.

Cryfus, tras indicar con la mano el lecho donde tan grandes sufrimientos había padecido Cornelio Witt —que aquel mismo día había entregado su alma a Dios—, tomó nuevamente el farol y dejó a Baerle solo.

Baerle se acostó sobre el lecho, pero en toda la noche no pudo dormir. Miraba a través de la estrecha ventana enrejada que daba sobre el Buytenhoff, hasta que vió blanquear por detrás de los árboles los primerizos rayos de luz que el cielo extiende sobre la tierra cual manto de blancura.

Durante la noche había oído el galopar intermitente de caballos; los pesados pasos de las patrullas de vigilancia haciendo resonar el empedrado de la plaza, y las mechas de los arcabuces iluminando los cristales de la cárcel con esporádicos relampagueos.

Cuando la luz del nuevo día plateó los tejados de albardilla de las casas, Cornelio, impaciente por saber si alguna cosa gozaba de vida en torno suyo, se aproximó a la ventana y paseó su triste mirada por la plaza.

En un extremo de ella se alzaba una forma siniestra que las brumas matinales azuleaban, destacando sobre las casas próximas su familiar silueta.

Se trataba de una horca, de la que colgaban dos bultos informes que no eran otra cosa que dos cadáveres colgantes.

La ira del pueblo de La Haya, una vez hubo despellejado salvajemente a sus víctimas, los colgó de la horca, y sobre sus cuerpos pegaron un gran cartel con una doble inscripción.

En aquel cartelón, la rudimentaria brocha de un embadurnador de muestras, había escrito las siguientes palabras, que Baerle, con sus ojos de veintiocho años, consiguió leer:

«Aquí están colgados los criminales y traidores hermanos Juan y Cornelio Witt, enemigos del pueblo holandés y amigos entrañables del Rey Luis XIV de Francia.»

Cornelio lanzó un terrible grito, y, preso de delirantes terrores, golpeó con pies y manos la puerta de su calabozo hasta que Gryfus, con su enorme fajo de llaves en la mano, acudió colérico.

Abrió la puerta lanzando terribles juramentos contra aquel prisionero que le incomodaba fuera de las horas de servicio.

—¡Vaya! ¡Otro Witt que también está rabioso! ¡Todos vosotros lleváis el diablo dentro del cuerpo!

—Carcelero, por amor de Dios —dijo Baerle a Gryfus cogiéndolo del brazo y conduciéndole hasta la ventana—. ¿Qué es lo que se lee allá abajo?

—¿Dónde?

—Allí, en aquel gran cartelón.

Y, trémulo y desencajado señalaba con el dedo en dirección a la horca.

Gryfus se echó a reír frenéticamente.

—Sí —dijo—. Habéis leído bien... Aprended, mi querido amigo, ésas son las consecuencias de mantener relaciones con los enemigos del príncipe de Orange.

—Los Witt, asesinados —murmuró Cornelio, con la frente perlada de sudor y dejándose caer inerte sobre el lecho con los brazos extendidos y los ojos cerrados.

—Los hermanos Juan y Cornelio Witt han sido ejecutados por el pueblo. ¿Si a eso le llamáis asesinato? Yo le llamo justicia.

Al observar al prisionero, allí tendido, sobre la cama, con expresión anonadada, salió del calabozo cerrando la puerta de un golpetazo y corriendo los cerrojos con estrépito.

Al volver en sí, Baerle se encontró solo y empezó a recorrer con la mirada aquel calabozo que Gryfus con cruel ironía había bautizado como «la habitación familiar».

Como que se trataba de un hombre estudioso y además de un buen cristiano, rogó a Dios por el alma de su padrino, más tarde por la del Gran Pensionario y, por último, acató resignadamente todos los males que Dios decidiera enviarle.

Después, una vez devuelto a la realidad del calabozo, y tras asegurarse que estaba completamente solo, sacó de su pecho los tres bulbos del tulipán negro y los ocultó debajo de una piedra que solía sostener el clásico cántaro que hay en todas las prisiones. Era el lugar más apartado y oscuro de aquella celda.

¡Tantos trabajos y tantas horas de esfuerzos! Su descubrimiento iba a quedar reducido a la nada, moriría con él. En aquel calabozo no había ni una sola brizna de hierba, ni un átomo de tierra, ni un rayo de sol.

Tan descorazonador pensamiento condujo a Baerle a la más absoluta desesperación, de la que logró sacarle una excepcional circunstancia que inmediatamente vamos a relatar.

10. *La bella Rosa*

Al abrir la puerta del calabozo para llevarle la comida de la tarde al preso, el carcelero Gryfus resbaló sobre las húmedas losas cayendo al suelo. Se fracturó el brazo por encima de la muñeca.

Cornelio acudió solícito en su auxilio, pero el carcelero considerando la poca gravedad del accidente lo frenó:

—No es nada; no os molestéis.

Intentó levantarse ayudándose con el brazo que le ofreció Cornelio; pero el hueso cedió y Gryfus lanzó un fuerte grito de dolor.

Al ver que se había roto el brazo, aquel hombre en apariencia tan rudo, perdió el sentido y quedó tendido en el suelo, inerte y frío como un cadáver.

La puerta del calabozo quedó abierta y Cornelio Baerle por un instante vislumbró el camino de su libertad; pero no era el momento de aprovecharse de aquel accidente para escapar. Por el modo en que se le dobló el brazo y el crujido que emitió al romperse, Cornelio se imaginó en seguida que se lo había fracturado y únicamente pensó en socorrer a aquel herido pese a los malos modos con que el carcelero le había tratado.

Al ruido que produjo la caída de Gryfus y a

su posterior exclamación de dolor le siguió el ruido de unos pasos precipitados que se acercaban por el oscuro pasadizo de la escalera, y ante la súbita aparición de una tercera persona, lanzó Cornelio un sofocado grito que inmediatamente halló su eco en otro grito, sólo que éste era voz de mujer.

Se trataba de la hermosa frisona, que al ver a su padre tendido en el suelo y al preso inclinado sobre él, había supuesto que Gryfus, cuya brutalidad conocía, había tenido una pelea con Cornelio.

Cornelio adivinó al instante lo que pasaba por la cabeza de la joven, pero ella, reconociendo su error y avergonzada de su sospecha, miró al joven con los ojos llorosos y le dijo:

—Perdonadme por haber sospechado de vos, y gracias por lo que estáis haciendo.

Cornelio no pudo evitar un ligero rubor.

—No hago más que cumplir con mi deber de cristiano —dijo—, que es auxiliar a mis semejantes.

—Sí, pero al socorrerle ahora parece que estéis olvidando las ofensas que os infirió esta mañana. Esto es más que humanidad, señor, es más que cristianismo.

Cornelio contempló a la hermosa joven, admirado de oír en boca de una muchacha del pueblo una frase tan noble y compasiva a la vez.

No tuvo tiempo, sin embargo, de manifestar su sorpresa, pues, al instante, Gryfus volvió en sí. Abrió los ojos, y recobrando su acostumbrada brutalidad, dijo:

—¡Oh!, sólo yo tengo la culpa de lo que me está pasando; se apresura uno a traer la comida al detenido y la prisa lo hace caer, se rompe en la caída un brazo y encima le dejan a uno tendido en el suelo.

—Callad, padre —dijo Rosa—; sois injusto con este joven, os estaba socorriendo.

—¿El? —dijo Gryfus dubitativo.

—Así es, y estoy dispuesto a socorreros aún más.

—¿Acaso sois médico? —preguntó Gryfus.

—Sí —respondió con modestia Baerle.

—¿Podríais entonces curarme el brazo?

—Si así lo deseáis.

—¿Qué os haría falta para ello?

—Dos tablillas de madera y vendas.

—Ya habéis oído, Rosa —dijo Gryfus—. El preso va a curar mi brazo, ello siempre resultará más económico; ayudadme a levantar, pues parece que sea de plomo.

Rosa ofreció su hombro para que el herido pudiera sostenerse, en tanto que Gryfus rodeaba el cuello de su hija con su otro brazo. Después de realizar un esfuerzo sobrehumano, consiguió tenerse en pie, en tanto que Cornelio, para ahorrarle camino, le empujaba hacia él un sillón.

Gryfus se sentó en él y luego dirigiéndose a su hija le dijo:

—¿Es que no os habéis enterado? Id inmediatamente a buscar lo que os han pedido.

Rosa estuvo de vuelta en un santiamén provista de dos duelas de un tonel y una larga venda.

Cornelio se había ocupado, entretanto, de quitar la chaqueta al carcelero y arremangarle la camisa.

—¿Eso es todo cuanto necesitáis? —preguntó Rosa.

—Sí —dijo Cornelio observando los objetos que le tendían—, eso es. Ahora acercad esa mesa mientras yo sostengo el brazo de vuestro padre.

Rosa así lo hizo y Cornelio puso encima el brazo roto con el fin de mantenerlo en la postura adecuada. Arregló muy hábilmente la fractura, colocó las tablilas y lió las vendas.

Cuando Cornelio estaba prendiendo el último alfiler, el carcelero sufrió un nuevo desmayo.

—Traedme vinagre —dijo Cornelio a Rosa—; le frotaremos las sienes y recobrará el conocimiento —pero Rosa lejos de hacer lo que se le pedía y una vez cerciorada que su padre estaba inconsciente, adelantó unos pasos hacia Cornelio y le dijo:

—Señor, favor con favor se paga.

—¿Qué queréis decir, hermosa criatura? —preguntó Cornelio.

—Deseo daros una información. El juez que deberá interrogaros mañana, ha querido saber el lugar donde se os ha encerrado y al enterarse de que ocupabais la misma celda que Cornelio Witt, se rió de un modo siniestro. Esto me hace pensar que nada bueno os aguarda.

—Pero ¿por qué han de condenarme siendo inocente? —dijo Cornelio.

—Observad esa horca. ¿No os sugiere nada?

—Soy inocente —repitió una vez más Cornelio.

—¿Acaso no lo eran también los dos ahorcados que cuelgan de allí?

—Tenéis razón —dijo Cornelio con ademán sombrío.

—Además —prosiguió Rosa—, la opinión pública quiere ver en vos a un culpable y, lo seáis o no, vuestra causa será vista mañana y al día siguiente se os dictará la sentencia; en estos momentos los juicios criminales se han agilizado considerablemente.

—¿Qué pretendéis con decirme eso?

—¡Oh!, me parece que la cosa está bien clara. Me encuentro sola, soy una muchacha débil e indefensa, mi padre está sin sentido, el perro lleva puesto el bozal..., por consiguiente nada hay que os impida simular una huida. Fugaos pues, a eso me refería.

—¿Sabéis lo que estáis diciendo?

—Una vez me fue imposible salvar a Cornelio Witt y a su hermano y no quisiera que lo mismo me ocurriera de nuevo con vos. Os ruego que os apresuréis; mi padre empieza ya a recobrarse y no tardará en abrir los ojos. Entonces será demasiado tarde. ¿Vaciláis aún?

Cornelio permanecía inmóvil contemplando aquella muchacha como si la mirase por primera vez.

—¿No habéis comprendido aún? —preguntó impaciente la joven.

—Sí, lo comprendo —dijo Cornelio—; pero...

—¿Pero qué?

—Me niego a hacerlo por la sencilla razón de que os acusarían a vos.

—¡Eso no importa! —replicó Rosa ruborizándose ligeramente.

—De todos modos os lo agradezco de corazón —dijo Cornelio—, pero rehúso a hacerlo.

—¿Rehusáis? ¡Dios mío! ¿Es que no comprendéis que os condenarán... os condenarán a muerte? Os conducirán a un cadalso y probablemente seréis despedazado como hicieron con los hermanos Juan y Cornelio Witt. En nombre del cielo, no os preocupéis por mí y escapaos cuanto antes de esta prisión. No olvidéis que esta celda trae desgracias a los Witt.

—¡Hey! —exclamó recobrando el sentido el carcelero—. ¿Quién está hablando de esos bribones, miserables y desalmados hermanos Witt?

—Os aconsejo que no os enojéis —dijo Cornelio sonriéndole afablemente—; no hay peor remedio para las fracturas que la sangre se enardezca.

Y luego dirigiéndose en voz baja a Rosa, dijo:

—Amiga mía, soy inocente y esperaré a que se me juzgue con la tranquilidad de conciencia que me da el no haber cometido el hecho que se me imputa.

—¡Callad! —le ordenó Rosa.

—¿Por qué debo callarme?

—Es del todo punto necesario que mi padre no sospeche que hemos hablado juntos.

—¿Es ello malo?

—Sí, porque me prohibiría volver de nuevo aquí.

Cornelio se sonrió al escuchar aquella ingenua confidencia; le pareció ver resplandecer un poco de felicidad dentro de su desgracia.

—¿Qué demonios estáis cuchicheando? —dijo Gryfus levantándose y sosteniéndose el brazo enfermo con el otro.

—Nada —respondió Rosa—, este caballero, que me está instruyendo sobre el régimen que deberéis seguir.

—¡Al infierno con los regímenes! ¡También tú necesitarías someterte a un buen régimen!

—¿A qué régimen os referís, padre?

—A no pisar para nada el calabozo de los presos, y, si por causa de fuerza mayor tenéis que hacerlo, salid lo antes posible. Así que, vamos, echa a andar delante mío de inmediato.

Rosa y Cornelio intercambiaron unas miradas de complicidad. Parecían decirse: Rosa. —«Ya veis que tenía razón.» Cornelio. —«Que sea lo que Dios quiera.»

11. *Cornelio Baerle hace testamento*

Las previsiones de Rosa se confirmaron plenamente. Los jueces se trasladaron, al día siguiente, al Buytenhoff e interrogaron a Cornelio Baerle. El interrogatorio fue breve y en él quedó patente que Cornelio había guardado en su casa la correspondencia de los Witt con Louvois.

Cornelio no lo negó y a los jueces sólo les quedó la duda de si aquella correspondencia le había sido entregada por su padrino.

Pero dado que los dos hermanos habían muerto y por lo tanto Baerle ya no podría perjudicarles con sus declaraciones, no solo afirmó que Cornelio Witt le había entregado personalmente el depósito, sino que refirió minuciosamente de qué manera y en qué circunstancias lo había hecho.

Esta confidencia implicaba la complicidad del ahijado en el crimen del padrino.

El delito era evidente para aquellos jueces parciales.

Baerle no quiso limitarse a la estricta confesión de su culpabilidad, sino que expuso todas sus querencias, hábitos, distracciones y, en suma a todo aquello que hiciera referencia a su vida personal. Manifestó su absoluta indiferencia por la política y su indesmayable amor al estudio, las artes, las ciencias, y a las flores. Añadió que jamás, desde el día en que su padrino Cornelio había estado en Dordrecht para confiarle aquel depósito, se le había pasado por la cabeza ni siquiera tocarlo.

Se le objetó que eso no podía ser cierto ya que los documentos estaban guardados precisamente en un armario que él solía abrir y revolver casi a diario.

Cornelio contestó que, si efectivamente abría el cajón era con la intención de asegurarse que sus bulbos estuvieran bien secos.

Se le recriminó que su pretendida indiferencia hacia aquel depósito no era lógico, porque era imposible que sabiendo que procedía de manos de su padrino desconociese su verdadero valor. Cornelio se excusó diciendo que su padrino era un hombre dotado de gran prudencia, y lo lógico era pensar que nada le diría sobre aquellos documentos. Además, la revelación del contenido de aquel pliego hubiese servido para incrementar la responsabilidad del depositario.

Se le argumentó que de haber procedido Cornelio Witt en la forma indicada, habría anexionado un certificado acreditativo de que su ahijado era totalmente ajeno a todo cuanto aquellos papeles decían; o bien durante su proceso le habría podido escribir alguna carta que lo justificase.

Cornelio dijo que lo más probable era que su padrino hubiera sido incapaz de imaginarse que aquel depósito corriese el menor riesgo, estando como estaba guardado en un armario que se consideraba tan sagrado como el Arca de la Santa Alianza para todos los de la casa de Baerle; que, por lo mismo, habría juzgado innecesaria la certificación; que, en cuanto a la carta, recordaba que un momento antes de haber sido detenido y mientras contemplaba absorto un extraño bulbo había entrado en su invernadero el criado de Juan Witt, y le había entregado un papel; pero que de todo aquello no le quedaba más que una vaga idea como la que pueda tenerse de un sueño lejano; el criado había desaparecido, y el papel quizá llegase a encontrarse si se buscaba bien.

En cuanto al testimonio de Craeke, no era posible encontrarle ya que había salido de Holanda; y había tan pocas probabilidades de encontrar el papel que ni siquiera se molestaban en buscarlo.

El mismo Cornelio no quiso insistir demasiado en aquellas pruebas, porque aun suponiendo que se encontrase el papel podría no tener relación alguna con la correspondencia que formaba el cuerpo del delito.

Los jueces sugirieron a Cornelio que se buscase un abogado de oficio para defenderle mejor de como él lo hacía; con lo cual demostraron hacia su persona la misma deferencia de trato que suele mantener el vencedor con el vencido, el cual dueño absoluto de su destino ni siquiera necesita humillarle.

Cornelio rehusando aquella hipócrita propuesta contestó:

—Señores, lo único que necesito para mi defensa es declarar la verdad. El pliego de cartas llegó a mis manos por el conducto que he manifestado; juro ante Dios que ignoraba y todavía sigo ignorando su contenido. Me enteré que aquel depósito era la correspondencia cruzada entre el Gran Pensionario y el marqués de Louvois, el primer día de mi estancia en prisión. Protesto, por último, por la forma como se ha podido averiguar que estos documentos se encontraban en mi casa, y, sobre todo, por considerar delito el hecho de recibir un recado de mi ilustre padrino.

En eso consistió toda la defensa de Cornelio.

Luego les llegó el turno a los jueces, quienes con rara unanimidad aceptaron la siguiente premisa: «Que cualquier manifestación de discordia civil es un acto criminal, porque de ella puede nacer la guerra, que todos tenemos el deber de evitar.»

Uno de aquellos jueces, que tenía fama de ser un perspicaz observador, manifestó que aquel joven en apariencia tan pacífico podría llegar a ser muy peligroso, ya que, bajo aquella máscara de hielo, podrían esconderse oscuros deseos de venganza con el fin de rehabilitar la memoria de los Witt, que al fin y al cabo eran sus familiares.

Otro magistrado hizo la observación de que el amor por los tulipanes es perfectamente compatible con la política y que se había comprobado históricamente que muchos individuos en extremo peligrosos se habían dedicado al cultivo de las flores; y como si ésta fuese su única dedicación en realidad encubrían otras cosas muy distintas. Para ilustrar aquellas palabras citó a Tarquin, el cual cultivaba adormideras en Gavies; y al Gran Condé que mientras regaba sus claveles en su casa de Vincennes sus secuaces estaban entrando en Roma.

El juez presidente del Tribunal interrumpió aquel discurso con las siguientes palabras:

—El señor Cornelio Baerle es un aficionado al tulipán y también lo es de la política. En ambos casos nos ha estado engañando; en primer lugar porque se ha demostrado que actuaba en política a través de las pruebas que atentaban contra la seguridad del Estado, halladas en su domicilio y, en segundo lugar, porque está archidemostrado que se dedicaba al cultivo de los tulipanes. Si Cornelio Baerle alternaba sus ocupaciones en la política con sus distracciones tulipaneras, el acusado demuestra ser de la clase de individuos que representan una amenaza para la tranquilidad pública. Su caso es análogo al de los espíritus ambiguos como Tarquin *el Antiguo* o Condé.

De todas estas elucubraciones se deduce fácilmente que el príncipe *Estatúder* de Holanda, Guillermo de Orange, podría contar con los magistrados que quisiera para eliminar cualquier foco subversivo en las Siete Provincias.

La argucia fue de gran peso y para aniquilar de un modo eficaz el germen de toda resistencia a la presión de los gobernantes, condenaron por unanimidad a Cornelio Baerle a la pena de muerte, convicto y confeso de haber cooperado, bajo aquella apariencia de un pacífico ciudadano aficionado a las plantas, con las más bajas intrigas y complots que los Witt urdieron contra la nación holandesa en alianza con sus amigos los franceses.

La sentencia disponía también, que Cornelio Baerle debía ser conducido desde la prisión de Buytenhoff al cadalso que se alzaba en la plaza que lleva el mismo nombre. Allá el verdugo le cortaría la cabeza.

Como que la ultimación de los detalles administrativos del juicio eran muy prolijos y aún había para rato, el prisionero fue conducido al calabozo sin habérsele comunicado oficialmente su sentencia de muerte.

Allí se la comunicaría el escribano de los Estados en persona.

Gryfus se encontraba en cama a causa de la fiebre motivada por la fractura del brazo. Le reemplazaba uno de sus ayudantes. Cuando introdujo al escribano en la celda de Cornelio, Rosa, aprovechando un descuido del carcelero se deslizó por la puerta entreabierta y se escondió junto a un muro a oscuras. Llevaba un pañuelo en la boca para ahogar sus incontenibles sollozos.

Cornelio escuchó su sentencia con mayor sorpresa que pena, y una vez terminada su lectura el escribano preguntó si tenía algo que decir.

—No —dijo—; solamente añadir que de entre todas las prevenciones que un hombre precavido debe adoptar para evitar la muerte, juro que nunca hubiera parado atención en ésta.

El escribano se despidió de Cornelio con un respetuoso saludo, típico en esta clase de funcionarios, y se dispuso a salir.

Cornelio le retuvo un momento para preguntarle:

—A propósito, señor escribano, ¿para qué fecha se ha fijado el día de la ejecución?

—Para hoy mismo —le contestó el escribano, a quien la entereza de ánimo del condenado llamaba poderosamente su atención.

En aquel momento estalló un sofocado sollozo procedente de detrás de la puerta.

Cornelio se acercó allí con el fin de averiguar el motivo de aquel ruido; pero Rosa, que intuyó el movimiento, retrocedió:

—¿A qué hora deberé ser ejecutado? —preguntó Cornelio.

—A las doce del mediodía.

—¡Caramba! —exclamó Cornelio—. No hace apenas unos minutos que dieron las diez; deberé aprovechar el poco tiempo de vida que me queda.

—Podríais aprovechar para reconciliaros con Dios —sugirió el escribano inclinándose reverentemente—. ¡Ah!, y también tenéis el derecho a solicitar los auxilios del sacerdote que mejor os plazca.

Una vez dichas estas palabras, se dirigió hacia la puerta. El carcelero suplente se disponía a seguirle y a cerrar la puerta del calabozo, cuando un brazo blanco y trémulo se interpuso entre él y la pesada puerta.

Cornelio no pudo distinguir más que el casquete de oro bordado con encajes blancos, típico adorno que usaban las mujeres de Frisa, y oyó un leve cuchicheo de mujer y al instante vio al carcelero poner sus pesadas llaves en la blanca mano que se extendió hacia él. El guardián se sentó en un peldaño de la escalera, vigilante.

El casquete de oro dio media vuelta y Cornelio vio el rostro inundado de lágrimas y los grandes ojos azules velados por el llanto, de la hermosa Rosa.

Se adelantó hacia Cornelio apoyando ambas manos sobre su quebrantado pecho.

—¡Oh, caballero, caballero! —exclamó; y le fue imposible proseguir.

—Hermosa mía —dijo Cornelio profundamente conmovido—. ¿Qué deseáis de mí? Bien sabéis que poco puedo hacer ya en este mundo.

—Vengo a solicitar de vos una gracia —dijo Rosa intentando controlar sus lágrimas.

—No lloréis más, Rosa —dijo el preso—, ya que vuestro llanto me entristece más aún que mi próxima muerte. Y ya debéis saberlo, cuanto más inocente es un prisionero con mayor tranquilidad afronta la muerte, puesto que muere mártir. Así es que no lloréis más, y ahora decidme, en qué puedo serviros.

La joven se puso de rodillas.

—Perdonad a mi padre —dijo.

—¡A vuestro padre! —dijo Cornelio con asombro.

—Sí, ¡ha sido muy cruel!, pero no lo puede remediar. Esa es su condición y su forma de actuar es la misma con todos los presos; no creáis que se ha ensañado particularmente con vos.

—No os preocupéis, querida Rosa, vuestro padre ya ha sido castigado con el accidente que ha sufrido; yo ya lo he perdonado.

—¡Gracias! —respondió Rosa—. Y ahora decidme, ¿puedo seros útil en algo?

—Sí, podéis proporcionarme el placer de veros secar vuestros lindos ojos —respondió Cornelio sonriéndole con dulzura.

—Pero yo por vos..., por vos.

—El hombre a quien sólo le resta una hora de vida tendría que ser el más refinado sibarita para pedir alguna cosa.

—¿Y el sacerdote que os ofrecieron?

—Yo he amado a Dios toda mi vida, Rosa. Le he adorado en sus obras; le he obedecido en sus designios. No puede estar enojado conmigo y consiguientemente no deseo pedir un sacerdote. El último pensamiento que ocupa mi mente en estos momentos, Rosa, es algo consagrado a la mayor gloria de Dios. Ayudadme, querida niña, os ruego que me ayudéis a realizar mi último deseo.

—¡Oh, sí, hablad, señor Cornelio, hablad! —exclamó la afligida joven entre sollozos.

—Dadme vuestra mano y prometedme que no os reiréis de mí.

—¡Reírme de vos! —dijo Rosa—. ¡Precisamente ahora! Probablemente no me habéis mirado bien, señor Cornelio.

—Sí, os he mirado, Rosa, con los ojos del cuerpo y con los del alma. Jamás he visto mujer tan bella, ni alma tan pura, y si ahora dejo de miraros, perdonadme; pero próximo a morir, prefiero que nada me haga desear conservar la vida.

Rosa se estremeció al oír aquellas palabras. En aquel momento el reloj de la torre del Buytenhoff acababa de dar las once, y la joven lanzó un suspiro.

—Sí, démonos prisa —dijo Cornelio—. Apresurémonos, Rosa.

Sacó con rapidez el papel que envolvía los tres bulbos de su pecho —los había guardado allí una vez pasado el temor a que le registraran—, y prosiguió:

—Toda mi vida he sentido una fuerte pasión por las flores, incluso ignoraba que pudiera amarse otra cosa. ¡Oh!, no os ruboricéis ni escondáis vuestro hermoso rostro, Rosa, pues aun cuando os hiciese una declaración de amor mis opciones serían mínimas, porque en la plaza del Buytenhoff hay cierta hoja de acero que dentro de una hora sesgará mi vida. Así pues, como os decía, mi pasión por las flores me llevó a encontrar, al menos ésa es mi creencia, el secreto del gran tulipán negro que todos consideran imposible de alcanzar. Un premio de cien mil florines ofrecido, quizá ya lo sepáis, por la sociedad de Floricultura de Haarlem, esperan al floricultor que consiga fabricar el citado tulipán negro. Esos cien mil florines —y bien sabe Dios que no es la pérdida de ese dinero lo que más me aflige—, están encerrados simbólicamente en este bulto que contiene ni más ni menos que los tres bulbos indispensables para hacer florecer la citada planta. Os ruego que los aceptéis sin compromiso alguno, Rosa, son vuestros, os los regalo.

—¡Señor Cornelio!

—¡Oh, no los rechacéis, Rosa! A nadie perjudicaríais aceptándolos sino todo lo contrario. Estoy solo en el mundo; mis padres murieron; no he tenido hermanos, y en cuanto al amor... si alguien ha deseado amarme yo ni me he enterado. Además, Rosa, como podéis ver me veo abandonado por todos y en este trance amargo sólo vos me prestáis consuelo.

—Es que cien mil florines...

—Razonemos, querida amiga —dijo Cornelio—; cien mil florines será una buena dote para vos; tendréis los cien mil florines, ya que estoy plenamente seguro del resultado de mis bulbos.

Esa cantidad será vuestra y, querida Rosa, a cambio nada os pido, salvo que respetéis una única condición: debéis casaros con un hombre honrado, joven a quien vos améis y que os ame tanto como yo he amado a las flores. Dejadme proseguir, Rosa, ya que sólo me quedan unos minutos...

La pobre niña apenas podía acallar sus sollozos

Cornelio le tomó la mano y prosiguió:

—Escuchadme bien lo que os voy a decir. Iréis a buscar tierra de mi jardín de Dordrecht. Pediréis a Butruisheim, mi jardinero, tierra de la platabanda número seis. Depositaréis los tres bulbos en un gran cajón y en siete meses, el mes de mayo próximo, los veréis florecer. Cuando aparezca la flor en el tallo, pasad la noche junto a ella, preservándola del viento, y durante el día, protegiéndola del sol. ¡Oh, sí!, la flor será negra, estoy convencido de ello. Entonces será cuando deberéis avisar sin demora al presidente de la sociedad de Floricultura de Haarlem. Este hará constar en el acta el color de la flor e inmediatamente os serán entregados los cien mil florines.

Rosa suspiró hondamente.

—Ahora bien —continuó Cornelio mientras se secaba una lágrima próxima a humedecer sus mejillas, lágrima provocada por el recuerdo de sus amadas flores que tanto añoraba y que no podría volver a ver nunca más—, mi más fervoroso deseo es que el tulipán se llame *Rosa Barloensis*, esto es, capaz de despertar en la memoria de los hombres vuestro nombre y el mío; y dado que desconocéis el latín escrito podríais olvidar el nombre, por ello si me dais un lápiz y un papel os lo escribiré.

Rosa, hecha un mar de lágrimas, le alargó un libro de tapas forradas con piel de zapa y que llevaba inscritas las iniciales C. W.

—¿Qué libro es éste? —preguntó el prisionero.

—Se trata de una Biblia que me regaló vuestro infortunado padrino Cornelio Witt —dijo Rosa—, este libro le dio la moral necesaria para soportar los incruentos tormentos a que fue sometido y a oír con entereza firme su sentencia de destierro. Lo encontré en esta habitación unos días después de su muerte y lo he conservado como un tesoro. Precisamente, hoy pensaba regalároslo porque creo que este libro encierra una fuerza divina. Pero vos no habéis necesitado de una fuerza que Dios os había ya otorgado. ¡Loado sea! Escribid aquí lo que queráis y aunque por desgracia no pueda ser capaz de entender lo escrito, por lo menos escrito estará.

Cornelio tomó la Biblia y la besó con gran respeto.

—Mas..., ¿con qué voy a escribir? —preguntó.

—En el interior de este libro hay un pequeño lápiz —dijo Rosa—. Lo encontré aquí y lo he conservado hasta hoy.

Se trataba del lápiz que Juan Witt había dejado a su hermano y que se olvidó de recoger.

Cornelio lo cogió, y sobre la segunda hoja (porque debe recordarse que la primera ya había sido arrancada), próximo a morir como su padrino, escribió con mano no menos firme que la de aquél lo siguiente:

> Hoy, 26 de agosto de 1672, hallándome próximo a entregar mi alma a Dios en un patíbulo, entrego a Rosa Gryfus, el único bien que me resta de cuantos he poseído en este mundo, ya que los demás me han sido confiscados; entrego, repito, a Rosa Gryfus los tres bulbos que según mis cálculos producirán en el próximo mes de mayo el gran tulipán negro, cuyo premio dotado de cien

mil florines ofrece la sociedad de Floricultura de Haarlem; y deseo que ella cobre dicha cantidad en lugar mío y como única heredera mía que es, con la condición de que contraiga matrimonio con un joven de mi edad, 28 años, poco más o menos, a quien ame fervorosamente y de quien sea igualmente amada, y también, con la condición de que ponga al gran tulipán negro, que constituirá una nueva especie, el nombre de *Rosa Barloensis*, esto es, su nombre y el mío juntos.

Dios me acoja en su seno, y a mi amiga Rosa le conceda mucha felicidad.

CORNELIO BAERLE

A continuación, hizo entrega de la Biblia a Rosa y le dijo:

—Leed mi testamento.

—Lo siento —respondió la joven—, ya os he dicho que no sé leer.

Entonces, Cornelio dio lectura al testamento que acababa de redactar.

La pobre muchacha lloró todavía con mayor desconsuelo.

—¿Aceptáis mis condiciones? —preguntó el prisionero esbozando una triste mueca que pretendía ser una sonrisa, a la vez que besaba la punta de los temblorosos dedos de Rosa.

—¡Oh!, no podré, señor —repuso en voz baja.

—¿Por qué no habéis de poder?

—La condición que me imponéis dudo que pueda cumplirla.

—¿A qué condición os referís?

—Decís que me legáis los cien mil florines a título de dote, ¿no es cierto?

—En efecto.

—Para que me case con un hombre a quien yo ame.

—Sí.

—Pues bien, señor, ese dinero no será mío. No amaré a nadie y jamás me casaré.

Dichas estas palabras Rosa empezó a temblar de pies a cabeza y estuvo próxima a desmayarse por la intensidad de sus sentimientos.

Cornelio, al verla pálida y sudorosa se asustó y al ir a sostenerla entre sus brazos se oyeron ruidos de pasos acompasados.

—Ya vienen a por vos —dijo Rosa retorciéndose nerviosamente los dedos de las manos—. ¡Dios mío! ¡Dios mío! ¿No tenéis nada más que encargarme?

Y se arrodilló ocultando el rostro entre sus manos para esconder sus lágrimas.

—Os recomiendo que ocultéis con gran cuidado los tres bulbos que os he dado y que los cuidéis de acuerdo con mis instrucciones.

—¡Oh, sí! —dijo ella siguiendo con la cabeza baja ; cumpliré al pie de la letra cuanto me habéis encargado..., excepto casarme, porque eso, os lo juro, me sería completamente imposible.

Y ocultó en su palpitante seno el valioso tesoro de Cornelio.

Los pasos que habían oído Cornelio y Rosa eran los del escribano, que, acompañado por el verdugo se dirigía en busca del reo. Un pelotón de soldados destinados a custodiar el patíbulo y un número indeterminado de curiosos que tenía acceso a la prisión, les acomañaban.

Cornelio les recibió con serenidad, amigablemente, y prestó atención a todo cuanto aquellos hombres, en el cumplimiento de su deber, le ordenaron.

Luego echó un vistazo a la plaza por la pequeña ventana del calabozo y divisó el cadalso. A unos veinte pasos de él, estaba la horca, de la que habian desaparecido por orden expresa del Estatúder los despojos colgantes de los hermanos Witt.

En el momento de tener que seguir a los guardias, Cornelio buscó ansiosamente el rostro angelical de Rosa; pero detrás de las espadas y de las alabardas sólo pudo ver un cuerpo tendido sobre una banqueta de madera y un rostro pálido al que unos cabellos largos y rubios casi cubrían.

Al desvanecerse, Rosa, teniendo en cuenta las recomendaciones de su amigo, apretó su mano contra el corpiño de terciopelo; de este modo seguía oprimiendo instintivamente el precioso depósito del que se le había hecho fiadora.

Al salir del calabozo, Cornelio adivinó entre los dedos crispados de la hermosa frisona la hoja amarillenta de la Biblia en la que Cornelio Witt había escrito con grandes dificultades las pocas líneas que, de haber sido leídas por su ahijado Cornelio, hubieran salvado la vida de un hombre y un tulipán.

12. *En el patíbulo*

Trescientos pasos era la distancia que Cornelio tuvo que recorrer desde la cárcel hasta el patíbulo.

El perro atado junto a la escalera le miró pasar tranquilamente; incluso creyó adivinar en los ojos del feroz animal una expresión de dulzura que parecía compasión.

Quizá el perro conocía la suerte de los condenados y sólo era capaz de morder a los que eran puestos en libertad.

Era de esperar que, dada la corta distancia que había de la cárcel al cadalso, el trayecto estuviera lleno de curiosos.

Eran las mismas gentes, cuya sed no se había saciado con la sangre vertida tres días antes, que esperaban una nueva víctima.

Así, tan pronto como vieron a Cornelio, se alzó de aquella expectante multitud un rugido inmenso que se extendió por toda la plaza, esparciéndose por las calles adyacentes que en ella desembocaban y a través de las que era imposible transitar.

El cadalso parecía una isla batida por las aguas de cuatro o cinco ríos.

Para dejar de oír las amenazas e imprecaciones que le lanzaban aquellos seres vociferantes, Cornelio se había concentrado en su interior.

¿Cuáles eran los pensaminetos de aquel inocente ser que iba a morir?

Olvidándose de sus enemigos, de sus jueces y de sus verdugos, su mente estaba emplazada en los hermosos tulipanes que dentro de poco tiempo podría observar desde lo alto del cielo, ya fueran los de Ceylán, los de Bengala o los de otra parte del globo. Desde allí arriba, sentado en compañía de los ángeles, en la diestra de Dios, lanzaría una mirada preñada de compasión sobre esa Tierra tan ingrata donde habían sido asesinados Juan y Cornelio Witt por el único hecho de haberse consagrado a la política, y donde iban a decapitar a Cornelio Baerle por el único pecado de no haber pensado más que en los tulipanes.

«Sólo será un simple golpe de hacha —se decía Cornelio filosóficamente—, y a partir de aquí va a empezar mi hermoso sueño.»

Ello contando con que el verdugo acertara a la primera, como le pasó a Chalais o a Thou y a otras personas como ellas mal decapitadas, con lo cual el suplicio se alargaría.

No por eso se acobardó Baerle, y subió resueltamente las gradas del cadalso.

Sentía orgullo por haber sido amigo de aquel ilustre Juan Witt y ahijado del noble Cornelio a los que la misma gente allí congregada para verle morir los había despedazado y quemado tres días antes.

Se arrodilló, rezó una oración y comprobó con alegría que al poner su cabeza sobre el tajo sus ojos abiertos le permitirían ver hasta el último momento la ventana enrejada del Buytenhoff.

Al fin llegó el momento de la verdad, y Cornelio colocó su cabeza sobre el frío y húmedo tajo. Muy a pesar suyo los ojos se le cerraban, probablemente por un impulso inconsciente que le impedía ver la caída de aquel telón metálico que iba a fulminarle.

De repente fulguró un relámpago sobre el patíbulo: el verdugo había levantado el hacha.

Baerle se despidió mentalmente del gran tulipán negro con la confianza de despertarse en un mundo formado por otras luces y otros colores, y, en su centro, presidiéndolo todo, vería a Dios.

Por tres veces consecutivas sintió el frío contacto de la afilada cuchilla acariciándole el cuello.

Pero ¡oh, sorpresa!, no sentía el menor dolor ni violencia alguna.

No vio ningún cambio notable en los colores.

Baerle se sintió cogido por unas manos desconocidas y algo blandas que lo levantaban del suelo y sin darse cuenta se encontró sostenido de pie sobre el cadalso; vacilaba ligeramente.

Entonces abrió los ojos.

A su lado un hombre estaba leyendo un gran pergamino sobre el que había un vistoso sello de lacre encarnado.

Y el mismo sol holandés de siempre, amarillo y pálido, alumbraba el firmamento; y la misma ventana enrejada de antes le miraba desde lo alto del Buytenhoff; y a sus pies, el mismo gentío de hacía unos scgundos le contemplaba ahora de un modo distinto, con una mirada impregnada de estupor.

Después de observar todo aquello empezó Baerle a comprender.

Guillermo, príncipe de Orange, seguramente temeroso de que las diecisiete libras de sangre (onza más, onza menos) que Baerle tenía en el cuerpo, rebosaran la copa de la justicia divina, le había perdonado la vida.

Por eso aquella cuchilla que tan siniestramente resplandeció, se había alzado por tres veces consecutivas sobre su cabeza y había sobrevolado alrededor suyo como un ave de mal augurio en torno a la cabeza de turno; finalmente no había caído y las vértebras del reo quedarían intactas.

A eso se debía que no hubiese sufrido el más mínimo dolor; por eso el sol seguía brillando en el empacio azul.

Cornelio esperando hallarse ante Dios y ante todos los tulipanes del Universo, al principio estaba algo confundido, pero muy pronto se recobró al comprobar por sí mismo que los resortes de esa parte del cuerpo llamada cuello seguían funcionando.

Cornelio deseaba como nunca que aquella gracia pudiera extenderse y abarcar a todas las cosas que su deseo de libertad incitaba; hubiera deseado volver junto a sus tulipanes de Dordrecht.

Estaba equivocado, el Estatúder de Holanda había simplemente reducido la condena.

De la pena de muerte Cornelio Baerle tendría que pasar el resto de su vida en prisión.

No se le encontró lo suficientemente culpable como para ser decapitado pero sí demasiado culpable para serle concedida la libertad.

Cornelio al conocer su nueva condena pensó para sí: «Ahora no está todo perdido. La reclusión perpetua posee sus encantos; en primer lugar podré ver a Rosa y después a mis tres bulbos del tulipán negro.»

Cornelio al hacerse estas reflexiones parecía olvidar que las Siete Provincias tenían siete cárceles, una por provincia, y en ellas la manutención de los presos era más barata que la de La Haya.

El príncipe Guillermo de Orange, que, al parecer, no estaba dispuesto a mantener a Baerle en La Haya, había decidido enviarle a la fortaleza de Loewestein, cerca de Dordrecht, pero ¡ay!, demasiado lejos todavía, porque Loewestein se halla situada en la punta de lanza que forman el Wahal y el Meusa, frente a Gorcum.

Baerle conocía bastante bien la historia de su país y no ignoraba que el célebre Grocio había sido encerrado en aquel castillo tras la muerte de Varneveldt y que los Estados, mostrándose generosos con el célebre jurisconsulto, historiador, poeta y teólogo, le había asignado la suma diaria de veinticuatro sueldos de Holanda para atender a sus necesidades.

«A mí, que no soy ninguna celebridad como Grocio —pensaba Baerle— me asignarán, a lo sumo, doce sueldos. Viviré precariamente, pero viviré, al cabo.»

Y luego herido por algún triste presentimiento exclamó:

—¡Ay! ¡La excesiva humedad de aquellas tierras perjudicará el cultivo de los tulipanes! Y luego está Rosa, Rosa Gryfus, a la que no podré ver en Loewestein —dijo reclinando la cabeza sobre el pecho.

13. *El alma de un espectador de aquellos tiempos*

Mientras Baerle se estaba haciendo estas consideraciones, un carruaje se había parado junto al cadalso.

Aquel carruaje estaba allí para trasladarle a su nuevo destino. Le invitaron a subir en él y Cornelio así lo hizo.

Dirigió una última mirada al Buytenhoff con la esperanza de ver asomado en la ventana el rostro de Rosa. Pero el carruaje iba arrastrado por veloces caballos que no tardaron en llevarse a Baerle de entre la multitud allí concentrada en honor del magnánimo Estatúder. Entre los vítores y aclamaciones podían oírse algunos insultos lanzados contra los hermanos Witt y su ahijado Cornelio.

Esta actitud un tanto contradictoria podría traducirse del siguiente modo: «Hicimos bien en tomarnos la justicia por nuestra cuenta con los hermanos Witt, pues, probablemente, la clemencia de su alteza nos los habría arrebatado como acaba de hacerlo con Cornelio Baerle.»

Entre la masa atraída por la ejecución de Baerle al Buytenhoff el más contrariado por el giro que habían tomado los acontecimientos era sin duda cierto burgués que se había ido abriendo paso a puñetazos y puntapiés para poder llegar al cadalso, del que sólo le separaba la fila de soldados que lo guardaba.

Muchos habrían deseado ver correr la sangre pérfida del culpable Cornelio, pero nadie como el citado burgués había expresado en su rostro tanto odio y tanto escarnecimiento.

Los más impacientes se habían destacado al amanecer al Buytenhoff para tomar un buen sitio, pero aquel buen hombre se había adelantado a todos pasando la noche dormido en las proximidades de la cárcel.

Cuando el verdugo condujo al condenado al cadalso, el burgués, encaramado en lo alto de una fuente para mejor ver y mejor ser visto, había hecho al verdugo un gesto que podía expresar el siguiente pensamiento: «No faltaréis a lo pactado, ¿verdad?»

Gesto ante el cual el verdugo respondió con otro: «Confiad en mí.»

¿Quién era aquel burgués que tan buenas relaciones parecía mantener con el verdugo, y qué significado podían tener aquellos gestos?

El lector lo comprenderá fácilmente; aquel burgués era nada más y nada menos que Isaac Boxtel, quien, desde que detuvieron a Cornelio, se había establecido en La Haya para poder dar con el paradero de los tres bulbos del tulipán negro.

Boxtel había tratado de sobornar a Gryfus; pero éste, que consideraba sospechoso su comportamiento al confundirlo con algún amigo de Cornelio que deseara espiar por su cuenta simulando interesarse por cosas intrascendentes, pensaba que urdiría algún medio de evasión para el prisionero y lo despidió con cajas destempladas.

Al sugerirle Boxtel a Gryfus que sustrajese los bulbos que Baerle debía tener ocultos, el carcelero atizó al perro de la escalera para que le mostrase los dientes.

Boxtel dejó una muestra de sus calzones entre los colmillos del perro; pero no se desanimó por ello y volvió a la carga. Esta segunda tentativa tampoco tuvo éxito, ya que, al encontrarse el carcelero en cama con fiebre y el brazo roto, ni siquiera le recibió. Se dirigió entonces a Rosa y le ofreció a cambio de los tres bulbos un casquete de oro puro. La noble muchacha, aunque ignoraba entonces el valor del robo que se le proponía y su espléndida retribución por aquel trabajo, mandó al tentador al verdugo, como último heredero del reo que debería ser.

Aquella respuesta sugirió una idea a Boxtel.

Mientras sucedían estas cosas, la sentencia contra Baerle fue confirmada. Boxtel no disponía de tiempo para corromper a nadie más y se fue en busca del verdugo.

Isaac Boxtel estaba convencido de que Cornelio moriría con los bulbos del tulipán escondidos entre sus vestiduras.

Descontando el amor que el reo había inspirado en Rosa, y a la natural clemencia de Guillermo de Orange, en todo lo demás los cálculos del envidioso eran exactos.

De no ser por Guillermo de Orange, Cornelio moriría.

Sin Rosa, Cornelio moriría con los bulbos ocultos entre sus vestiduras.

Boxtel fue a hablar con el verdugo y ante él fingió ser un íntimo amigo del reo dispuesto a comprar sus pertenencias personales por la crecida suma de cien florines.

¿Qué significaban cien florines al lado de los cien mil florines prometidos por la sociedad Floricultora de Haarlem?

Era prestar dinero a un mil por uno de interés, lo que constituía un ventajoso negocio para Boxtel.

El verdugo, de su parte, tenía que hacer muy poco a cambio de aquellos cien florines. Unicamente, una vez verificada la defunción del reo debía permitir a Boxtel su acceso al cadalso para recoger los despojos de su amigo.

Por aquel tiempo, aquella costumbre se había puesto de moda entre los fieles, cuando moría públicamente en el Buytenhoff alguno de sus maestros.

Siendo por todos sabido que Cornelio era un fanático, no era nada inverosímil que hubiese otro fanático como él dispuesto a pagar por sus restos los cien florines.

El verdugo accedió gustoso a la proposición; pero exigió el pago anticipado.

Júzguese, pues, si Boxtel no debería estar excitado; acechando a guardias, escribano y verdugo; siguiendo atentamente todos los movimientos de Baerle, cuando colocaba la cabeza sobre el tajo; ver rodar su cabeza; vigilando que sus preciosos bulbos no fueran aplastados por la caída de su cuerpo.

En vista de todo eso fácilmente podrá imaginarse el lector el terrible impacto que sufrió aquel envidioso al ver que se anulaba la ejecución de la sentencia. ¿Por qué no dejaba caer de una vez el verdugo su afilada hacha sobre la cabeza de Cornelio? Al ver que el escribano cogía de la mano al reo y lo levantaba, al tiempo que se sacaba un pergamino del bolsillo, y al oír la lectura del indulto concedido por el Estatúder, Boxtel dejó de ser hombre. La fiereza del tigre, la hiena y la serpiente, se expresó en sus ojos, en sus gritos, en sus gestos y de haberse hallado cerca de Baerle lo más probable es que se hubiera arrojado sobre él para matarlo.

Cornelio seguiría con vida y probablemente sería trasladado a Loewestein, y una vez allí, seguiría cuidando de sus bulbos y acaso podría encontrar un jardín donde hacer crecer el tulipán negro.

Boxtel, perdiendo el control de sus nervios cayó desde lo alto de la fuente sobre un grupo de orangistas tan descontentos como él por el giro que habían tomado los acontecimientos, y creyendo que gritaba de alegría le molieron la espalda a puñetazos. Pero él no sentía el menor dolor.

Intentó lanzarse tras el carruaje que conducía a Cornelio con sus bulbos, pero en su precipitación tropezó con una piedra y cayó. Rodó unos pasos por el suelo y no pudo levantarse hasta que toda la turbamulta de La Haya hubo pasado sobre él.

Boxtel se levantó con el vestido hecho jirones, las espaldas magulladas y apenas podía tenerse en pie. Cuando al fin lo consiguió se arrancó con desesperación cuantos cabellos pudo y los arrojó en ofrenda a esa divinidad feroz e implacable llamada Envidia.

Seguramente fue una ofrenda al gusto de aquella diosa cuya cabellera según la mitología está formada por serpientes.

14. Las palomas de Dordrecht

Cornelio Baerle fue encerrado en la misma prisión que lo había estado el sabio Grocio, lo cual constituía un honor para él; pero le estaba reservado todavía otro de mayor. La celda que ocupó el ilustre amigo de Barneveldt se encontraba vacante cuando la clemencia del príncipe de Orange envió allí al tulipanista Baerle.

Aquella celda tenía mala fama en el castillo desde que, gracias a la feliz ocurrencia de su esposa, Grocio había podido evadirse oculto en el famoso cofre de libros que se olvidaron de registrar.

Además, pareció de muy buen agüero para Baerle el que le asignaran un calabozo, donde, según su modo de pensar, nunca debieran de haber encerrado a un segundo pichón, después de haber volado de allí tan fácilmente el primero.

Dicho calabozo es histórico. No perderemos el tiempo en describirlo, a excepción hecha de una alcoba que había sido construida para la señora de Grocio. Se trataba de una habitación como las demás aunque ligeramente más alta, de modo que por entre las rejas de la ventana se podía admirar un encantador panorama.

Además, el interés de este relato no se basa

únicamente en el número de descripciones de interiores. La vida, para Baerle, era algo más que una simple función respiratoria. El infeliz floricultor veía más allá de sus pulmones dos cosas de las que sólo con el pensamiento podía posesionarse: una flor y una mujer, ambas perdidas para siempre.

Por fortuna Cornelio Baerle estaba equivocado. Dios, que en el momento en que caminaba al patíbulo le había sonreído paternalmente, le reservaba en el recinto cerrado de aquella cárcel la existencia más dichosa que jamás floricultor alguno habría podido imaginar.

Una mañana que, encontrándose asomado a la ventana, aspiraba el aire fresco que subía del Wahal y vislumbraba a lo lejos, detrás de un bosque de chimeneas, los molinos de Dordrecht, su patria, llamó poderosamente su atención unas palomas que desde el punto más alejado del horizonte fueron a posarse, temblorosas al sol, sobre los agudos peñones de Loewestein.

«Esas aves —pensó Baerle— proceden de Dordrecht y lógicamente deberán volver allí. Si consiguiera atar un papel en la pata de alguna de ellas quizás lograse transmitir noticias mías a aquellos vecinos que lloran mi desaparición.»

Y, tras un momento de reflexión, añadió con firmeza:

—Lo conseguiré.

Todo hombre tiene forzosamente que ser consecuente si se encuentra condenado a prisión perpetua, y más con veintiocho años de edad.

Baerle, sin olvidarse de sus tres bulbos, llevaba este pensamiento grabado en su memoria con la misma persistencia con la que el corazón late en el pecho, y construyó una trampa para cazar palomas. Procuró excitar el apetito de aquellas aves con todos los recursos de que disponía; esto es, empleando los dieciocho sueldos de Holanda, que equivalen a doce sueldos de Francia, y al cabo de un mes de infructuosas tentativas, consiguió cazar una hembra.

Tardó dos meses más en cazar un macho; después los encerró juntos, y a principios del año 1675, nacida la primera cría, soltó a la hembra que con igual confianza con que el macho cuidaba el nido, emprendió el vuelo, regocijada, a Dordrecht, llevando una carta atada en su pata.

Por la tarde estaba de regreso allí.

La carta permanecía en su mismo sitio.

Así la estuvo llevando durante quince días, con la natural desesperación de Baerle.

Al fin, al decimosexto día volvió sin ella. Baerle dirigía esta carta a su nodriza, la vieja frisona, y rogaba a las personas caritativas que la recogiesen, que la enviaran a su destino por el medio más seguro y más rápido.

Aquella carta, dirigida a la nodriza, contenía unas notas para Rosa.

Dios, que con su soplo transporta las semillas del amarillo alhelí hasta las paredes de los viejos castillos y los riega con la lluvia para que fertilicen, permitió que la nodriza recibiese la carta.

Veamos de qué modo.

Al salir de Dordrecht para irse a La Haya, y de La Haya hacia Gorcum, Isaac Boxtel lo había abandonado todo, no sólo su casa, su criado, su observatorio y sus anteojos, sino también sus palomas.

El criado, que entretanto se había quedado sin dinero, empezó a gastar los pocos ahorros que tenía y tuvo que acabar comiéndose las palomas.

Las aves que se salvaron, temerosas de sufrir la misma suerte de sus compañeras, emigraron desde el tejado de Isaac Boxtel al de Cornelio Baerle.

La nodriza de Baerle, que era campesina y sentía fuertes necesidades de coger afecto por algo, se encariñó con las palomas que habían ido a pedirle hospitalidad, y cuando el criado de Boxtel le reclamó la otra docena que quedaban para comérselas, la anciana le ofreció seis sueldos de Holanda por cada una de ellas.

Esto era el doble de su valor y el criado aceptó la proposición gustosamente.

Así pues, la nodriza quedó como única y legítima dueña de las palomas del envidioso vecino.

Estas palomas, juntamente con otras, solían visitar La Haya, Loewestein y Rotterdam, buscando quizás trigo de otra clase y cañamones de distinto sabor a los de su país.

La casualidad, o mejor dicho, Dios, ese Dios cuya existencia se revela en el fondo de todas las cosas, había permitido que Cornelio cogiese precisamente una de las palomas de su nodriza.

Si el envidioso Boxtel no hubiese abandonado Dordrecht para ir detrás de su rival, primero a La Haya, después a Gorcum y finalmente a Loewestein (estos dos últimos puntos se encuentran solamente separados por la unión del río Wahal con el Meusa), la carta de Baerle hubiera llegado a sus manos y no a las de su nodriza, en cuyo caso el prisionero (como el cuervo del zapatero romano) hubiera perdido tiempo y trabajos, y en vez de narrar nosotros los acontecimientos que —semejantes a una alfombra de mil colores— se derivaron de aquella carta, no podríamos mencionar más que una serie de días pálidos, tristes, y sombríos, como el manto de la noche.

La nodriza de Baerle recibió, pues, la carta.

A esa circunstancia se debió el que a principio del mes de febrero, cuando las primeras horas de la noche llegaban a la tierra y empezaban a brillar las estrellas en el firmamento, Cornelio oyera en la escalera de la torre una voz que le conmovió profundamente.

Llevó su mano al corazón y se puso a escuchar. Era la dulce y melodiosa voz de la mujer que amaba.

Sin embargo Cornelio no se sorprendió ni se mostró tan excesivamente alegre como lo hubiera estado sin la historia aquella de la paloma. Esta le había traído en contestación a su carta la esperanza bajo sus alas vacías y el floricultor conociendo a Rosa, esperaba recibir de un momento a otro noticias suyas y de los bulbos.

Efectivamente, aquéllos eran los mismos acentos de la voz que tan dulcemente le había conmovido en La Haya.

Pero Rosa, que se había trasladado desde La Haya a Loewestein, y que había logrado, sin que Cornelio supiera de qué forma, penetrar en la cárcel, ¿conseguiría poder acercarse a él?

Mientras Cornelio estaba pensando estas cosas y, preocupado y ansioso, se devanaba los sesos, se abrió el ventanillo de la puerta de su celda y apareció Rosa con el rostro radiante de alegría y embellecida por el dolor que había hecho empalidecer sus mejillas en cinco meses. Le dijo:

—¡Ah! ¡Señor! ¡Ya vuelvo a estar aquí!

Cornelio le extendió los brazos, miró al cielo y exclamó con júbilo:

—¡Rosa, Rosa!

—Silencio; hablemos en voz baja. Mi padre no está lejos.

—¿Vuestro padre? ¿Aquí?

—Sí; está en el patio, recibiendo instrucciones del gobernador y no tardará en subir.

—¿Instrucciones del gobernador?

—Escuchad: trataré de informaros de todo en

pocas palabras. El Estatúder posee una casa de campo a una legua de Leyden, y mi tía, que fue su nodriza, está empleada en su hogar al cuidado de sus animales. Tan pronto como recibí vuestra carta, que ¡pobre de mí! me fue imposible leer, pero que me leyó vuestra nodriza, corrí a casa de mi tía y no salí de allí hasta que el príncipe fuera a la alquería. Entonces le supliqué que cambiase de destino a mi padre y le pedí que fuera nombrado carcelero de la fortaleza de Loewestein, pues le convenía más que ser primer llavero de la cárcel de La Haya. Como que no sospechaba mis verdaderas intenciones accedió a mi ruego; de saberlo, quizá me lo hubiese denegado.

—¿Es decir, que vais a residir aquí?

—Eso es.

—¿Podré veros todos los días?

—Lo más frecuentemente que me sea posible.

—¡Oh! ¡Rosa! ¡Mi hermosa y buena Rosa! —exclamó Cornelio—. ¿Creéis amarme un poco?

—¿Un poco...? —repuso la joven—. Seguramente, Cornelio, os conformáis con muy poco.

Cornelio le tendió la mano apasionadamente, pero la reja que los separaba sólo permitió que sus dedos se tocaran.

—¡Mi padre se acerca! —dijo la joven.

Y Rosa se apartó precipitadamente de Baerle y se fue al encuentro del viejo Gryfus que acababa de subir las escaleras.

15. *El ventanillo*

Con objeto de conocer a cada preso en particular, Gryfus iba a hacer la ronda acompañado del perro, al cual se había llevado consigo al ser trasladado de cárcel.

—Padre —preguntó Rosa—. ¿No es ése el famoso calabozo de donde escapó Grocio; os acordáis de él?

—Sí, el bribón de Grocio, el amigo de ese maldito Barneveldt, a quien vi decapitar cuando yo era niño. Grocio se escapó de esa celda, pero a partir de ahora nadie más lo va a hacer.

Y abriendo la puerta empezó a discursear al prisionero.

En cuanto al perro, se acercó gruñendo a olfatear las piernas del preso como echándole en cara al haber vuelto con vida del cadalso.

Pero la hija de Gryfus le llamó y se fue hacia ella.

—Caballero —dijo el carcelero levantando su farol para alumbrar el sitio—, soy vuestro nuevo carcelero, el jefe de los llaveros; los calabozos están bajo mi tutela y vigilancia. No soy malo, pero sí exigente en cuanto a la disciplina.

—Os conozco perfectamente, mi querido señor

Gryfus —contestó el prisionero adelantándose hacia la luz que proyectaba el farol.

—¡Conque sois vos, señor Baerle! —dijo Gryfus—. ¡Vaya un encuentro, menudo encuentro!

—Sí, mi buen señor Gryfus, y celebro que vuestro brazo esté ya curado, veo que podéis sostener el farol.

Gryfus arrugó el entrecejo, se sentía incómodo con aquellas palabras.

—Vos sois la prueba de que siempre se cometen errores en política. Su Alteza el príncipe de Orange os ha permitido seguir viviendo, cosa que no hubiera hecho yo —dijo.

—¡Bah! ¿Y por qué razón? —preguntó Cornelio.

—Porque sois un conspirador. Vosotros, los sabios, tenéis pacto con el diablo.

—Decidme, señor Gryfus, ¿estáis quejoso de la cura que os hice en el brazo, o del precio que os ha costado? —dijo irónicamente Cornelio.

—¡Oh, no! Al contrario —respondió el carcelero—, me compusisteis el brazo muy bien y creo que en ello hubo algo de brujería; seis semanas después me servía de él como si tal cosa, hasta el extremo de que el médico de Buytenhoff, que es hombre entendido, quiso rompérmelo de nuevo para curármelo como es debido, afirmando que en ese caso necesitaría tres meses para poder servirme de él.

—¿Y no aceptasteis?

—Claro que no; le contesté que con tal de que pudiera hacer la señal de la cruz con este brazo, poco me importaba el demonio.

—Si sois capaz de burlaros del diablo, señor Gryfus, con mayor razón podréis burlaros de los sabios.

—¡Oh, los sabios, los sabios! —repuso Gryfus rehuyendo la respuesta—, ¡los sabios! Prefiero custodiar a diez militares antes que a un solo sabio. Los militares fuman, beben, se embriagan y son mansos como corderos cuando se les da aguardiente o vino del Meusa. ¡Pero un sabio ni bebe ni fuma y jamás se embriaga! El sabio es sabio, no consume nada y siempre se encuentra en disposición de conspirar. Pero os aseguro que aquí os será difícil. En primer lugar no os permitiré libros ni papel. Grocio se escapó con los libros. Nada de emborronar papeles.

—Os aseguro, mi buen Gryfus que si antes he tenido deseos de fugarme, ahora ya no los tengo.

—Perfecto, perfecto —dijo Gryfus—. Cuidad de vos, que por mi parte no pienso descuidarme. De todos modos sigo pensando que Su Alteza ha cometido un grave error.

—¿No haciendo que me decapitaran...? Gracias, mil gracias, Gryfus.

—¡Claro que sí! Ved si no los hermanos Witt lo tranquilos que ahora deben estar.

—Eso que decís es una blasfemia, señor Gryfus —dijo Baerle volviendo la cabeza para ocultar su repugnancia—, ¿olvidáis que uno de los Witt era mi amigo y el otro... mi segundo padre?

—Sí, pero también recuerdo que los dos eran conspiradores; ahora mismo estoy hablando en nombre de la filantropía.

—Explicaos mejor, mi buen Gryfus, porque no entiendo lo que queréis decir.

—Si os hubiesen cortado la cabeza...

—¿Qué?

—No tendríais que sufrir; en tanto que ahora, no os lo puedo ocultar, os voy a dar muy mala vida.

—Gracias por el cumplido, señor Gryfus.

Mientras el prisionero sonreía irónicamente al viejo carcelero, Rosa, escondida detrás de la puerta, le consolaba sonriéndole también.

Gryfus se acercó a la ventana.

Había todavía suficiente luz como para distinguir el vasto horizonte que se perdía entre brumas pardas.

—¿Qué puede verse desde aquí? —preguntó el carcelero.

—¡Oh! Un panorama magnífico —contestó Cornelio sin dejar de mirar a Rosa.

—Sí, sí, ya veo, es muy bello.

En aquel momento, las dos palomas, sin duda asustadas por la presencia y en especial por el vozarrón de aquel desconocido, salieron de su nido y se perdieron en la niebla.

—¡Hola! ¿Qué es eso? —preguntó Gryfus, asombrado.

—Se trata de mis palomas —dijo Cornelio.

—¡Mis palomas! —exclamó el carcelero—. ¿Acaso puede tener un prisionero algo suyo?

—En este caso se trata de palomas que Dios me ha dado.

—¡Esto es demasiado! —replicó Gryfus—. Caballero, os advierto que mañana o a más tardar pasado mañana, esas palomas se estarán cociendo en mi puchero.

—Para eso necesitáis cogerlas —dijo Baerle—; no admitís que sean mías pero os juro que mucho menos serán vuestras.

—Eso lo veremos —refunfuñó el carcelero; y espero, mañana, poderles retorcer el pescuezo.

Mientras hacía aquella cruel promesa Gryfus se inclinó hacia afuera para contemplar el nido, lo cual permitió a Baerle correr hacia la puerta y estrechar la mano que Rosa le tendía, a la vez que le decía:

—Esta noche vendré a veros a las nueve.

Gryfus, estudiando el modo de apoderarse de las palomas al día siguiente, como había prometido, nada vio ni oyó de cuanto decían los dos jóvenes. Cerró la ventana, cogió del brazo a su hija, salió, dio dos vueltas a la llave, corrió los cerrojos y se dirigió hacia los otros calabozos para soltar las mismas palabras de presentación a los presos.

Tan pronto como hubo desaparecido, Baerle se acercó a la puerta para escuchar el ruido decreciente de los pasos. Después al ver que se extinguían por completo, corrió a la ventana y se puso a destruir el nido de palomas.

Prefería privarse de ellas para siempre antes que exponerlas a la muerte.

Aquella visita de Gryfus, sus brutales amenazas, la sombría perspectiva de su estrecha vigilancia, cuyos abusos le eran bien conocidos, nada de ello pudo abstenerle de los dulces pensamientos y más que nada de la dulce esperanza que Rosa había hecho resurgir en su corazón.

Esperó con impaciencia a que el reloj de la torre de Loewestein diese las nueve.

Rosa le había prometido estar allí a las nueve en punto.

Aún no habían acabado de dar las nueve cuando Cornelio oyó en la escalera el paso leve y el suave roce del vestido de la joven. Un momento después se iluminó el enrejado de la puerta, de la que Cornelio no apartaba sus ardientes ojos.

El ventanillo acababa de abrirse.

—Aquí me tenéis de nuevo —dijo Rosa sofocada aún al haber subido aceleradamente la escalera.

—¡Oh! ¡Mi buena Rosa!

—Entonces ¿os alegra verme?

—¡Y me lo preguntáis aún! ¿Pero cómo habéis podido llegar hasta aquí, decidme?

—Mi padre suele dormirse todas las noches después de la cena. En seguida le acuesto algo aturdido por la bebida. No se lo digáis a nadie porque, gracias a esta circunstancia podré venir todas las noches a hablar con vos.

—¡Gracias, Rosa! ¡Mil gracias, mi querida Rosa! Os lo agradezco con toda mi alma.

Y Cornelio al hablar así se acercó tanto al ventanillo que Rosa se vio obligada a retirar su rostro.

—Os he traído vuestros bulbos de tulipanes.

El corazón de Cornelio empezó a latir de júbilo. No se había atrevido aún a preguntar a Rosa qué había hecho del tesoro del que la hizo depositaria.

—¡Oh! ¡Los habéis conservado!

—¡Pues claro! ¿No me los habíais entregado como algo de inestimable valor?

—Sí, pero por el mismo hecho de habéroslos regalado son vuestros.

—Hubieran sido míos después de vuestra muerte y ahora, gracias a Dios, estáis vivo. ¡Oh, cuánto he bendecido a Su Alteza! Si Dios concede al príncipe Guillermo todas las felicidades que para él he pedido, el rey Guillermo será eternamente no sólo el hombre más feliz de su reino, sino del mundo entero. Vos vivís, repito, y reservándome para mí la Biblia de vuestro padrino Cornelio estaba resuelta a devolveros vuestros bulbos; pero no sabía cómo hacerlo. Acababa de decidirme a solicitar del Estatúder la plaza de carcelero de Gorcum para mi padre cuando vuestra nodriza me entregó la carta. ¡Ah! ¡Lloramos mucho juntos! Vuestra carta me afirmó en mi determinación. Entonces me marché a Leyden y, el resto ya lo conocéis.

—¡Oh, mi adorada Rosa! —exclamó Cornelio—. ¿Decís que antes de recibir mi carta pensabais ya venir aquí?

—¡Pues claro! No pensaba en otra cosa —contestó Rosa dejando que su amor venciera al pudor.

Al decir esto la joven estaba tan atractiva que Cornelio volvió a avanzar su frente y sus labios hacia el ventanillo, sin duda para gratificar a la encantadora frisona.

Rosa se apartó también esta vez.

—En verdad —dijo con una deliciosa coquetería—, he lamentado con mucha frecuencia el no saber leer, pero nunca tanto como cuando vuestra nodriza me llevó la carta. He tenido en mis manos esa carta que hablaba a los demás y que permanecía muda para mí.

—¿Habéis dicho que lamentabais con frecuencia no saber leer? —dijo Cornelio—. ¿Y por qué motivo?

—Para leer las cartas que me escribían —replicó la joven riendo.

—¿Pero es que recibíais cartas, Rosa?

—Muchísimas.

—¿De quién eran?

—¡Oh! De todos los estudiantes que pasaban por el Buytenhoff, de todos los oficiales que iban a la plaza de armas, de todos los escribientes y hasta de los comerciantes que me veían asomada en la ventana.

—¿Y qué uso hacíais de todas esas cartas, querida Rosa?

—Al principio pedía que me las leyese alguna amiga, y esto me divertía mucho; pero después no quise perder más tiempo en aquellas tonterías y hace algún tiempo las arrojé al fuego.

—¿Cuánto tiempo hace? —preguntó Cornelio contemplando enternecido a la joven.

Rosa bajó los ojos llena de rubor, por lo que no pudo apercibirse de los labios de Cornelio que se aproximaron y que, ¡ay!, tropezaron con los hierros del enrejado; pero pese a aquel obstáculo transmitieron a los labios de la joven el soplo cálido del más tierno beso.

Al contacto con aquel fuego que abrasó sus labios, Rosa se puso más pálida aún que lo estuvo en Buytenhoff el día en que Cornelio fue condenado a muerte. Dejó escapar un leve gemido, cerró sus hermosos ojos y huyó con el corazón batiente, haciendo vanos esfuerzos por contener sus palpitaciones. Cornelio se quedó solo, respirando el suave perfume de los cabellos de Rosa, cautivo detrás del ventanillo.

Tan precipitadamente huyó Rosa de aquel sitio que no se acordó de devolver a Baerle los bulbos del tulipán negro.

16. *Maestro y alumno*

No es necesario decir, pues fácilmente lo habrá ya comprendido el lector, que Gryfus no profesaba a Cornelio Baerle el mismo afecto que su hija Rosa.

En Loewestein no había más que cinco presos. Por consiguiente el cargo de carcelero era de fácil desempeño, por lo que resultaba aquella prisión una especie de jubileo concedido a Gryfus por sus años de servicio activo.

Pero el pundonoroso carcelero, en su celo, daba en su imaginación extraordinaria importancia a aquel cargo. Para él, Cornelio era un criminal de primer orden y por lo tanto el más peligroso de sus prisioneros. Observaba sus más insignificantes movimientos y no se acercaba a él más que con semblante adusto, haciéndole expiar lo que él llamaba su «inaudita rebeldía contra el bondadoso Estatúder».

Con el fin de atraparle en alguna falta, solía entrar tres veces cada día y a horas distintas en el calabozo de Baerle; pero Cornelio había renunciado a sus lápices y papeles desde que podía decir a viva voz cuanto deseaba a la persona objeto de sus misivas. Era bastante probable, además, que de haber sido puesto en libertad, Cornelio hubiera preferido aquel lugar de la prisión junto a Rosa y a sus tulipanes, que a cualquier otro por confortable que fuese sin sus tulipanes y sin Rosa.

Rosa le había prometido ir todas las noches a la misma hora a entrevistarse con él, y ya hemos visto como cumplió su promesa desde el primer día.

La siguiente noche subió con el mismo misterio y adoptando iguales precauciones que la noche anterior, pero con el propósito de no aproximar demasiado su rostro al enrejado del ventanillo. Además, para iniciar una conversación que excitara seriamente la atención de Baerle le tendió a través de la reja los tres bulbos todavía envueltos en el mismo papel en que él se los había entregado.

Pero para propia sorpresa de Rosa, Baerle rechazó el contacto de su blanca mano con la punta de sus dedos.

Sin duda había estado recapacitando.

—Escuchadme —dijo—; arriesgaríamos demasiado, a mi modo de ver, echando toda nuestra fortuna en un mismo saco. Tened en cuenta que se trata de realizar una empresa hasta hoy considerada como imposible; nada más y nada menos que hacer florecer el gran tulipán negro. Tomemos, pues, todas las precauciones necesarias para que en caso de fracasar no tengamos nada que reprocharnos. He aquí lo que he resuelto hacer para conseguir tales propósitos.

Rosa se puso a escuchar con atención lo que iba a contarle el prisionero, movida más por la importancia que él daba a aquel asunto que la que ella misma concedía.

—Ved —prosiguió Cornelio— la forma en que he estudiado nuestra mutua cooperación en este importante asunto.

—Os escucho —respondió Rosa.

—¿Sabéis si hay algún jardín en esta fortaleza o algún patio o incluso algún terrado?

—Sí. Hay un jardín muy bonito —contestó Rosa—, que se extiende a lo largo del Wahal y en el que hay viejos y hermosos árboles.

—¿Podríais traerme tierra de ese jardín para que yo pueda apreciar su calidad?

—Mañana mismo.

—Entonces me traeréis un puñado de la parte de sombra y otro de la de sol para que pueda examinarla bajo su doble aspecto de tierra seca y tierra húmeda.

—Así lo haré.

—Una vez escogida la tierra y si fuese necesario incluso mezclada, haremos tres partes de cada uno de los bulbos. Plantaréis el primero el día que os indique y en la tierra escogida. Si lo cuidáis y os atenéis a mis instrucciones llegará, sin duda, a florecer.

—Seguiré vuestras instrucciones al pie de la letra.

—Seguidamente me entregaréis el otro bulbo que yo procuraré hacer florecer en mi calabozo. Su cultivo, además, me ayudará a soportar esos largos días en que me está impedido veros. Confieso que éste no me inspira confianza alguna y desde luego lo considero sacrificado a mi egoísmo. Sacaré, sin embargo, partido de todo, e incluso del calor y de la ceniza de mi pipa. Por último siempre nos quedará como reserva la tercera raíz que vos conservaréis. Así, mi querida Rosa, será prácticamente imposible que no ganemos los cien mil florines del premio.

—De acuerdo —dijo Rosa—. Mañana mismo os traeré la tierra y vos escogeréis la mía y la vuestra. De la vuestra necesitaré hacer muchos viajes, porque podré traeros muy poca cantidad cada vez.

—¡Oh! No corre prisa, querida Rosa; los tulipanes no los plantaremos hasta dentro de un mes, de modo que ya veis el tiempo que disponemos, pero, eso sí, cuando plantéis el vuestro seguid fielmente las instrucciones que os he dado.

—Os lo prometo solemnemente.

—Y una vez que lo hayáis plantado me iréis informando de todo cuanto me interese; de cosas como los cambios atmosféricos, las posibles huellas que encontréis en las calles de árboles del jardín, en los cuadros de flores. Os informaréis si los gatos frecuentan el jardín durante la noche. Dos de esos malditos animales me estropearon en Dordrecht mis platabandas.

—Descuidad, estaré al acecho.

—¿Los días de luna llena, podréis ver el jardín desde vuestra habitación?

—La ventana de mi cuarto da justamente sobre él.

—Muy bien. Las noches claras vigilaréis las posibles ratas que suelen visitar las plantaciones de flores. Se trata de unos insaciables depredadores, y muchos desafortunados cultivadores de tulipán se han quejado amargamente de Noé por haber metido en su arca una pareja de ellos.

—No temáis. Vigilaré estrechamente la presencia de estos animales.

—Sí. Es preciso controlarlos. Además —continuó Baerle, cuya desconfianza hacia todo había aumentado desde que fuera detenido—, existe un animal todavía más dañino que el gato y la rata.

—¿A qué animal os referís?

—Al hombre. Quien roba un florín y se expone a ir a presidio por esa miseria ¿no puede ser capaz, querida Rosa, de robar, aun con mayor causa, un bulbo de tulipán valorado en más de cien mil florines?

—Descuidad. No pisará el jardín nadie más que yo.

—¿Me lo prometéis?

—Os lo juro.

—Bien, os quedo muy agradecido. ¡Ah! Os deberé toda mi vida por ello.

Y como Baerle aproximara al enrejado sus labios con la misma vehemencia que hizo en la víspera, y aprovechando que era ya la hora de la separación, Rosa retiró su rostro del ventanillo y le tendió la mano.

Con aquella linda mano cuidadosamente acicalada empuñaba el bulbo.

Cornelio besó con pasión la punta de sus dedos. ¿Era debido a que en aquella mano se hallaba una de las raíces del gran tulipán negro o por el contrario era por ser la mano de Rosa? Personas más entendidas que nosotros resolverán la cuestión.

Rosa se marchó de allí llevándose consigo los otros dos bulbos fuertemente apretados contra su pecho. ¿Los estrechaba porque se trataban de las raíces del gran tulipán negro o porque procedían de Cornelio Baerle? Esto sería más fácil de resolver que lo anterior.

De todos modos a partir de entonces la vida del prisionero se hizo más agradable.

Rosa le había entregado uno de los bulbos.

Cada noche le llevaba un puñado de tierra de la parte del jardín donde le había parecido mejor, y, efectivamente, se trataba de la mejor tierra.

Un gran cántaro que Cornelio había roto con gran habilidad y lo había convertido en una maceta, sirvió para acoger aquella tierra mezclada con un poco de cieno del río que una vez puesto a secar serviría de abono.

Al principio del mes de abril sepultó en el tiesto el primer bulbo.

Detallar todos los desvelos, la habilidad y la astucia de que Cornelio hizo gala para ocultar a la vigilancia de Gryfus aquel tesoro, sería punto menos que imposible. Media hora puede equivaler a un siglo entero de sensaciones y pensamientos para un filósofo encarcelado.

Rosa hablaba con Cornelio diariamente y el tema obligado de su conversación eran los tulipanes, de cuya materia estudiaba la joven un curso completo; pero por mucho interés que al principio puede despertar un tema como éste, al final llega también a cundir el cansancio.

Rosa estaba acostumbrada a mantener regularmente su cara a seis pulgadas del ventanillo, porque la hermosa frisona no estaba segura de sí misma desde el momento en que conoció hasta qué punto el aliento de un prisionero, a través del enrejado, podía llegar a interesar el corazón de una joven.

Había una cosa que preocupaba a Baerle tanto como los bulbos, y en ello pensaba constantemente; era la dependencia que Rosa tenía con su padre.

De suerte que la vida de Baerle, el sabio doctor, el pintor de la Naturaleza, el hombre eminente; la vida de ese hombre, que muy probablemente sería el primero en descubrir esa obra maravillosa de la creación que llevaría por nombre *Rosa Barloensis;* la vida, y aún más que la vida, su felicidad misma, estaba pendiente del más leve capricho de otro hombre dotado con un espíritu inferior, de un carcelero con menos inteligencia que las cerraduras que cuidaba, más duro que el cerrojo que corría; algo así como el Calibán de *la Tempestad*, de Shakespeare, un eslabón entre el hombre y la bestia.

Aquel hombre de quien dependía la felicidad de Cornelio podría algún día aburrirse en Loewestein, advertir que allí eran impuros los aires y mala la ginebra, y dejar la fortaleza llevándose a su hija. Entonces. Cornelio y Rosa irremisiblemente volverían a separarse. Dios, que puede cansarse de dispensar favores a sus criaturas, quizás no volvería a reunirlos jamás.

—En ese caso ¿de qué podían servirnos las palomas mensajeras —decía Cornelio a la joven—, si vos no podríais leer lo que yo os escribiese ni comunicarme vuestros pensamientos?

—Entonces —contestó Rosa, que en el fondo de su corazón temía la separación tanto como el prisionero—, aprovechemos el tiempo que estamos juntos todas las noches.

—Creo —dijo Cornelio— que no lo desaprovecharemos.

—Aprovechémoslo más. Enseñadme a leer y a escribir. Aprovecharé vuestras lecciones, podéis tenerlo por seguro, y así no estaremos nunca más separados que por nuestra propia voluntad.

—¡Oh! Entonces —exclamó gozoso Cornelio— tenemos la eternidad delante de nosotros.

Rosa sonrió de nuevo y levantó los hombros.

—¿Acaso creéis que vais a estar siempre preso? —preguntó—. Después de haberos otorgado la vida ¿no os concederá Su Alteza la libertad? Cuando eso ocurra, volveréis a estar en posesión de vuestros bienes y seréis rico. Siendo rico y libre ¿os acordaréis de la humilde hija de un carcelero, que es algo así como la hija de un verdugo?

Cornelio quiso protestar y sin duda lo hubiera hecho de todo corazón y con la sinceridad de un alma repleta de amor; pero la joven le interrumpió.

—¿En qué estado se encuentra vuestro tulipán? —le preguntó sonriendo.

Hablar a Cornelio de su tulipán era lo mismo que obligarle a olvidarse de todo, incluida Rosa.

—¡Oh! Perfectamente, la película ennegrece, la fermentación ha empezado ya, los vasos del bulbo comienzan a llenarse; dentro de ocho días, o quizá antes, se podrán apreciar las primeras protuberancias de la germinación. ¿Y vuestro tulipán, Rosa?

—He hecho las cosas a conciencia y siguiendo todas vuestras indicaciones.

—Decidme, Rosa, lo que habéis hecho —dijo Cornelio con avidez y con la respiración tan jadeante como la noche en que aquellos ojos y aquel aliento quemaron el rostro e inflamaron el corazón de Rosa.

—He hecho las cosas a conciencia —repitió la joven, que interiormente analizaba el doble amor que profesaba el prisionero a ella y a los tulipanes—; he formado en un cuadro limpio de otras plantas, separado de los árboles y de las paredes, y en una tierra algo arenosa más bien húmeda que seca, sin una sola piedra, sin un guijarro, una platabanda en la forma que me indicasteis.

—Bien, Rosa, muy bien...

—El terreno así preparado espera solamente vuestro aviso; cuando me lo ordenéis, plantaré el bulbo. Ya sabéis que debe ser después del vuestro, teniendo en cuenta que dispongo de mejores elementos; de aire, de sol y de abundancia de jugos terrestres.

—Sois una discípula muy adelantada y ganaréis los cien mil florines —dijo Baerle entusiasmado.

—Bien, bien, pero no debéis olvidar que vuestra discípula —dijo Rosa con sorna—, ya que así me llamáis, necesita aprender algo más que el cultivo de los tulipanes.

—Sí, sí, mi querida Rosa, tengo tanto interés como vos en que sepáis leer.

—¿Cuándo vamos a empezar?

—Ahora mismo.

—No, mañana.

—¿Y por qué aplazarlo hasta mañana? —insistió él.

—Porque hoy ha pasado ya el tiempo, y es preciso que nos separemos.

—¿Y con qué libro vamos a leer?

—Poseo un libro que ha de darnos la felicidad —dijo Rosa.

—Entonces, ¿hasta mañana?

—Hasta mañana.

Cuando a la noche siguiente Rosa fue a visitar a Cornelio Baerle llevaba consigo la Biblia que Cornelio Witt había dejado en el calabozo.

17. El primer bulbo

El ventanillo, único sitio por donde se comunicaban Rosa y Cornelio, se encontraba demasiado elevado para que personas que hasta entonces habían leído mutuamente en el rostro cuanto necesitaban decirse, pudieran leer cómodamente un libro.

La joven, pues, tenía que apoyarse en el ventanillo agachando la cabeza y situando el libro a la altura de la luz y sosteniéndolo con la mano derecha. Rosa seguía con uno de sus dedos las letras, simultaneándolas con las sílabas que le iba enseñando Cornelio, quien, provisto de una paja a guisa de puntero, señalaba cada letra por el ventanillo a su aprovechada discípula.

La luz de aquella lámpara daba de lleno sobre el rostro de Rosa. Sus ojos azules e inteligentes; sus rubias trenzas que rebosaban bajo el casquete de oro teñido con que se adornan la cabeza las jóvenes frisonas; sus dedos puestos en alto y cuya sangre descendía tomaban un tinte pálido que resplandecía revelando la vida misteriosa que circula bajo la piel.

Los conocimientos de Rosa progresaban con gran rapidez guiados por el alma de Cornelio, y cuando las dificultades parecían acrecentarse, aquellos ojos, cuya mirada confundía, aquellas pestañas acariciadoras, aquellos cabellos que se entrelazaban, despedían destellos capaces de iluminar las tinieblas de la ignorancia.

Rosa, al volver a su habitación, repasaba sola en su memoria las lecciones de lectura, pero también, en su alma, las leciones de amor.

Una noche se presentó en el ventanillo del calabozo media hora más tarde de lo acostumbrado. Esto constituía un hecho inusual y Cornelio se interesó por la causa de aquel retraso.

—¡Oh! No me regañéis —dijo Rosa—, no he tenido yo la culpa. Mi padre ha reanudado en Loewestein las relaciones que mantuvo en otro tiempo, en La Haya, con un hombre que con frecuencia insistía en querer visitar la cárcel. Es un individuo muy cordial y buen amigo del vino; narra historias distraídas y tiene constantemente su bolsillo abierto.

—¿Y no le conocéis más que de eso? —preguntó Cornelio ligeramente asombrado.

—No —contestó la joven ; desde hace quince días mi padre sólo piensa en ese recién llegado que tan frecuentemente lo visita.

—¡Cielos! —exclamó Cornelio moviendo la cabeza con inquietud, porque cualquier nueva circunstancia la tomaba como indicio de catástrofe—, podría tratarse de algún espía de esos que van a las fortalezas, y al mismo tiempo que vigilan a los prisioneros vigilan a los encargados de su custodia.

—No creo —dijo Rosa con una sonrisa—, si ese hombre espía a alguien, con seguridad no será a mi padre.

—¿Entonces a quién?

—A mí, tal vez.

—¿A vos?

—Sí. ¿Y por qué no? —preguntó la joven sonriendo.

—Quizá sí —dijo Cornelio suspirando—; tal vez se trate de un admirador vuestro que con el tiempo puede llegar a convertirse en vuestro marido.

—No niego que...

—¿Y por qué estáis tan alegre?

—Decid mejor, asustada.

—¿Y por qué asustada?

—No me faltan motivos.

—Os escucho, hablad.

—Este individuo había estado ya varias veces, tanto en el Buytenhoff como en La Haya, precisamente en la época en que estabais encarcelado. Al salir yo, salía él detrás. He venido aquí y hasta aquí me ha seguido. En La Haya demostraba mucho interés por poder veros.

—¿Verme? ¿A mí?

—Eso sería solamente un pretexto, porque ahora ni siquiera pregunta por vos. Por el contrario, ayer mismo manifestaba a mi padre no conoceros.

—Continuad, Rosa, os lo suplico, a ver si podemos aclarar quién es ese hombre y cuáles son sus propósitos.

—¿Estáis seguro de que ninguno de vuestros amigos se interesa por vos?

—No tengo amigos, Rosa, excepto mi nodriza a la que ya conocéis. ¡Ay! ¡Pobre Zug! Si pudiera llegar hasta aquí lo más probable es que implorara a vuestro padre o a vos de la siguiente manera: «Mi querido señor, mi querida señorita; mi hijo se encuentra aquí prisionero, estoy desesperada, dejádmelo ver un instante sólo y rogaré a Dios toda mi vida por vos.» ¡Oh! —continuó Cornelio—, excepto mi pobre Zug no tengo amigos que se interesen por mí.

—Vuelvo entonces a mi primitiva idea con tanta o mayor fuerza que antes. A la puesta del sol, cuando estaba arreglando el cuadro en que he de plantar mi tulipán, vi una sombra que se deslizaba detrás de los sauces y de los álamos; fingí no verle pero se trataba de nuestro hombre. El se escondió, me vio remover la tierra, y estoy segura de que era a mí a quien espiaba. No di ningún golpe con el escardillo ni removí un átomo de tierra que él no estuviera observándolo con atención.

—Probablemente se trate de un pretendiente vuestro —dijo Cornelio—. ¿Distinguisteis si tenía un buen aspecto?

Y mientras hablaba observaba a Rosa, esperando impaciente su respuesta.

—¿Joven? ¿De buen aspecto? —dijo Rosa riendo ruidosamente—. Es feísimo, medio jorobado y de unos cincuenta años aproximadamente; ni siquiera se atreve a mirarme cara a cara ni mucho menos a dirigirme la palabra.

—¿Cómo se llama?

—Jacobo Gisels.

—No me suena este nombre.

—Ya veis entonces que no está aquí por vos.

—De todos modos, si os ama, Rosa, como parece, porque según como veros es amaros, ¿vos le corresponderíais?

—De ningún modo.

—Entonces, ¿puedo estar tranquilo?

—Podéis estarlo.

—Perfectamente; ahora que empezáis a saber leer, Rosa, leeréis cuanto yo os escriba sobre las torturas de los celos y de la ausencia, ¿queréis?

—Lo leeré si me lo escribís en letras muy grandes.

Luego, como que la conversación empezaba a inquietar a Rosa, dijo para cambiar de tema

—A propósito, ¿cómo sigue vuestro tulipán?

—¿Mi tulipán? Muy bien. Esta mañana mirándolo al sol, y tras haber separado cuidadosamente la capa de tierra que envuelve el bulbo, he visto brotar la punta del primer retoño. ¡Ay, Rosa! Mi corazón se llenó de júbilo; aquel frágil botón blanquecino, que se estropearía al rozarle el ala de una mosca, aquel indicio de existencia que se revela por un testimonio casi imperceptible, me produjo mayor impresión que la lectura de la orden de conmutación de Su Alteza.

—¿Tenéis confianza, entonces? —preguntó Rosa sonriente.

—Sí, una confianza ciega.

—¿Y cuándo he de plantar yo mi bulbo?

—Ya os avisaré; pero os ruego encarecidamente que lo hagáis vos sola. No confiéis vuestro secreto a nadie de este mundo; algún aficionado sería capaz, al ver esa raíz, de reconocer su valor. ¡Por Dios, mi querida Rosa!, guardad con mucho cuidado el tercer bulbo que os queda.

—Aún está envuelto en el papel que me disteis y en el mismo estado en que me lo entregasteis. Lo guardé en el fondo de mi armario y debajo de mis encajes para que se conserve seco. Ahora, adiós, mi buen prisionero.

—¿Os marcháis tan pronto?

—Es necesario.

—¡Encima de llegar tarde os marcháis en seguida!

—Mi padre podría impacientarse por mi tardanza; y mi pretendiente podría sospechar que tiene un rival.

Y de repente la joven se puso a escuchar con atención.

—¿Qué os pasa? —preguntó Baerle.

—Me ha parecido oír un ruido.

—¿Ruido de qué?

—De pasos en la escalera.

—Yo también lo he oído —dijo el prisionero—, debe tratarse de Gryfus, pues a él se le oye a una legua.

—No, no es mi padre, estoy segura de ello, tal vez...

—¿Tal vez qué?

—Podría tratarse del señor Jacobo.

Rosa se precipitó a la escalera y oyó que cerraban precipitadamente una puerta antes de que ella descendiera los primeros escalones.

Cornelio se quedó muy intranquilo..., pero aquello no era más que el principio.

Cuando la desgracia inicia su mala acción, pocas veces avisa a sus víctimas, igual a como hace un espadachín al luchar contra su adversario, no dándole tiempo a ponerse en guardia.

Pocas veces se atiende esos avisos que nacen del instinto del hombre o de su complicidad con los objetos inanimados, menos inanimados de lo que generalmente se cree. El golpe estalla en el aire y se precipita sobre la cabeza que debía darse por advertida y adoptar sus precauciones para esquivarlo.

El día siguiente transcurrió sin novedad alguna. El carcelero Gryfus hizo sus tres visitas, y nada descubrió. Cuando el preso advertía su proximidad (jamás iba éste a la misma hora para poder sorprender *in fraganti* al prisionero), auxiliado de una maquinaria que había inventado, como las que existen en las casas de labor para subir y bajar los sacos de trigo, hacía descender su maceta hasta las tejas y las hiladas de piedras que había debajo de su ventana. Las cuerdas que utilizaba para esta maniobra, las ocultaba luego entre los hierbajos que nacen por las comisuras de las tejas.

Así, de este modo, Gryfus nada podía ver.

Aquella maniobra se realizó sin contratiempo durante ocho días.

Pero una mañana en que Cornelio contemplaba absorto su bulbo —el cual presentaba ya un punto de maduración—, no había oído subir al viejo Gryfus; se abrió repentinamente la puerta y el floricultor fue sorprendido con el tiesto sobre las rodillas.

Al observar Gryfus aquel objeto desconocido y por lo tanto, según su corto entender, prohibido, en manos del prisionero, se precipitó sobre él con la celeridad de un halcón sobre su presa.

La casualidad, o esa habilidad fatal con que el espíritu del mal dota a los que le secundan a su obra nefasta, hizo que la gruesa y callosa mano del carcelero que fue a dar en medio del cántaro, se tratase de la misma mano rota por encima de la muñeca que Cornelio Baerle le había curado con tanta eficacia.

—¿Qué guardáis ahí? —exclamó—. ¡Al fin os he atrapado!

Y hundió su mano en la tierra.

—¡Yo! ¡Oh!, nada —repuso Cornelio confuso.

—¡Ya os cogí! ¡Un cántaro! ¡Y con tierra! ¡Algún peligroso secreto ocultáis!

—Por favor, señor Gryfus —suplicó Cornelio inquieto como la perdiz que ve destruido su nido por la mano del segador.

En efecto, Gryfus escarbaba ya en la tierra con sus dedos de garfios.

—¡Señor, señor, tened cuidado! —exclamó Cornelio, pálido de temor.

—¿Por qué? ¡Diantre! ¿Por qué? —rugió el carcelero.

—Tened cuidado, os lo suplico, vais a estropearlo.

Y con un movimiento rápido y a la desesperada, arrebató al carcelero el cántaro, que protegió como un tesoro entre sus dos brazos.

Pero Gryfus con terquedad de viejo y creyendo que había descubierto una conspiración contra el príncipe de Orange, se abalanzó sobre el infeliz agricultor con el bastón levantado; y al ver la impasible resolución de éste por proteger su chisme, tuvo que reconocer que Baerle temía mucho menos por su cabeza que por su tiesto.

Trató, pues, de arrebatárselo a viva fuerza.

—¡Oh! —gritaba furioso el carcelero—. ¡Ya veo que os resistís!

—¡Dejad mi tulipán! —suplicaba Baerle.

—Sí, sí, tulipán —replicaba el viejo—, ya conocemos las tretas de los presos.

—Os juro que...

—Soltadlo —repetía Gryfus pateando en el suelo—, soltadlo o llamo a la guardia.

—Llamad a quien gustéis pero no me quitaréis esta planta, antes quitadme la vida.

Exasperado Gryfus, volvió a hundir sus dedos en la tierra y sacó un bulbo completamente negro. Mientras tanto Baerle, gozoso de haber salvado el tiesto, no reparó en que su adversario había sacado de allí el bulbo. Gryfus arrojó con violencia el bulbo, contra el suelo y lo estrelló.

Baerle, al contemplar los restos humedecidos de lo que había sido un bulbo y al ver la salvaje alegría de Gryfus, lanzó un grito de desesperación que hubiese conmovido al cruel carcelero que algunos años antes había fulminado la araña de Pélisson.

Por la mente de Cornelio pasó como un relámpago la idea de aniquilar a aquel malvado. El fuego y la sangre se le subieron al mismo tiempo a la cabeza y le cegaban. Levantó con sus dos manos el pesado cántaro con toda la tierra inútil que en él había. Un segundo más y lo hubiera estrellado contra la calva del viejo Gryfus. Un grito implorante le contuvo, se trataba del que lanzó Rosa por detrás del ventanillo, que, con los brazos dirigidos al cielo se había interpuesto entre su padre y su amigo.

Cornelio dejó caer el tiesto que se rompió en mil pedazos por el suelo con gran estrépito.

Entonces Gryfus, reponiéndose del susto, prorrumpió en terribles amenazas.

—Se necesita ser muy cobarde y muy vil para arrebatar a un pobre preso el único consuelo que le queda, un triste y miserable bulbo de tulipán —dijo Cornelio, increpándole.

—¡Vaya, padre mío! —añadió Rosa—, habéis cometido un crimen inútil.

—¿Vos aquí, entrometida? —dijo el viejo con cólera a su hija—, no os metáis en mis asuntos, y ahora marchaos de aquí cuanto antes.

—¡Desgraciado de mí! —exclamó Cornelio con desesperación.

—Vamos, vamos, al fin y al cabo no se trataba más que de un tulipán —añadió Gryfus ligeramente avergonzado—. Se os darán cuantos tulipanes queráis, los hay a centenares en mi granero.

—¡Al diablo con vuestros tulipanes! —gritó Cornelio—: serán tan malos como vos. Ni cien mil millones de millones de ellos los daría a cambio de ese que habéis destrozado.

—¡Claro! —exclamó Gryfus triunfalmente—, no es el tulipán lo que os interesa. Esa falsa cebolla seguramente contenía algunas brujerías... o quizás algún medio para comunicaros con los enemigos de Su Alteza. Fue una tontería no cortaros la cabeza.

—¡Por favor, padre mío! —suplicaba Rosa.

—¡Tanto mejor para vos! —repetía Gryfus cada vez más exaltado. Lo he destruido y tantas cuantas veces reincidáis en ello haré lo mismo. Ya os previne, amiguito, que os haría penosa la vida.

—¡Maldito seáis! —gritó Cornelio fuera de sí acariciando entre sus dedos temblorosos los restos de aquel bulbo que tantas alegrías y tantas esperanzas le había hecho concebir.

—Mañana plantaremos el otro, señor Cornelio —murmuró en voz baja Rosa, comprendiendo el desconsuelo de Baerle y derramando bálsamo sobre la cruel herida de Cornelio.

18. *El enamorado de Rosa*

No había acabado Rosa de pronunciar aquellas palabras de consuelo, cuando se oyó en la escalera una voz que preguntaba a Gryfus acerca de lo ocurrido.

—¿Oís padre? —dijo Rosa.

—¿Qué?

—Jacobo os está llamando; seguramente el ruido le ha alarmado.

—¡Claro, con tanto ruido! No parecía sino que ese sabio quería matarme. ¡Oh, los sabios son insoportables!

Y, luego, señalando con el dedo la escalera a Rosa, dijo:

—Pasad delante de mí.

Inmediatamente cerró la puerta al tiempo que decía en voz alta:

—Allá voy, amigo Jacobo.

El carcelero se marchó llevando consigo a Rosa y dejando profundamente desconsolado a Cornelio, el cual murmuraba entre dientes:

—Me has matado, viejo verdugo..., no sobreviviré a esta desgracia.

En efecto, de no ser por Rosa el infeliz prisionero hubiera enfermado.

Por la tarde la joven volvió a la celda para

decirle que su padre no se opondría a que cultivase flores en lo sucesivo.

—¿Cómo lo sabéis? —preguntó Baerle a la joven con aire dolorido.

—Porque él mismo me lo ha asegurado.

—¿Para engañarme de nuevo otra vez?

—No; parece que está arrepentido.

—Se trata de un arrepentimiento tardío.

—Ese arrepentimiento se lo ha estimulado alguien.

—¿Quién?

—Su amigo, que, al enterarse de lo ocurrido le regañó.

—¿El señor Jacobo? ¿Este hombre no se separa nunca de vos?

—Al menos procura estar siempre a mi lado.

Y la joven se rió tan francamente que la pequeña nube de celos que oscurecía el semblante de Cornelio se disipó.

Este lanzó un suspiro que podía pasar por un gemido.

—¡Si hubieseis visto al señor Jacobo! —dijo Rosa—. Llegué a temer incluso que pegase fuego a la fortaleza. Sus ojos eran dos brasas incandescentes; los cabellos se le pusieron en punta; crispó los puños y hasta pareció que iba a estrangular a mi padre. «¡Habéis hecho eso! —exclamó—. ¿Habéis pisoteado la cebolleta?» «Sí, la he aplastado», respondió mi padre. «Esto es una infamia —prosiguió Jacobo—, ¡habéis cometido un crimen! ¡Un crimen más grave que un asesinato!» Mi padre se quedó atónito, y le dijo: «¿Habéis perdido el juicio vos también?»

—¡Oh! Es un buen hombre este señor Jacobo —tartamudeó emocionado Cornelio—. ¡Un corazón honrado! ¡Un alma delicada!

—Difícilmente se puede tratar a un hombre con más amistad que él lo ha hecho con mi padre; estaba desesperado y no cesaba de repetir: «¡Aplastado! ¡Aplastado! ¡Oh, Dios mío!» Y después volviéndose hacia mí preguntó: «Pero, tendrá otro bulbo, ¿no es cierto?»

—¿Os hizo esa pregunta? —la interrumpió Cornelio sorprendido. Rosa seguía narrando vehementemente:

—«¿Es que esperáis que tenga más? —preguntó mi padre—. En ese caso los destruiré también.» «¡Los destruiréis!», exclamó Jacobo cogiendo a mi padre por el cuello; luego, soltándolo de repente y dirigiéndose a mí, preguntó: «¿Y qué hizo el buen hombre?» Yo no sabía qué responder, pues me habéis encargado encarecidamente que no revelase nunca el interés que os tomáis por este bulbo. Por fortuna mi padre me sacó del apuro: «¿Qué dijo? ¿Se enfureció?» Yo le interrumpí diciéndole: «¿Cómo no había de enfurecerse, si habéis sido tan bruto con él?» «Oh, pero es que habéis perdido todos el juicio? —exclamó mi padre—; ¿acaso es una gran desgracia perder una cebolleta de tulipán cuando por un florín se pueden comprar a centenares en la plaza de Gorcum?» «Seguramente no serán tan preciosas como ésa», repliqué yo.

—¿Y qué dijo a eso Jacobo? —preguntó Cornelio.

—Sus ojos centelleaban.

—Pero —insistió Cornelio— ¿dijo algo más?

—Sí, me dijo con voz melosa: «De modo, Rosa, ¿creéis que aquella cebolleta valía mucho?» Entonces comprendí que había hablado demasiado. «Lo ignoro —contesté aparentando indiferencia—; ¿acaso entiendo yo en tulipanes? Sólo sé, ya que estamos condenados a vivir con los prisioneros, que para un preso cualquier entretenimiento tiene gran valor. Ese infeliz de Baerle se entretenía con su bulbo y creo que ha sido una crueldad privarle de ese pasatiempo.» «¿Pero cómo ha logrado introducirlo allí? —dijo mi padre—; eso convendría saberlo.» Volví la cabeza para evitar la mirada de mi padre y me encontré con la de Jacobo. Parecía que pretendía adivinar mis pensamientos. Con frecuencia un simple gesto de mal humor obliga a tener que dar una respuesta, así es que me encogí de hombros, volví la espalda y me encaminé hacia la puerta. Pero me detuve al oír unas palabras pronunciadas en voz baja:

—«No es difícil saber si tiene más», decía Jacobo.

—«¿De qué modo?»

—«Registrándole; si las tiene las encontraremos. Por norma general suelen guardarse tres para esta planta.»

—¡Tres! —exclamó el preso—. ¿Dijo que tenía tres?

—Podéis suponer que aquella afirmación me produjo un gran sobresalto y retrocedí; pero estaban tan ocupados en discutir, que no advirtieron mi presencia. Seguí escuchando:

—«Se me está ocurriendo —dijo mi padre—, que quizá no lleve consigo sus bulbos.»

—«En ese caso, hacedle salir de la celda con un pretexto cualquiera, y yo entretanto haré un registro en su habitación.»

—Ese Jacobo es un malvado —dijo Cornelio.

—Así es.

—Decidme, Rosa —dijo Cornelio pesaroso.

—¿Qué queréis?

—¿No me dijisteis que el día que preparabais la tierra os vigiló ese mismo hombre?

—Sí.

—Y que se deslizó como una sombra detrás de los sauces?

—En efecto.

—¿Y que observó todos vuestros movimientos?

—Eso dije.

—Rosa... —dijo Cornelio cuyo rostro palideció—. Ese hombre no era a vos a quien seguía.

—¿A quién, entonces?

—Ni está enamorado de vos.

—¿Y de quién puede estarlo?

—Iba en busca de mi tulipán y es de mi tulipán de quien está enamorado.

—¡Ah! No me sorprendería; podría ser.

—¿Queréis convenceros de cuanto os digo?

—¿De qué modo?

—Muy fácilmente.

—Hablad.

—Id mañana al jardín; procurad, lo mismo que la otra vez, que Jacobo sepa que os dirigís allí, para que os siga; simulad que enterráis el tulipán; salid del jardín, pero ocultaos detrás de la puerta a observar lo que hace.

—Bien, pero ¿y después..?

—Después actuaremos en consecuencia.

—¡Cuánto amáis a vuestros tulipanes! —exclamó Rosa en un suspiro.

—Los amo tanto, que desde que vuestro padre destruyó aquel desgraciado bulbo, parece que me falte una parte de mi persona.

—Veamos —dijo Rosa—, ¿queréis hacer otra cosa?

—Sí, decidme.

—Aceptad el ofrecimiento de mi padre.

—¿Qué ofrecimiento?

—El que os hizo, de un centenar de bulbos de tulipán.

—¿Y para qué?

—Aceptad, tomad dos o tres y mezclad entre ellos vuestro tercer bulbo.

—Sí, eso podría hacerse contando con que vuestro padre estuviese solo; pero ese Jacobo no le deja ni un instante.

—Es cierto. De todos modos pensadlo bien, os priváis de una gran distracción.

Y diciendo esto Rosa sonrió irónicamente.

Cornelio reflexionó un momento, dejando entrever que luchaba contra un fuerte deseo:

—¡No, no! —exclamó con energía—. Sería una debilidad por mi parte, una locura, una cobardía, exponer a los peligros de la envidia y de la cólera el último recurso que me resta. No merecería perdón. No, no, Rosa. Mañana resolveremos respecto a vuestro tulipán. Lo cultivaréis según mis instrucciones; y respecto al tercero (Cornelio suspiró profundamente), lo guardaréis en vuestro armario. Guardadlo como guarda el avaro su primera y su última moneda de oro; como la madre guarda a su hijo; como el herido guarda en sus venas las últimas gotas de sangre; guardadlo, Rosa; ¡quizá dependa de él nuestra felicidad moral y material! Guardadlo, y si el fuego del cielo descendiese sobre Loewestein, juradme, Rosa, que lo salvaréis antes que a las sortijas, alhajas, y que ese casquete de oro que tan bien os sienta, porque de ese bulbo ha de salir el gran tulipán negro.

—Tranquilizaos —dijo Rosa con tristeza solemne—, vuestros deseos son órdenes para mí.

—¿Y si observáis que os espian? —prosiguió Cornelio animándose gradualmente—; si sospecháis que os siguen, que vuestras palabras despiertan los recelos de vuestro padre o de ese Jacobo a quien detesto, entonces, Rosa, sacrificadme a mí, que no vivo sino para vos, que no tengo en el mundo a nadie más que a vos. Sí, sacrificadme sin vacilación y no me veáis más.

Rosa sintió oprimirse su corazón y no pudo retener las lágrimas que afluyeron a sus ojos. Gimoteó brevemente.

—¿Qué os pasa? —dijo Cornelio.

—¡Qué desengaño!
—No os comprendo.
—Amáis tanto a vuestros tulipanes que no hay en vuestro corazón lugar para ningún otro afecto —dijo la pobre muchacha sollozando.
Y, dicho esto, se marchó.
Cornelio se quedó muy triste; aquella noche fue una de las peores de su vida.
Rosa estaba resentida con él y con razón. Quizá no volviera jamás allí y tal vez Baerle no volvería a recibir noticias suyas ni de sus tulipanes.
Con tanta fuerza arraigan las manías en el corazón de los hombres, que un coleccionista cualquiera o un cultivador de tulipanes se dejaría matar antes que abandonar sus aficiones.
Cornelio amaba profundamente a Rosa, pero amaba también a sus tulipanes. No obstante, cuando, después de revolverse en el lecho de su calabozo pudo conciliar el sueño, a las tres de la madrugada, lo que siguió viendo en sueños fueron los ojos azules de su amada y no el famoso tulipán que le había mantenido en vilo.
¿Quién acertará a explicar la extraña y misteriosa sicología de un carácter como aquél?

19. *Mujer y flor*

Rosa, sola en su aposento, ignoraba cuáles eran los verdaderos móviles de Cornelio; pero acordándose de sus últimas palabras, lo más seguro es que estuviera pensando sobre todo en su tulipán. Sin embargo se equivocaba.

Pero como nadie podía corregirla en su error y aquellas palabras de Cornelio habían caído en su alma como gotas de arsénico, la afligida joven en vez de soñar lloraba.

No obstante Rosa era mujer de fuerte temple y estaba dotada de un sano juicio; jamás se hacía ilusiones respecto a su posición social.

Cornelio era un conocido sabio y además rico, o al menos lo había sido antes de la confiscación de sus bienes. Procedía de esa aristocracia comercial que se siente más orgullosa de los muestrarios de sus tiendas que la nobleza de sus escudos de armas hereditarias. Cornelio, podía, por consiguiente, tomar a Rosa como un agradable pasatiempo; pero seguramente al tratar de comprometer para siempre su corazón, lo haría antes con un tulipán, la más aristocrática y orgullosa de las flores, que con Rosa, la hija de un humilde carcelero.

Esto le hizo comprender la preferencia que Cornelio sentía por su tulipán negro, y esa evidencia aumentaba su desazón.

Las reflexiones que se hizo a sí misma aquella noche de insomnios y pesadillas, la decidieron a no volver al ventanillo.

Pero conociendo el interés de Cornelio por tener noticias de su tulipán y no queriendo exponerse a volver a ver a un hombre hacia el que día a día sentía más amor, decidió seguir practicando ella sola la lectura y la escritura, pues, por fortuna, estaba tan adelantada que ya no precisaba maestro alguno.

Rosa se puso a leer la Biblia del infortunado Cornelio Witt, en cuya segunda hoja, que había pasado a ser la primera desde que la otra había sido arrancada, se encontraba escrito el testamento de Cornelio Baerle.

Por más veces que leyera aquel testamento, siempre acababa llorando, derramando perlas de dolor que rodaban de sus límpidos ojos por sus mejillas demacradas. ¡Ah! ¡Por aquellos días todavía creía en su amor!

¡Pobre Rosa, cuán equivocada estaba! Nunca el amor del prisionero había sido más intenso que entonces; porque, apenas lo hemos dejado apuntado, en la lucha sostenida entre el tulipán negro y Rosa, aquél había sido vencido; lógicamente ella lo ignoraba.

Cuando acababa la lectura, en la que había hecho grandes progresos, cogía la pluma y empezaba, con no menos interés, la tarea mucho más complicada de escribir.

Dado que Rosa escribía ya inteligiblemente, confiaba en transmitir noticias de su tulipán al ingrato Cornelio en el término de unos ocho días.

No había olvidado ninguna de las instrucciones que éste le había dado, porque nunca olvidaba nada de cuanto le decía, aunque el valor de sus palabras fuera muy relativo.

En cuanto a él, tras aquella peor noche de su vida, al día siguiente se levantó más enamorado que nunca de Rosa. El tulipán permanecía luminoso y radiante en su pensamiento pero ya no lo consideraba como un tesoro al que debía sacrificar su amor por Rosa, sino como la flor más bella, como una combinación maravillosa de la naturaleza y el arte, pero flor, al cabo.

Aquel día se mostraba sumamente excitado y angustiado. Actuaba como hacen aquellos hombres con entereza suficiente para olvidar por un momento que un gran peligro les amenazaba. Una vez vencida aquella preocupación siguen haciendo su vida corriente; pero de vez en cuando, aquel peligro olvidado, asalta repentinamente su corazón; se estremecen y se preguntan a sí mismos por qué se han estremecido; después recuerdan lo que habían olvidado: «¡Sí, sí —dicen suspirando—, es eso, es eso!»

El *es eso* de Cornelio era el temor de que Rosa no viniese aquella noche.

Y, cuanto más próxima estaba la noche, más viva y persistente era su inquietud, hasta llegar al extremo de invadir todo su ser.

Recibió la noche con un expectante latido de corazón, y al aumentar progresivamente la oscuridad, con mayor intensidad recordaba las palabras que le dijo a Rosa el día anterior, y que tanto le habían afligido, y se reprochaba a sí mismo el haberle pedido que le sacrificara a él en favor del tulipán; esto es, que renunciase a verle, cuando en realidad Rosa significaba una imperiosa necesidad vital para él.

El reloj de la fortaleza se oía en el calabozo de Cornelio. Dieron las seis, las siete, las ocho y...

finalmente las nueve. Nunca un sonido metálico repercutió más hondamente en un corazón como la última campanada de aquella hora.

Luego, el silencio lo invadió todo. Cornelio, con la mano en el pecho para ver de contener sus latidos, se puso a escuchar atentamente.

El ruido de las pisadas de Rosa, el roce de sus vestidos, le eran ya tan familiares que los reconocía sólo al pisar el primer escalón. Entonces pensaba: «¡Ah! Ahí está Rosa.»

Pero aquella noche, el silencio del corredor no fue turbado por ninguno de aquellos ruidos; el reloj dio las nueve y media, las nueve y tres cuartos y, al fin, con su voz grave, anunció, tanto a los huéspedes de la fortaleza como a los habitantes de Loewestein que eran las diez.

Era la hora en que la bella frisona acostumbraba a despedir a Cornelio; pero aquella noche su presencia había brillado por su ausencia.

Los presentimientos no habían engañado a Baerle. Rosa, seguramente enojada no querría saber nada más de él. «¡Oh! Merezco cuanto me sucede —se decía Cornelio—, ya no volverá y hará bien; en su caso yo tal vez hubiera hecho lo mismo.»

Y, sin embargo, Cornelio seguía escuchando y esperando aún.

Así estuvo hasta medianoche, cuando, cansado de esperar en vano, se acostó sin siquiera desvestirse.

La noche fue larga y triste y el día siguiente no le aportó ninguna esperanza.

A las ocho de aquella mañana abrieron la puerta de su celda. Cornelio había oído los pasos de Gryfus en el corredor. Sabía que se acercaba solo y ni siquiera volvió la cabeza para mirarle.

De muy buena gana le hubiera preguntado acerca de Rosa, y a punto estuvo de hacerlo. En el fondo aquel egoísta de Cornelio hubiera deseado enterarse por medio de Gryfus que su hija estaba enferma, enferma de amor por él.

De no ocurrir algo extraordinario, Rosa no iría a verle en todo el día. No obstante, en los bruscos estremecimientos que le agitaban, en la atención que dispensaba al menor ruido, en su mirada fija en el ventanillo, se advertía que el prisionero abrigaba una remota esperanza de que Rosa infringiera sus costumbres.

Cuando Gryfus le visitó por segunda vez, Cornelio, en contra de lo acostumbrado, le preguntó en tono amable por el estado de salud de su hija, y el carcelero, con brusquedad, se limitó a contestar:

—Se encuentra bien.

A la tercera visita, Cornelio varió los términos de la pregunta.

—¿Hay alguien enfermo en Loewestein? —dijo.

—Nadie —respondió Gryfus más lacónicamente que la vez anterior, dándole con la puerta en las narices.

Gryfus desconfió de tanto cumplido como gastaba Cornelio, y lo atribuyó a un principio de tentativa de soborno.

Cuando Cornelio quedó de nuevo solo eran las siete de la tarde y a aquella hora volvieron con más violencia que el día anterior sus pesares e incertidumbres.

El tiempo iba transcurriendo sin la presencia de aquella encantadora criatura que iluminaba a través del ventanillo la celda del infortunado Baerle, dejándole al marcharse la suficiente luz para todo el tiempo de su ausencia.

Cornelio pasó la noche sin haber pegado un ojo. Al día siguiente Gryfus le pareció todavía más feo, más brutal y más odioso que nunca; entonces llegó a pensar que el motivo por el cual Rosa no le visitaba quizás fuese él.

Experimentó deseos de estrangularle, pero si lo hacía perdería irremisiblemente a Rosa. Jamás nadie sabría que gracias a ella el carcelero se había librado de uno de los mayores peligros a que había estado expuesto en su vida.

Al llegar la noche, la desesperación de Cornelio se convirtió en melancolía, tanto más cruel cuanto que al dolor que le ocasionaba la conducta de Rosa se le añadía el recuerdo de su pobre tulipán. Habían llegado precisamente esos días del mes de abril señalados por los jardineros como los más indicados para sembrar los tulipanes. Recordaba haber dicho a Rosa: «Os indicaré cuándo debéis cortar el bulbo.» Este momento había llegado. El tiempo estaba hermoso; la atmósfera, aunque algo húmeda, iba templándose a los pálidos rayos del sol de abril, que por ser los primerizos eran los mejores, a pesar de su endeblez. Si Rosa dejaba pasar el tiempo de la siembra, la decisión que había adoptado el prisionero de dejarse morir de hambre estaría justificada.

Apenaba ver a Cornelio, mudo de dolor y extenuado de debilidad, meter la cabeza por entre los barrotes de hierro de la ventana, tratando de distinguir hacia la izquierda el pequeño jardín cuyos muros lindaban con el río. Abrigaba la esperanza de divisar a la luz de los primeros rayos del sol de abril a la joven o al tulipán, los dos amores que ahora consideraba perdidos.

Por la tarde Gryfus retiró intactos el almuerzo y la comida que Cornelio se negó a probar.

Al día siguiente tampoco probó nada y Gryfus volvió a bajar las dos comidas por donde las había subido.

Cornelio se pasó todo el día acostado.

—Bueno —dijo Gryfus al llegar a su vivienda tras la última visita—; creo que el sabio nos va a abandonar pronto.

Rosa se estremeció.

—¡Caray! —exclamó Jacobo—. ¿Qué pasa?

—No quiere comer y apenas bebe, ni tan solo se levanta. Lo mismo que el señor Grocio, saldrá de aquí en un cajón, pero el cajón será su ataúd.

Rosa palideció al momento y pensó para sí: «¡Oh! Ya entiendo; debe estar inquieto por su tulipán.»

Tras pensar esto, fue a encerrarse en su cuarto, tomó papel y pluma y se pasó toda la noche ejercitándose en la escritura.

Al día siguiente, al abandonar el lecho para acercarse a la ventana, Cornelio vio un papel que alguien había deslizado por debajo de la puerta.

Lo abrió con ansiedad y le pareció que aquella letra era la de Rosa; leyó las siguientes palabras: «Tranquilizaos, vuestro tulipán sigue bien.»

Aquel mensaje calmó algo su dolor, pero no por eso dejó de plantearse Cornelio la siguiente y cruel ironía: Rosa no estaba enferma, estaba enojada y nada le impedía ir a verle sino que se alejaba de él voluntariamente.

Rosa tenía la fuerza de voluntad suficiente para resistirse a visitar a quien por ella se estaba consumiendo.

Cornelio tenía en su poder el papel y el lápiz que Rosa le había dado un día; supuso que la joven esperaría una respuesta y que iría a recogerla por la noche, y en un papel de las mismas dimensiones que el que había recibido escribió lo siguiente: «El tulipán no me inquieta tanto como vuestro enojo. Me dejaré morir de hambre porque el dolor de vuestra ausencia me es insoportable.»

Llegada la noche puso el papel bajo la puerta y esperó; pero ni oyó los pasos ni el roce del vestido de la joven.

Solamente percibió una voz débil como un soplo y dulce como una caricia, que a través del ventanillo le dirigió estas palabras:

—Hasta mañana.

Era aquél el séptimo día de su separación.

20. *Lo que ocurrió en aquellos ocho días*

Al día siguiente, a la hora de costumbre, Cornelio sintió que arañaban el ventanillo de su prisión como Rosa solía hacer en los tiempos dichosos en que sus relaciones de amistad prosperaban.

Baerle se apresuró a mostrarse tras el enrejado, y la joven al verlo tan pálido y demacrado no pudo reprimir una exclamación.

—¿Estáis enfermo, Cornelio? —preguntó.

—Sí, física y moralmente enfermo.

—He sabido que no comíais —dijo Rosa—; mi padre me ha dicho que no abandonabais el lecho y me apresuré a venir para tranquilizaros respecto a la suerte de vuestro tulipán.

—Yo os escribí —repuso Cornelio—. Creí, al ver que volvíais, querida Rosa, que habíais recibido mi carta.

—La he recibido, sí.

—Ahora no podéis disculparos por no saber leer. Además he podido comprobar que habéis hecho grandes progresos con la escritura.

—No sólo he recibido vuestra carta, sino que la he leído. Por eso he venido a ayudaros a recobrar vuestra salud.

—¿Devolverme la salud? —exclamó Cornelio—; ¿acaso me traéis alguna noticia agradable?

Y al decir esto fijó su mirada esperanzada en Rosa.

Bien fuera porque Rosa no comprendiese aquella mirada o bien porque quisiera ignorarla, lo cierto es que le contestó con tono grave:

—Sí, he venido para hablaros de lo que más os preocupa, que es vuestro tulipán, naturalmente.

Rosa dijo esto con un acento tan frío y distante que Cornelio se estremeció.

No adivinaba aún todo lo que ocultaba tras el velo de su indiferencia el bondadoso corazón de Rosa, en lucha constante contra su rival el tulipán negro.

—¡Ay! —murmuró Cornelio—, ¡todavía insistís! ¿Acaso no os he dicho ya que sois vos mi único bien, que sólo a vos echaba en menos, que vuestra ausencia me privaba del aire, del calor, de la luz, y de la vida?

Rosa sonrió incrédula.

—Vuestro tulipán ha estado expuesto a un grave peligro...

Cornelio se sobresaltó y cuando quiso darse cuenta, sus pensamientos le habían traicionado.

—¿Un grave peligro, decís? —exclamó—, ¿y cuál es, Dios mío?

Rosa le dispensó una mirada compasiva; conocía que lo que se proponía decirle era superior a las fuerzas de aquel hombre.

—Sí —dijo—; estabais en lo cierto; mi pretendiente, mi enamorado Jacobo, en realidad no iba por mí.

—Pues, ¿por quién iba? —preguntó Cornelio con impaciencia.

—Por el tulipán.

—¡Malhaya! —exclamó Baerle, palideciendo aún más que la vez aquella que Rosa le había anunciado que Jacobo la pretendía.

Rosa observó atentamente, y Cornelio advirtió

en la expresión de su rostro el pensamiento que ocultaba.

—Dejadme hablar, Rosa —dijo—. Sé lo buena y honrada que sois. Dios os ha dotado de pensamiento, fuerza, juicio y movimiento, mientras que mi pobre tulipán carece de todo ello.

Rosa sin parar atención en aquellas palabras siguió contando:

—Desde que os alarmasteis por la presencia de aquel hombre que me siguió al jardín, y que no era otro que Jacobo, mi alarma aumentó. El día después de dejar de veros hice lo que me habíais encargado, hice todo cuanto me aconsejasteis...

—Perdonadme por lo que os dije entonces —la interrumpió Cornelio—. Ya os he pedido perdón por aquellas palabras y os lo pido nuevamente.

—Al día siguiente —prosiguió Rosa sin hacerle caso—, recordando vuestra recomendación sobre la astucia que debía emplear para ver si era a mí o al tulipán a quien seguía ese ser odioso...

—Sí, odioso... ¿No es cierto que lo aborrecéis con toda vuestra alma, Rosa?

—Sí, le aborrezco —dijo la joven—, ya que por su culpa he sufrido lo indecible estos ocho días.

—¿Vos también habéis sufrido? Vuestra sinceridad es de agradecer, Rosa.

—Al día siguiente de aquel día tan desgraciado —continuó la hija de Gryfus— bajé al jardín y me dirigí hacia el cuadro de tierra donde debía plantar el bulbo, sin dejar de mirar de reojo ni un instante hacia atrás, por si aquel ser odioso aún me seguía.

—¿Y qué ocurrió? —preguntó Cornelio.

—La misma sombra se deslizó entre la puerta y la pared y se ocultó detrás de los sauces.

—¿Y fingisteis no verla, no? —preguntó Cornelio, repasando mentalmente los consejos que había dado a Rosa.

—Sí, sí, y me incliné sobre el suelo y removí la tierra con una azada como si plantase la raíz.

—Y él... ¿qué hizo entonces?

—A través del ramaje de los árboles pude ver sus ojos chispeantes.

—¡El muy granuja! —exclamó Cornelio.

—Luego, tan pronto como concluí aquella fingida operación, me marché de allí.

—Pero os quedasteis al acecho, detrás de la puerta del jardín, ¿verdad? Y por las rendijas o por la cerradura pudisteis ver lo que hizo cuando os marchasteis.

—Aguardó un rato, quizá para asegurarse que yo no volviera allí; luego abandonó lentamente su escondrijo, se acercó al cuadro en cuestión dando un largo rodeo, y al llegar frente a la tierra recién removida, se detuvo de pronto, miró en derredor suyo, examinó todas las ventanas de las casas vecinas, consultó el cielo, la tierra y el aire, y, creyéndose solo y que nadie podía verlo, se abalanzó sobre la tierra blanda, hundió en ella sus manos, cogió una porción que fue desmenuzando suavemente para ver si encontraba en ella el bulbo y repitió varias veces la misma operación con mayor ímpetu cada vez, hasta que al fin comprendiendo que podía ser objeto de alguna treta, procuró tranquilizarse, y borró el terreno para no dejar huellas de su acción y, con pesar, emprendió camino de regreso hacia la casa adoptando un aire de disimulo conforme se acercaba allí.

—¡Miserable! ¡Miserable! —dijo Cornelio limpiándose el sudor que perlaba su frente—. ¿Y el bulbo, Rosa, qué habéis hecho de él? Debía ya estar plantado.

—Se encuentra sepultado en la tierra desde hace seis días.

—¿Y dónde lo habéis plantado? ¿Cómo lo habéis hecho? —preguntó Cornelio con interés—. ¡Dios mío! ¡Es una imprudencia! ¿En qué tierra lo habéis sembrado? ¿Está a buen viento? ¿No estará expuesto a la depredación del infame de Jacobo?

—No temáis, no corre el menor riesgo, a no ser que ese hombre eche abajo la puerta de mi habitación.

—¿Lo tenéis en vuestra habitación? —preguntó Cornelio algo más tranquilizado—. ¿Pero en qué tierra, en qué recipiente? Supongo que no se os habrá ocurrido hacerlo germinar en el agua como suelen hacer esas ingenuas mujeres de Haarlem y de Dordrecht, que creen neciamente que el agua puede reemplazar a la tierra; como si el agua compuesta de treinta y tres partes de oxígeno y sesenta y seis de hidrógeno, pudiese... Pero ¿para qué os lo estoy contando, Rosa?

—Tenéis razón; es demasiado científica para mí —dijo con cierta sorna la joven—. Me limitaré, pues, a deciros, para tranquilidad vuestra, que vuestro bulbo no está en el agua.

—¡Ah, respiro!

—Lo he plantado en una vasija de barro tan ancha al menos como el cántaro en que sembrasteis la vuestra, y en una tierra compuesta por tres cuartas partes de la cogida en el mejor sitio del jardín, y el resto, de la calle. Con tanta frecuencia os he oído a vos y a ese infame de Jacobo hablar de la tierra apropiada para el cultivo del tulipán, que la conozco ya como el mejor jardinero de Haarlem.

—¿Dónde habéis colocado la maceta, Rosa?

—Ahora la baña el sol durante el día; pero cuando empiece a brotar de la tierra, cuando el sol sea más inclemente, haré lo mismo que hacíais vos aquí, la expondré en mi ventana en dirección a levante, de ocho a once de la mañana, y en la otra ventana, a poniente, desde las tres hasta las cinco de la tarde.

—Me parece muy bien —dijo Cornelio—. Sois una buena jardinera; pero tened en cuenta que el cuidado de mi tulipán va a absorberos todo vuestro tiempo.

—Así es —respondió Rosa—; ¿pero qué más da? Vuestro tulipán es mi hijo, y le dedicaré el tiempo que una madre dedicaría a un hijo suyo. Sólo de ese modo —añadió sonriente— podré dejar de ser rival suya.

—¡Rosa, mi adorable criatura! —dijo Cornelio contemplando a la joven con expresión arrobada.

Transcurrió un instante de silencio que Cornelio empleó en perseguir a través del enrejado la mano fugitiva de Rosa; y luego dijo:

—¿De modo que hace seis días que enterrasteis el bulbo?

—Seis, exactamente —respondió Rosa.

—¿Y aún no ha brotado?

—No; pero espero que lo haga mañana.

—Magnífico; me daréis noticias de la planta al dármelas de vos, ¿no es así? Mucho cuidado me inspira el tulipán, pero todavía es mayor el que me inspiráis vos.

—Mañana —dijo Rosa mirando por el rabillo del ojo a Cornelio—, a lo mejor no puedo.

—¡Dios mío! ¿Y por qué no vais a poder mañana?

—Tengo muchísimas ocupaciones, Cornelio.

—En cambio yo no tengo más que una —murmuró decepcionado Cornelio.

—Sí —dijo Rosa—, la de amar a vuestro tulipán.

—Amaros a vos, Rosa.

Rosa negó con la cabeza, y ambos quedaron en silencio.

—En fin —prosiguió Baerle tras una pequeña pausa—, todo se transforma en la naturaleza; a las flores de la primavera les suceden otras flores, y vemos a las abejas, que acariciaban tiernamente las violetas y los alhelíes, posarse con la misma complacencia sobre las madreselvas, las rosas, los crisantemos, los jazmines y los geranios.

—¿Qué queréis decir con eso? —preguntó Rosa.

—Eso significa que antes os agradaba comunicar vuestros sentimientos con los míos, y juntos acariciábamos la flor de nuestra juventud; pero mi juventud, sola, se ha ido secando a la sombra. El jardín de las esperanzas de un prisionero sólo tiene una estación. No es como esos preciosos jardines al aire libre y al sol. Efectuada la renovación de mayo y recogido el botín, las abejas como vos, Rosa, las abejas de talle flexible, de antenas de oro y alas transparentes pasan por entre los hierros y son capaces de huir del frío, de la soledad y de la tristeza, para buscar en otras partes los perfumes y las suaves fragancias del placer.

Rosa contemplaba a Cornelio complacida, pero éste no la veía al tener su mirada en el cielo.

Cornelio suspiró hondo y prosiguió:

—Me abandonáis para gozar de vuestras cuatro estaciones de placer. Hacéis bien y no me quejo; no tengo derecho ninguno para exigiros fidelidad.

—¿Exigirme que os sea fiel? —dijo Rosa entre sollozos, sin tratar de ocultar por más tiempo a Cornelio aquel rocío de perlas que resbalaba por sus mejillas—; ¿es que acaso os he sido infiel?

—¿Es acaso fidelidad abandonarme y dejarme morir aquí? —preguntó Cornelio.

—Pero Cornelio, ¿no hago por vos cuanto puede agradaros? ¿Acaso no cuido vuestro tulipán?

—¡Cuán injusta sois, Rosa!, me tiráis en cara la única alegría sin atisbo de dolor que he tenido en mi vida.

—No os reprocho nada salvo el dolor profundo que he venido experimentando desde el día en que me anunciaron en el Buytenhoff vuestra sentencia de muerte.

—¿Es que os enoja que amé las flores?

—No, no es eso, pero me entristece que las améis más que a mí.

—¡Oh, mi diosa de amor! —exclamó Cornelio—; ved como tiemblo; mirad mi rostro descolorido; escuchad los latidos de mi corazón; ello no es a causa de que haya sido plantado mi tulipán, no, no, es porque vos me sonreís; es porque inclináis hacia mí vuestra frente; es porque... ignoro si estaré equivocado, es porque creo que vuestras manos aunque se aparten buscan las mías, y porque siento el calor de vuestras hermosas mejillas detrás de los fríos hierros. ¡Rosa, mi amor! Aplastad el bulbo del tulipán, destruid la esperanza de esa encantadora flor; apagad la suave luz de esa ilusión que me había acostumbrado a acariciar en mi pensamiento; que de él se aparten las flores con sus ricas galas, con sus elegantes contornos, con sus variados caprichos; arrebatádmelas, flor celosa de las otras flores; quitádmelas; pero no me privéis de la música de vuestra voz, del encanto de vuestro rostro, del ruido de vuestros pasos en la escalera, del fuego de vuestros ojos, de la confianza de vuestro amor, arrancadme todo eso, si queréis, pero amadme, Rosa, porque yo os amo con toda mi alma.

—Después del tulipán negro —dijo con resignada tristeza la joven cuyas manos ahora no rechazaban los besos que le daba Cornelio.

—Antes que todo, Rosa.

—¿Es eso cierto?

—Creedme, como creéis en Dios.

—Os creo aunque ello no os obliga a amarme.

—Demasiado poco, desgraciadamente, mi querida Rosa; pero a vos sí os obliga...

—¿A qué? —preguntó Rosa.

—En primer término, a no casaros.

Rosa se sonrió, y le dijo en tono burlón:

—Todos los hombres sois unos tiranos. Adoráis, decís, a una joven; no pensáis más que en ella; estáis condenado a muerte, y al marchar al patíbulo le dedicáis vuestro último suspiro, y ahora pretendéis imponer a otra infeliz criatura el sacrificio de su ambición y de todos sus sueños.

—¿Pero a quién os referís, Rosa? —preguntó Cornelio rebuscando inútilmente en sus recuerdos a la mujer que aludía Rosa.

—Me refiero a esa hermosa joven negra, de fino talle, de pies diminutos y de noble cabeza. Me refiero a vuestra flor.

Cornelio no pudo reprimir una sonrisa.

—Una bella mujer imaginada, mi querida Rosa; mientras que vos, estáis rodeada de una corte de adoradores. ¿Os acordáis de lo que me dijisteis de los estudiantes, oficiales y empleados de La Haya? ¿Acaso en Loewestein no hay también empleados, oficiales y estudiantes?

—En efecto, los hay, y muchos más que en La Haya.

—¿Que escriben?

—Que escriben.

—Y ya que ahora sabéis leer...

Cornelio suspiró recordando que a él, un infeliz prisionero, se debía el que Rosa pudiera leer las cartas de amor que recibía.

—Creo —dijo Rosa— que leyendo las cartas que me escriben, y examinando a los jóvenes que me cortejan, no hago más que seguir vuestras instrucciones.

—¿Mis instrucciones?

—Sí, veréis; ¿habéis olvidado —prosiguió Rosa— el testamento que vos mismo escribisteis en la Biblia de Cornelio Witt? Yo no lo olvido, porque ahora sé leer, y puedo leerlo tantas veces cuantas desee al día. Pues bien, en aquel testamento me aconsejabais que me casara enamorada de un hombre de unos veintiséis a veintiocho años de, aproximadamente, la vuestra edad. Eso es lo que precisamente estoy haciendo, y como todo el tiempo lo empleo en cuidar vuestro jardín, es necesario que me dejéis alguna libertad para encontrarlo.

—¡Ay, Rosa! El testamento es válido sólo en caso de que muera y todavía estoy vivo.

—De acuerdo, dejaré entonces de buscar al joven y vendré a veros a vos.

—¡Oh, sí, Rosa!; ¡venid, venid!

—Vendré; pero con una condición.

—La acepto, desde luego.

—Que durante tres días no hablemos para nada del tulipán negro.

—No os hablaré de él nunca más si ése es vuestro deseo.

—¡Oh, es una locura pedir imposibles! —dijo la joven.

Y, dicho esto, la joven acercó como en un descuido su lindo rostro al enrejado y el floricultor lo rozó con los labios.

Rosa emitió un suspiro, y salió corriendo.

21. *El segundo bulbo*

Cornelio Baerle descansó muy bien aquella noche y aún se encontraba mejor al día siguiente. Buena falta le hacía al infeliz prisionero disfrutar de algunas horas de reposo y relativa felicidad, pues, durante el tiempo que Rosa se había abstenido de visitarle, el calabozo, negro y frío, había gravitado sobre él como una pesada losa.

Aquella mañana, al despertarse, un rayo de sol filtrándose por entre los hierros de la ventana trajo al preso una nota de alegría. Unas cuantas palomas cruzaban el aire con las alas extendidas, mientras que otras arrullaban amorosamente a sus crías posadas en el tejado cercano a la ventana.

Cornelio se apresuró a abrir la ventana y le pareció que la vida, la alegría e incluso la libertad penetraban con aquel rayo de sol en su oscura celda.

Y es que el amor que inundaba el alma del prisionero hacía que todo floreciese a su alrededor; pues el amor es una flor del cielo mucho más hermosa, y mucho más perfumada que las demás flores de la tierra.

Cuando el carcelero entró en el calabozo se

sorprendió de ver a Cornelio vestido y entonando alegremente un fragmento de ópera.

Gryfus le miró a hurtadillas.

—¿Qué tal os encontráis hoy? —le dijo Cornelio.

El carcelero no contestó.

—¿Cómo está el perro, y el señor Jacobo, y vuestra hermosa hija Rosa? —insistió de nuevo Baerle.

Gryfus hizo rechinar los dientes.

—Tomad el desayuno —se limitó a decir.

—Gracias, amigo carcelero —respondió el preso—, precisamente llegáis en el momento oportuno, pues tengo mucho apetito.

—¿Tenéis apetito? —preguntó Gryfus extrañado.

—Ciertamente, ¿tiene eso algo de raro?

—Parece que la conspiración anda bien.

—¿Qué conspiración? —preguntó Cornelio.

—¡Bien, bien! Ya sé yo de lo que estoy hablando; pero descuidad, os vigilaremos.

—Vigilad, amigo Gryfus —repuso Baerle—, mi «conspiración» lo mismo que mi persona están en vuestras manos.

—Pronto lo veremos.

—¿Pronto?

—Sí; al mediodía —y, diciendo esto, Gryfus salió del calabozo.

«¿Al mediodía? —se repitió Cornelio para sí—; ¿qué habrá querido decir con eso? En fin, esperemos a que llegue el mediodía.»

Para Cornelio era facilísimo aguardar aquella hora, acostumbrado a esperar cada día las nueve.

Al fin dieron las doce del mediodía y oyó en la escalera los pasos de Gryfus y también los de tres o cuatro soldados que lo acompañaban.

Se abrió el calabozo y entró el carcelero seguido de los soldados y cerró la puerta tras de sí.

—Ahora —dijo—, vamos a registrar.

En efecto, registraron en los bolsillos del preso, entre su chaquetilla y su chaleco, entre éste y la camisa, y por último, entre su camisa y su piel; pero todo resultó inútil porque nada encontraron.

Registraron las ropas de la cama, los colchones, el jergón, con el mismo resultado negativo.

Cornelio se alegró entonces de no haber querido guardar el tercer bulbo, pues Gryfus, en aquel minucioso registro lo hubiera encontrado irremisiblemente, por oculto que estuviese, y en tal caso habría corrido la misma suerte que el primero.

Por esto jamás prisionero alguno presenció con la serenidad que él demostró un registro hecho en su calabozo.

Gryfus se marchó de allí con el lápiz y las cuartillas de papel blanco que Rosa le había dado como únicos trofeos de la expedición.

A las seis Gryfus estuvo allí de nuevo, pero esta vez sin acompanantes. Cornelio intentó hacer las paces, pero Gryfus retrocedió hoscamente como si temiera ser víctima de algún ataque.

Cornelio soltó una carcajada.

—Está bien; ya veremos quién es el último que ríe —dijo el carcelero.

El que debía reír el último era Cornelio, al menos por aquella noche, porque estaba esperando a Rosa.

Esta se presentó a las nueve en punto; pero vino sin luz, ya que no la necesitaba para aprender a leer.

Además la luz podía delatar su presencia, pues Jacobo había extremado todavía más su espionaje.

Y la luz, por último, denunciaba el rubor de Rosa, cuando sus mejillas se teñían de carmín por la emoción.

¿De qué podían hablar aquella noche los dos jóvenes? De lo que hablaban los amantes en el umbral de las puertas en Francia, en las ventanas o balcones en España, en los terrados de Oriente. Hablaron de cosas que hacen marchar apresuradamente al tiempo y que a nadie tanto como a los propios protagonistas interesa.

Hablaron de todo menos del tulipán negro.

Cornelio se sentía dichoso; disfrutaba de toda la felicidad de que es capaz un cultivador de tulipanes que no ha tocado ningún tema relacionado con ellos.

Consideraba a Rosa el más encantador de todos los amores que hay en la tierra.

Le parecía buena, agradable, amorosa, y no se equivocaba.

Pero ¿por qué había rehuido hablar de su tulipán?

Este era el único defecto de Rosa, que no le parecía pequeño al floricultor.

Cornelio pensó resignado, que la mujer nunca es perfecta.

Gran parte de la noche la pasó meditando acerca de aquella imperfección, lo que equivale a decir que, en tanto estuvo despierto, no dejó de pensar en Rosa.

Soñó con ella cuando estuvo dormido.

Pero Rosa en sus sueños era más perfecta que la Rosa real.

No sólo hablaba de su tulipán sino que le entregaba en ofrenda un hermoso tulipán negro en un jarrón de China.

Cornelio se despertó trémulo de alegría.

—¡Rosa, cuánto te amo! —fue lo primero que dijo, y como ya era de día decidió no volver a acostarse.

Todo el día lo pasó recordando aquel sueño.

¡Ah! Si Rosa hubiese hablado del tulipán, Cornelio la habría preferido a le reina Semíramis, a la reina Cleopatra, a la reina Isabel, a la reina Ana de Austria, o lo que es lo mismo, a las más poderosas y más bellas reinas del mundo.

Pero la hermosa frisona le había prohibido, so pena de no volver a verle, hablar de tulipanes durante tres días.

Esto equivalía a conceder setenta y dos horas al amado, es cierto, pero también se trataba de setenta y dos horas robadas al floricultor.

De las setenta y dos horas habían ya pasado treinta y seis y las restantes pasarían muy pronto; dieciocho en esperanza y las demás en recuerdos.

Rosa acudió a la cita a la hora acostumbrada. Cornelio soportó valerosamente su penitencia; hubiera sido un digno discípulo de Pitágoras, y si se le hubiera permitido informarse una vez al día de su tulipán hubiera sido capaz de estar cinco años sin hablar del asunto.

Pero, en fin, Rosa comprendía que había que ser flexible. tirar de un cabo y ceder del otro; dejaba que Cornelio estrechase sus manos por entre los hierros del ventanillo y besara sus cabellos.

¡Excelente y audaz muchacha! Todas aquellas pruebas de amor encerraban para Rosa mayor riesgo que el estar hablando del tulipán.

Y, en efecto, así lo pensó ella misma al volver a su habitación con el corazón agitado, las mejillas ardiendo, los labios secos y los ojos humedecidos.

Y la noche siguiente, y después de las primeras palabras y caricias de rigor, miró amorosamente a Cornelio a través de los hierros y le dijo:

—Cornelio, al fin ha brotado.

—¿Ha brotado?; ¿el qué? —preguntó Cornelio confundido al ver que Rosa acortaba la duración de su prueba.

—El tulipán.

—Entonces, ¿Ya me permitís...?

—Sí —respondió la joven con el tono de una madre tierna que concede un favor a su hijo.

—¡Ah, Rosa! —exclamó Cornelio avanzando sus labios para besar su mejilla, su mano, su frente, algo suyo, en fin.

Pero besó algo mejor que todo eso, pues besó dos labios entreabiertos.

Rosa dejó escapar una exclamación.

Cornelio creyendo que su atrevimiento había disgustado a Rosa se apresuró a preguntar:

—¿Y crece erecto?

—Lo mismo que un huso.

—¿Qué altura tiene el tallo?

—Unas dos pulgadas más o menos.

—¡Oh, Rosa! Mimadlo mucho y ya veréis lo poco que tarda en crecer.

—¿Puedo, acaso, tener más cuidado del que tengo con él? No pienso más que en el tulipán.

—¿En nada más? Cuidado, Rosa; porque puedo sentir celos.

—Sabéis perfectamente que pensar en el tulipán es pensar en vos, así es que no lo pierdo de vista; lo contemplo desde mi lecho; por la mañana es el primer objeto en que se fijan mis ojos, y por la noche lo último que dejo de mirar. Durante el día trabajo a su lado, porque desde que está en mi habitación no salgo de ella.

—Y hacéis bien, Rosa; ésa es vuestra dote.

—Sí, y gracias a él podré casarme con un joven de veintiséis a veintiocho años enamorado de mí.

—¡Callad, quisquillosa!

Cornelio se apoderó de los dedos de la joven y el silencio sucedió al diálogo.

Aquella noche Cornelio fue el más dichoso de los mortales. Rosa le cedió su mano todo el tiempo que quiso, y él pudo hablar del tulipán a placer.

Desde entonces progresaban conjuntamente el tulipán y el amor de los dos jóvenes.

Primero se abrieron las hojas. Poco después nació una flor.

Al enterarse de este extraordinario acontecimiento, la alegría de Cornelio fue inenarrable; sus preguntas se sucedieron con la misma rapidez que revelaba su impaciencia.

—¿De modo que ya tenemos flor? —exclamó Cornelio.

—Sí, ya ha cuajado.

Fue tanto el júbilo que sintió el floricultor que necesitó agarrarse al ventanillo para no caerse.

—¡Oh, Dios mío! —exclamó.

Luego, volviéndose hacia Rosa, preguntó:

—¿El ovario es regular?; ¿el cilindro está lleno?; ¿las puntas son muy verdes?

—El ovario tiene una pulgada aproximadamente, y es delgado como una aguja; el cilindro está lleno, y las puntas están casi separadas.

La noche de aquel día le costó a Cornelio gran trabajo poder conciliar el sueño. Era un momento crucial cuando las puntas empezaban a separarse.

A los dos días Rosa le anunció que ya empezaban a abrirse.

—¡A abrirse, Rosa! —exclamó Cornelio—, ¿de suerte que ha empezado ya a abrirse el involucro? Pero entonces, ya se verá, ya puede empezar a distinguirse...

Y Cornelio se detuvo anheloso.

—Sí —contestó Rosa—, se distingue una especie de sierra delgada como un cabello.

—¿Y de qué color es? —preguntó Cornelio temblando de emoción.

—De un tono muy oscuro.

—¿Pardo?

—Es más oscuro.

—¿Dices que es oscuro, Rosa? ¡Dios mío! ¿Es negro como el ébano?

—Negro; completamente negro, como la tinta con que os he escrito.

Cornelio no pudo evitar lanzar un grito de alegría.

Después, deteniéndose de pronto, dijo con las manos juntas:

—¡Oh! No hay ángel que os aventaje en bondad.

—Seguro —repuso Rosa medio en broma y sonrojada por la exaltación que sentía.

—Rosa..., habéis trabajado tanto..., habéis hecho tanto por mí... Mi tulipán va a florecer, y será negro. Rosa, Rosa, sois la criatura más perfecta que ha creado Dios.

—Después del tulipán, por supuesto. ¿No es así?

—¡Callaos, por compasión, callaos!; ¡no destruyáis mi alegría! Pero decidme, Rosa; si el tulipán está ya tan avanzado, para dentro de tres días o cuatro deberá florecer.

—Mañana o pasado mañana, según mis cálculos.

—¡Y yo sin poder verlo! —exclamó Cornelio—. No podré besarlo como un don de Dios digno de ser adorado, como beso vuestras manos, como beso vuestros cabellos cuando casualmente se acercan a este enrejado.

Y Rosa acercó su mejilla hacia allí premeditadamente. Los labios del joven se posaron en ella con entusiasmo febril.

—Si queréis la cortaré —dijo Rosa.

—No, no; de ningún modo; tan pronto como se abra ponedlo a la sombra y en seguida enviad un mensaje a Haarlem anunciando al presidente de la Sociedad de Floricultura que ha florecido el gran tulipán negro. Haarlem está lejos, ya lo sé; pero pagándolo a buen precio, no faltará quien vaya. ¿Tenéis dinero, Rosa?

Rosa sonrió.

—Sí, sí —contestó.

—¿Suficiente?

—Trescientos florines.

—Disponiendo de esa cantidad no podéis enviar a un mensajero, tendréis que ir vos misma.

—Pero, entretanto, la flor...

—¡Oh, la flor! La llevaréis con vos; sin separaros de ella un solo momento.

—Pero, aunque no me separe de la flor, me separaré de vos —dijo Rosa con tristeza.

—Es verdad, mi buena, mi adorada Rosa. ¡Dios mío, qué perversos son los hombres! ¿Qué delito habré cometido para que la libertad me haya sido quitada? Tenéis razón, Rosa; no podría vivir sin vos. Pues bien; enviaréis una persona a Haarlem: el prodigio es sorprendente y bien merecería que el presidente se tomase alguna molestia; que él mismo venga a Loewestein en busca del tulipán.

Después, reprimiéndose de pronto y con trémula voz prosiguió:

—¡Rosa, Rosa! ¿Estáis segura de que es negro?

—¡Oh, lo sabréis mañana o a más tardar pasado mañana por la noche!

—¡Esperar hasta la noche para saberlo! La impaciencia va a matarme. ¿No podríamos convenir alguna señal?

—Haré algo mejor.

—¿Qué?

—Caso de abrirse de noche, vendré en seguida a decíroslo; pero si se abre de día, os echaré por debajo de la puerta una carta, entre la primera y la segunda visita de mi padre.

—¡Oh, sí, Rosa, muy bien! Bastará una sola palabra y se me anunciará una gran felicidad.

—Ya son las diez y necesitamos separarnos.

—Sí, sí —dijo Cornelio—; podéis iros, Rosa.

Aquella despedida tan apresurada entristeció ligeramente a Rosa; pero la joven, comprendiendo que la intención de Cornelio había sido dictada por el deseo de que fuese a cuidar el tulipán, se consoló.

22. *Apertura*

Aquella noche la pasó Cornelio con gran intranquilidad.

A cada instante le parecía oír la voz dulce y amorosa de la bella frisona, y aquella ilusión le hacía levantar sobresaltado; se acercaba a la puerta del calabozo, arrimaba su cara al ventanillo, pero ¡todo era en vano! El corredor estaba desierto. No se percibía el más mínimo rumor.

Probablemente Rosa estaría velando; pero más feliz que él, porque se hallaría junto al tulipán; ante aquella noble flor, esa maravilla de maravillas, no sólo desconocida hasta entonces, sino considerada como algo imposible de realizar.

¿Qué diría el mundo cuando se hiciera público que había sido descubierto el gran tulipán negro, que existía realmente y que lo había descubierto Baerle?

¡Cómo habría éste enviado a paseo a quien se hubiera atrevido a proponerle la libertad a cambio de su tulipán!

Transcurrió la noche sin recibir noticia alguna. El tulipán no había florecido aún.

Y un nuevo día sucedió a aquella noche, sin nada especial que destacar.

Y la hora de costumbre, llegó Rosa, ligera y alegre como un pajarillo.

—¿Qué ocurre? —preguntó Cornelio.

—Todo va perfectamente. No cabe duda de que esta noche florecerá el tulipán.

—¿Y será negro?

—Negro como el ébano.

—¿Sin ningún matiz de otro color?

—Tranquilizaos. Será completamente negro.

—¡Bondad divina! Rosa, toda la noche la he pasado pensando en... primero que todo en vos.

Rosa hizo un gesto de incredulidad.

—Y después en lo que debemos hacer.

—¿Y qué tenemos que hacer?

—Oíd lo que he pensado. Cuando florezca el tulipán y no quepa duda de que es negro, buscaréis un mensajero.

—Si es sólo eso, ya lo tengo.

—¿Un mensajero de confianza?

—Respondo por él; es uno de mis pretendientes.

—¿Supongo que no habréis pensado en Jacobo?

—No, de ningún modo. Se trata del barquero de Loewestein; un muchacho listo de unos veintidós años.

—¡Cielos!

—¡Oh, estad tranquilo! —dijo Rosa en tono desenfadado—; todavía no tiene la edad, puesto que vos mismo la fijasteis entre veintiséis y veintiocho años.

—Bien; ¿tenéis confianza en él?

—Como en mí misma; sería capaz de arrojarse al Vahal o al Meusa si así se lo mandara.

—Estupendo, Rosa; en diez horas puede trasladarse ese muchacho hasta Haarlem; me daréis lápiz y papel, o mejor taodavía, pluma y tinta y escribiré, o mejor dicho, escribiréis vos, porque de mí, siendo un presidiario, quizás sospecharían como vuestro padre hizo al pensar que tramaba algún tipo de conspiración. Escribiréis al presidente de la Sociedad de Floricultura y estoy seguro que se aprestará a venir.

—Pero ¿y si tarda?

—Supongamos que tarde un día, dos, si queréis; pero no lo creo: un aficionado a los tulipanes como él, no perderá ni un segundo en emprender la marcha para contemplar la octava maravilla del mundo. Pero, de todos modos, supongamos que tarde un día, o dos, el tulipán todavía estaría en todo su esplendor. Una vez visto el tulipán por el presidente, y extendida la correspondiente acta, ya disponemos de todo lo necesario. Conservaréis una copia del acta y le entregaréis el tulipán. ¡Ay!, si pudiésemos llevarlo nosotros mismos, de mis brazos sólo saldría para pasar a los vuestros; pero ése es un sueño irrealizable —prosiguió Cornelio lanzando un suspiro—; otros ojos han de verlo marchitarse... Sobre todo, Rosa, antes que el presidente lo contemple no permitáis que nadie lo vea. ¡El tulipán negro, Dios mío! De verlo alguien, seguramente lo robaría.

—¡Oh, no!

—¿No me dijisteis vos misma que teméis a Jacobo? Cuando se roba un florín, ¿qué de extraño tiene que se roben cien mil?

—Yo vigilaré, descuidad.

—Si se estuviera abriendo ahora, mientras estáis aquí...

—No me sorprendería que así lo hiciese esa caprichosa flor —dijo Rosa, en un tono ligeramente despectivo.

—Si la encontráis abierta cuando volváis...

—¿Qué?

—Es muy importante, Rosa; en el momento

en que se abra recordad que hay que avisar de inmediato al presidente.

—Y avisaros a vos; ya entiendo.

Rosa suspiró, aunque sin amargura, como quien empieza a aceptar una debilidad del otro pero sin llegar a habituarse a ella. Dijo:

—Y ahora, dejadme, vuelvo al lado del tulipán. Tan pronto como se abra, os avisaré; así que tengáis el aviso partirá el mensajero.

—¡Rosa, Rosa! No sé, realmente con qué maravilla del cielo o de la tierra compararos.

—Comparadme con el tulipán negro y estaré satisfecha. Ahora despidámonos ya, Cornelio.

—Decidme entonces: «hasta la vista, amigo mío».

—Hasta la vista, amigo mío —repitió Rosa, sumisa.

—Decid: «mi querido amigo».

—¡Oh! Mi...

—«Querido», Rosa, hacedme el favor, decid «querido»; ¿o no es así?

—Querido, sí, muy querido amigo —repitió Rosa sin caber en sí de gozo.

—Ahora, Rosa, puesto que habéis dicho querido, decid también «feliz», sí, soy feliz como nadie lo ha sido, feliz y bendito sobre la tierra. Sólo necesito una cosa, Rosa.

—¿Qué es?

—Vuestra mejilla, vuestra fresca mejilla, vuestra mejilla sonrosada; pero voluntariamente, no por sorpresa ni por casualidad.

El prisionero dejó de suplicar y, ¡oh!, acababa de encontrar los labios de la joven en los suyos no casualmente ni por sorpresa, como cien años más tarde debía Saint-Preux encontrar los labios de Julia.

Rosa salió corriendo.

Cornelio se quedó con el alma suspendida en los labios y el rostro pegado al ventanillo.

Estaba radiante de dicha. Abrió la ventana y contempló durante largo rato, con el corazón henchido de placer, el azul del cielo y la luna que plateaba los dos ríos que serpenteaban más allá de las colinas. Hinchó sus pulmones de aquel aire limpio, la imaginación de ideas embriagadoras, y el alma de gratitud y fervor religioso.

—¡Oh, Dios grande y omnipotente! —dijo arrodillándose y contemplando las estrellas—; ¡perdonadme por haber dudado de vos en estos últimos días! Os ocultabais detrás de vuestras nubes y por un instante dejé de veros, Dios bondadoso, Dios eterno, Dios misericordioso. Pero hoy..., esta noche... os veo muy bien en el espejo de vuestros cielos y en especial en el espejo de mi corazón.

El pobre enfermo había ya sanado; el infeliz prisionero estaba en libertad.

Cornelio pasó gran parte de la noche pegado a los hierros de la ventana, mirando al cielo y auscultando a la tierra, como si todas sus potencias y sentidos se hubieran reducido al oído y a la vista.

Después, con los ojos vueltos de vez en cuando hacia el corredor, se decía: «Allí abajo se encuentra Rosa, que vela lo mismo que yo, esperando minuto tras minuto. Junto a mi amada está la misteriosa flor que nace, crece, se abre... Acaso tenga Rosa ahora el tallo del tulipán entre sus suaves y delicados dedos. Quizá esté besando su cáliz entreabierto; bésalo con cautela, Rosa mía, que tus labios arden. Acaso en este momento mis dos amores se están acariciando ante la presencia de Dios.»

En aquel momento cayó una estrella hacia el

Mediodía. Cruzó todo el espacio que mediaba del horizonte a la fortaleza y se detuvo sobre Loewestein.

Cornelio palideció.

—¡Santo cielo! —exclamó—, Dios envía un alma a mi flor.

Y como si hubiese acertado, casi instantáneamente oyó Baerle unos pasos ligeros como los de una sílfide por el corredor, el roce de un vestido que semejaba el movimiento de unas alas y una voz aterciopelada que decía:

—Cornelio, amigo mío, mi querido y fiel amigo; acercaos, acercaos pronto.

Cornelio saltó desde la ventana al ventanillo, y también sus labios encontraron entonces los de Rosa que, entre beso y beso le dijo:

—Está abierto y es negro; vedlo.

—¡Cómo que lo vea! —dijo Cornelio separando sus labios de los de la joven.

—Sí, sí; una gran alegría bien vale un pequeño riesgo. Aquí está, contempladla.

Y con una mano alzó hasta la altura del ventanillo una pequeña linterna mientras con la otra sostenía la maravillosa flor.

Cornelio lanzó una exclamación y a punto estuvo de caer desvanecido.

—¡Oh! —dijo—. ¡Dios mío! ¡Dios mío! Me recompensáis por mi inocencia y mi presidio haciendo brotar esas dos flores en el ventanillo.

—Besadla —dijo Rosa—, como yo la he besado.

Cornelio, conteniendo el aliento, rozó suavemente con sus labios la punta de la flor, y jamás beso alguno depositado en labios de mujer, aun en los de la misma Rosa, le ocasionó impresión más profunda.

El tulipán era hermoso, espléndido; su tallo tenía una altura de más de dieciocho pulgadas y emergía de entre cuatro hojas verdes, lisas y rectas como mangos de lanza. La flor era negra y brillaba como el ébano.

—Rosa —exclamó Cornelio medio enloquecido—, Rosa, no perdamos el tiempo; es preciso escribir la carta ahora.

—Ya la he escrito —dijo Rosa.

—¿Vos?

—Sí, la escribí mientras el tulipán se estaba abriendo porque quería aprovechar todos los instantes. Leed la carta y decidme qué os parece.

Cornelio tomó la carta, advirtiendo con sorpresa y júbilo que Rosa había mejorado notablemente el carácter de su escritura.

La carta estaba redactada en los siguientes términos:

> Señor Presidente:
>
> El tulipán negro está a punto de abrirse y quizá no tarde ni diez minutos en hacerlo. Tan pronto como esté abierto os enviaré un mensajero para rogaros os dignéis venir personalmente a recogerlo en la fortaleza de Loewestein. Soy la hija del carcelero Gryfus, casi tan prisionera como los infelices a quienes mi padre guarda. Como que no podía llevaros esa maravilla por mí misma, os ruego vengáis a recogerla.
>
> Deseo que se llame *Rosa Barloensis.*
>
> ¡Acaba de abrirse en este mismo instante, y es completamente negro...! Venid, señor Presidente, de prisa.
>
> Tengo el honor de ser vuestra humilde servidora,
>
> ROSA GRYFUS

—Estupendo, amor mío. Esta carta está muy bien redactada. Yo no la habría hecho mejor. Daréis al Congreso todos los datos que deseen conocer. Se sabrá cómo ha sido creado el tulipán y los sobresaltos y desvelos que ha costado; pero ahora, Rosa, no perdamos más tiempo. Hay que avisar al mensajero.

—¿Cómo se llama el presidente?

—Permitid que ponga yo las señas; es persona muy conocida; se trata del señor Systens, burgomaestre de Haarlem. Dadme el sobre, Rosa.

Y, emocionado, escribió Cornelio en él:

> Al señor Pedro Systens, burgomaestre y presidente de la Sociedad de Floricultura de Haarlem.

Terminada aquella operación, Cornelio Baerle, después de acariciar una vez más a su amada, le dijo:

—Marchaos ya, Rosa, y confiemos en Dios, quien habiéndonos favorecido hasta ahora no nos abandonará más adelante.

23. *El envidioso*

Efectivamente, los dos jóvenes tenían verdadera necesidad de la protección divina, pues jamás estuvieron tan cerca de la desgracia como en aquellos momentos en que más seguros creían estar.

Creemos innecesario aclarar que Jacobo e Isaac Boxtel eran una misma persona. La misma persona que había seguido desde el Buytenhoff hasta Loewestein tanto al objeto de su amor, que era la flor, como al objeto de su odio, Cornelio Baerle.

Lo que el cultivador de tulipanes por él solo no hubiera podido descubrir, es decir la existencia de los bulbos y de las intenciones secretas del prisionero, la envidia se lo había hecho adivinar.

Bajo el nombre de Jacobo se había granjeado la amistad de Gryfus, cuyo agradecimiento y hospitalidad se estuvo celebrando durante algunos meses con la mejor ginebra que se ha fabricado desde Texel a Amberes.

De este modo aplacaba su desconfianza —porque el viejo Gryfus desconfiaba hasta de su sombra— y le halagaba prometiéndole una futura alianza con Rosa.

Alentó sus brutos instintos de carcelero tras

haber lisonjeado sus parcos instintos paternales. A tal efecto describió con los más sombríos colores al sabio prisionero que Gryfus guardaba bajo llave, y que, según afirmaba Boxtel, había hecho un pacto con el demonio para ocasionar todo el daño posible a Su Alteza Real el príncipe de Orange.

Al principio había conseguido atraerse a Rosa, no porque a ella le inspirase buenos sentimientos, pues jamás le había sido grata su persona, sino porque, al hablarle de matrimonio y de pasión amorosa le estaba disipando otras sospechas.

La imprudencia que cometió al seguir a Rosa hasta el jardín le puso en evidencia, y las sospechas de Cornelio alertaron contra él a los dos enamorados.

Lo que principalmente despertó los recelos de Baerle fue el arrebato de cólera contra Gryfus, con motivo de haber éste destrozado el bulbo de tulipán en el calabozo de Cornelio.

Como Boxtel sospechaba que Cornelio estaba en posesión de un segundo bulbo, decidió espiar a Rosa y fue entonces cuando la siguió, no sólo por el jardín, sino también por el interior de la casa; pero como la seguía durante la noche con los pies desnudos su presencia pasó desapercibida. Unicamente una vez creyó Rosa haber visto cruzar una sombra por la escalera.

Boxtel se había enterado por boca del mismo prisionero de la existencia del segundo bulbo.

Habiendo caído en el lazo que le tendieron en el jardín, al hacerle creer que habían plantado el bulbo en el cuadro de flores, y convencido de que aquella comedia se había representado para descubrir sus propósitos, redobló sus precauciones y empleó todas las mañas que su envidiosa imaginación le sugirió.

Un día vio a Rosa acarreando una gran vasija

de porcelana desde la cocina de su padre hasta su habitación.

También la espió un día que se lavaba sus delicadas manos sucias de la tierra que había recogido para dotar al tulipán del mejor lecho posible.

Y por último, alquiló en un granero una pequeña habitación que daba justamente frente a la ventana de Rosa. Se hallaba lo bastante lejos como para no ser descubierto a simple vista y suficientemente cerca para poder observar con el auxilio de su anteojo cuanto ocurriese en la habitación de Rosa, del mismo modo como había espiado en Dordrecht el invernadero de Cornelio.

Tres días antes de su instalación en el granero, todas sus dudas se habían disipado.

Por la mañana el tiesto recibía en la ventana los rayos del primer sol del día, y Rosa, semejante a esas encantadoras mujeres de Mieris o de Metzu se mostraba en aquella ventana rodeada por las primeras hojas verdes de la vid y el poblado ramaje de la madreselva.

Rosa contemplaba el tiesto con una ansiedad que revelaba bien a las claras la gran estimación que tenía por aquella planta.

Esta no podía ser otra más que el segundo bulbo, esto es, la segunda esperanza de Baerle.

Cuando las noches eran frescas, Rosa guardaba el tiesto en su cuarto.

Esto lo hacía, siguiendo probablemente las instrucciones de Cornelio, para evitar que el tulipán se enfriase demasiado.

Cuando el sol calentaba excesivamente, Rosa introducía el tiesto en la habitación, manteniéndolo allí desde las once de la mañana hasta las dos de la tarde, lo cual revelaba que Cornelio temía que se secase la tierra.

Pero cuando la planta empezó a crecer, Boxtel

examinándola con su anteojo comprobó que no se había equivocado.

Cornelio poseía, por consiguiente, dos ejemplares del tulipán y había confiado el segundo a los cuidados de la hija de Gryfus, ya que el amor de los dos jóvenes no le había pasado desapercibido a Boxtel.

Necesitaba arrebatar el tulipán de la pertinaz vigilancia de Rosa y del amor a toda prueba de Cornelio, cosa que ofrecía grandes dificultades.

Rosa velaba su tulipán como una madre vela por su hijo, o como una paloma cobija a sus huevos.

La joven no salía de su habitación en todo el día, y lo que más le sorprendió fue que tampoco abandonase la vigilancia de noche.

Durante siete días consecutivos, Boxtel estuvo espiando sin resultados positivos; Rosa no salió ni por un instante de su cuarto.

Estos fueron los días en que Cornelio, privado a un tiempo de las visitas de Rosa y de las noticias de su tulipán estuvo entregado a la más trágica desesperación.

Si Rosa hubiera seguido enemistada con Cornelio, el robo le habría resultado mucho más difícil de lo que en un principio creyó.

Y decimos robo, porque Boxtel había decidido robar el tulipán; y como éste crecía en el misterio más profundo, y los enamorados ocultaban a todo el mundo su existencia, y dado que a él, tulipanista conocido, se le daría más crédito que a una muchacha ignorante en materia de floricultura y a un prisionero condenado por delito de alta traición; y como además, él sería el poseedor del tulipán y la posesión de éste probaría su propiedad, le sería concedido el premio, y aquella flor, en vez de llamarse *tulipa Barloensis* se llamaría *tulipa Boxtellea.*

Boxtel no había decidido aún con cuál de estos dos nombres se quedaría; pero dado que ambos significaban lo mismo no era éste el punto importante de la cuestión.

Lo primero era robar el tulipán, para lo cual era indispensable que Rosa saliese de su habitación.

Puede imaginarse el lector con cuánto placer observaba Jacobo (el nombre falso de Boxtel) la entrevista nocturna que acostumbraban a mantener los jóvenes enamorados.

Lo primero que hizo durante la ausencia de Rosa fue ir a observar la puerta de su cuarto.

Dos vueltas de llave la guardaban, llave que Rosa ocultaba siempre en el bolsillo.

A Boxtel se le ocurrió al principio robársela; pero como no era cosa fácil registrar los bolsillos de Rosa y además, cuando la joven notase su pérdida lo más probable es que hiciera cambiar la cerradura y no se movería de su cuarto hasta después de hecha esta innovación, Boxtel desistió de cometer tan inútil acción.

Se puso a reunir todas las llaves que pudo encontrar a mano y mientras Rosa y Cornelio pasaban en el ventanillo horas de amor y felicidad las fue probando todas.

Dos de ellas entraron en la cerradura; una dio media vuelta pero se quedó atascada. Boxtel intentó paliar aquello. La cubrió con una ligera capa de cera y volvió a introducirla en la cerradura. El obstáculo que la llave había encontrado quedó impreso en la cera.

El envidioso siguió aquella huella con una lima de hoja tan estrecha como la de un cuchillo, y dos días después, la lláve quedó en disposición de ser usada.

La puerta del cuarto de Rosa fue abierta silenciosamente y sin dificultad alguna. Boxtel pudo contemplar de cerca el tulipán.

Su primera acción ilegal había sido escalar una cerca para desenterrar el tulipán de su vecino; la segunda, introducirse en el invernadero de Cornelio por una ventana abierta; y la tercera, forzar aquella puerta valiéndose de una llave falsa.

La envidia promovió en Boxtel los más rápidos progresos en la senda de la ilegalidad.

Boxtel se encontró, al fin, frente a frente con el objeto de su codicia: el tulipán negro.

Un ladrón menos inteligente hubiera cogido de inmediato el tiesto bajo el brazo y se lo habría llevado; pero Boxtel reflexionó.

Pensó, al ver el tulipán alumbrado por la linterna que llevaba, que aún no estaba lo suficientemente claro el color que llegaría a cuajar, aunque todos los indicios hacían suponer que sería negro puro.

No quiso exponerse a efectuar un robo innecesario, ya que podría surgir alguna mancha que devaluara la flor.

Se imaginó la rapidez con que la alarma producida por este robo se esparciría; podría sospecharse de él, después de lo ocurrido en el jardín; y por mucho que ocultase el tulipán allí dentro, podría ser encontrado.

Y en el supuesto de que no lo hallaran, el tulipán podría dañarse en los traslados de un lado a otro a que necesariamente tendría que exponerlo. Decidió que ya que con aquella llave podía entrar a la habitación de Rosa siempre que lo quisiera, era preferible esperar a que el tulipán floreciese definitivamente, y una hora antes de que esto ocurriera lo cogería y partiría en seguida hacia Haarlem, donde, antes de que se pudiese hacer reclamación alguna, el tulipán estaría ya delante de los jueces.

Entonces, Boxtel tendría la suficiente fuerza moral para acusar de robo a quienquiera de los dos (Cornelio, o Rosa) que fuese el que reclamase la propiedad del tulipán.

Era un plan perfectamente calculado y digno de quien lo había hurdido.

Aprovechándose de aquella hora de felicidad que los jóvenes enamorados pasaban todas las noches junto al ventanillo de la celda, Boxtel entraba en el aposento de la joven, no para violar el santuario de su virginidad, sino para examinar los progresos que hacía el tulipán en su floración.

La noche aquella en la que los enamorados no hicieron más que intercambiar algunas palabras, al haber instado Cornelio a Rosa a que fuera a velar el tulipán, Boxtel al ver regresar a la joven a los diez minutos, supuso que la planta había florecido o estaba a punto de hacerlo.

Así fue como Boxtel decidió que de aquella noche no pasaría sin dar el golpe y, a tal efecto, se presentó a Gryfus con una provisión de ginebra doble de la acostumbrada, esto es, llevando una botella en cada bolsillo.

Una vez Gryfus estuviese borracho, Boxtel se quedaría dueño casi exclusivo de la casa.

A las once el carcelero estaba completamente ebrio. A las dos de la madrugada Boxtel vio que Rosa salía de su habitación llevando en sus brazos un objeto con mucho cuidado.

Aquel objeto no podía ser más que el tulipán negro que acababa de florecer.

Pero ¿adónde lo llevaba?

¿Iba, en aquel mismo instante, a salir con él hacia Haarlem?

No era probable que la joven emprendiera sola y de noche semejante viaje.

¿Iría a mostrárselo a Cornelio?

Boxtel se descalzó y siguió a Rosa.

La vio acercarse al ventanillo y oyó llamar en voz baja a Cornelio.

A la luz de la linterna pudo contemplar el tulipán abierto, era negro como la oscuridad que lo envolvía.

Escuchando desde su escondrijo logró enterarse del proyecto de enviar un mensajero a Haarlem.

Vio besarse a la pareja y oyó el ruego que hizo Cornelio a Rosa para que se retirase cuanto antes a su habitación.

Cuando la hija del carcelero regresó a su aposento, Boxtel la siguió, quedándose luego al acecho. A los pocos minutos la vio salir de nuevo y cerrar tras de sí la puerta. ¿Por qué la cerró con llave? Probablemente porque en la estancia quedaba el gran tulipán negro.

Boxtel, que observaba todo esto oculto detrás del antepecho del piso superior, fue descendiendo los escalones a medida que Rosa descendía los suyos.

De manera que cuando Rosa acababa de pisar el último peldaño, Boxtel con gran habilidad tanteaba la cerradura de la puerta de la habitación hasta lograr que la puerta se abriera.

24. El tulipán negro pasa a otras manos

Cornelio permaneció largo rato inmóvil, después de despedirse de Rosa aquella noche, procurando sacar fuerzas de flaqueza para soportar el doble peso de la felicidad que lo embargaba.

No llevaba ni media hora transcurrida, y los primeros rayos del sol entraban por la ventana e iluminaban el calabozo, cuando un repentino estremecimiento recorrió todo su ser al oír pisadas y gritos en la escalera.

Al instante apareció el rostro pálido y descompuesto de Rosa por el ventanillo.

Cornelio retrocedió algunos pasos como presagiando algún hecho horrible.

—¡Cornelio! ¡Cornelio! —exclamó la joven con zozobra.

—¿Qué sucede? ¡Dios mío! —preguntó el prisionero.

—Cornelio, el tulipán...

—¿Qué...?

—No me atrevo a decíroslo.

—Hablad, hablad, Rosa.

—Nos lo han robado.

—¡Dios mío! ¡Robado!

—Sí, sí —dijo Rosa apoyándose contra la puerta para evitar caerse—; robado, robado.

Las piernas de la afligida joven temblaban y cayó de rodillas.

—¿Pero cómo ha podido ocurrir? —preguntó Cornelio—; explicádmelo.

—¡Oh, mi amigo, no ha sido mía la culpa!

¡Pobre Rosa! No se atrevía a llamar «mi amor» a Cornelio.

—¿Lo dejasteis solo? —dijo Cornelio con severidad.

—Sólo mientras fui a visitar a nuestro mensajero, que vive a unos cincuenta pasos de aquí, a orillas del Vahal.

—Y en ese interín y a pesar de mis repetidas recomendaciones habéis dejado la llave puesta en la cerradura.

—No, qué va; la llave no se ha separado de mí en todo momento; la he llevado siempre en la mano, apretándola como si temiera que escapase.

—¿Pero entonces, cómo explicar lo sucedido?

—¿Lo sé yo acaso? Lo único que sé es que tras entregar la carta al mensajero y verlo partir en seguida, al regresar a mi habitación la puerta estaba cerrada y todo en su sitio excepto el tulipán, que había desaparecido. Es indudable que alguien se ha procurado una llave de mi cuarto, o ha hecho una llave falsa.

Rosa lloraba desconsoladamente y las palabras se atropellaban para salir de sus labios.

Cornelio, estupefacto, y con el rostro desencajado, escuchaba sin entender nada, repitiendo constantemente:

—¡Robado!; ¡robado!; ¡robado!

—¡Oh, Cornelio, perdonadme! —dijo Rosa—, ¡qué desgracia la mía!

Baerle al oír expresar de aquel modo a su amada, que revelaba una profunda desesperación, se agarró a las rejas del ventanillo y lo sacudió violentamente.

—Rosa —dijo—, nos han robado, es verdad, pero no debemos amilanarnos por eso. No, la desgracia es grande, pero quizá tenga remedio; por lo menos conocemos al ladrón.

—¿Cómo podéis estar tan seguro?

—¡Oh, sí, lo juraría, el ladrón es el infame Jacobo! ¿Hemos de permitir que lleve a Haarlem el fruto de nuestros desvelos, el hijo de nuestro amor? Rosa, hay que perseguirlo hasta darle alcance.

—¿Mas cómo podemos hacer eso, amigo mío, sin que mi padre se entere de nuestras relaciones? ¿Cómo conseguiré yo, pobre de mí, privada de libertad y con escaso conocimiento del mundo, una cosa que a vos mismo os sería muy difícil de lograr?

—¡Rosa, Rosa, abridme esta puerta y veréis si lo consigo!; veréis cómo atrapo al ladrón, y le hago confesar su crimen!; ¡veréis cómo le obligo a pedirme perdón!

—¡Ay! —exclamó Rosa sollozante—; ¿cómo abriros esa puerta sin tener las llaves? ¡Ay! Si las tuviese, ¿no estaríais en libertad hace ya mucho tiempo?

—Están en poder de vuestro padre, de vuestro infame padre, el que aplastó el primer bulbo del tulipán. ¡Miserable, miserable! El es el cómplice del ladrón.

—No alcéis tanto la voz, en nombre del cielo.

—Si no abrís esa puerta —aulló Cornelio en el paroxismo de la rabia—, la echaré abajo, y todo cuanto encuentre a mi paso lo iré destruyendo.

—¡Amigo mío, conteneos!

—Voy a demoler este calabozo hasta que no quede piedra sobre piedra.

Y el infeliz prisionero, con la fuerza de la desesperación, agarraba los hierros del ventanillo y conmovía la puerta con estrépito sin pensar que sus gritos resonaban por todo el edificio.

Rosa, aterrorizada, luchaba inútilmente por calmar aquella fuerza desatada.

—He de matar al infame Gryfus —prosiguió con tono amenazante Baerle— y verteré su sangre como él ha vertido la de mi tulipán negro.

Cornelio Baerle parecía haber perdido el juicio.

—Tranquilizaos —repetía la pobre Rosa una y otra vez—; procuraré apoderarme de la llave y os abriré la puerta; pero ahora tranquilizaos, Cornelio, mi amor.

Y no pudo proseguir, porque un grito aterrador interrumpió sus palabras.

—¡Mi padre! —exclamó Rosa.

—¡Gryfus! —rugió Baerle fuera de sí—. ¡Ah, infame!

El viejo carcelero había subido hasta allí atraído por el ruido sin que ninguno de los dos jóvenes lo advirtiese.

Lo primero que hizo fue sujetar bruscamente a Rosa por el brazo.

—¿De modo que queríais apoderaros de mis llaves? —dijo con voz ahogada por la cólera—. ¡Ah, ese miserable Cornelio, ese monstruo, ese conspirador digno de ser ahorcado es vuestro secreto amor!, ¡vaya, vaya!; ¡mi hija en connivencia con los reos de estado!

Rosa se retorcía las manos con desesperación.

—¡Y vos, el inocente tulipanista! —prosiguió Gryfus pasando de la cólera a la despiadada ironía del vencedor—. ¡El sabio inofensivo! ¿Conque os proponíais beber mi sangre? Muy bien. ¡Y ayudado por mi hija!; ¡pero Dios mío!; ¡esta fortaleza es un nido de ladrones, un antro de bandidos! Pronto pondré en antecedentes de lo ocurrido al señor gobernador y mañana mismo lo sabrá el Estatúder. Ya conocéis la ley: «Todo prisionero que se rebela...», artículo sexto. Tendréis una segunda edición de Buytenhoff, señor sabio, y será más provechosa que la primera —lanzó una carcajada y añadió—: sí, sí, podéis comeros los puños de rabia, como si fueseis un tigre enjaulado; y vos, hija mía, devorad con la vista lo poco que os queda por ver de vuestro Cornelio. En lo sucesivo no podréis conspirar juntos. Andad, id abajo, hija desnaturalizada. Y en cuanto a vos, señor sabio..., hasta pronto; ¡hasta muy pronto!

Rosa aún tuvo tiempo para enviar a Cornelio un furtivo beso; después, inspirada por una idea repentina, gritó mientras bajaba la escalera:

—¡Aún no se ha perdido todo; cuenta conmigo, Cornelio!

Su padre fue tras ella insultándola.

El infeliz cultivador de tulipanes fue soltando poco a poco los hierros que aún mantenía atenazados entre sus convulsos dedos; su cabeza parecía írsele por momentos, sus ojos rodaban en sus órbitas, y cayó al suelo sin conocimiento, murmurando:

—¡Me lo han robado!; ¡me lo han robado!

Mientras tanto, Boxtel había abandonado la fortaleza por la misma puerta que Rosa había dejado abierta, llevándose el tulipán negro camuflado bajo su ancha capa. Subió a un carruaje que estaba aguardándole y desapareció sin despedirse de Gryfus.

El viaje era muy lento, porque no se podía hacer correr la posta sin que el tulipán negro resultara dañado; pero temeroso de no llegar a tiempo, al llegar a Delft, se hizo construir una caja forrada de musgo fresco, en cuyo interior acondicionó al tulipán. La flor, una vez acomodada allí dentro y bien aireada por los costados, permitió que el carruaje pudiera marchar más de prisa sin que su entereza física se resintiera.

Cuando, a la mañana del día siguiente, llegó a Haarlem cansado pero satisfecho, cambió el tiesto del tulipán para hacer desaparecer todo rastro de sus anteriores dueños, los pedazos de aquel tiesto de porcelana los arrojó al agua; e inmediatamente se puso a escribir al presidente de la Sociedad de Floricultura anunciándole su llegada a Haarlem con un tulipán completamente negro. Se hospedó en una fonda de postín y esperó la respuesta.

25. *El presidente de la Sociedad de Floricultura*

Rosa, al ver la desesperación en la que Cornelio quedó sumido, se había jurado a sí misma no volverle a ver sin antes haber recuperado el tulipán.

Habiendo sorprendido Gryfus el secreto de su amor y de sus furtivos encuentros nocturnos, y una vez destruidas todas las esperanzas de más de siete años por alcanzar aquel primer premio, la desesperación de Cornelio Baerle estaba plenamente justificada.

Pero Rosa era una de esas mujeres que no se dejan abatir fácilmente, sino que llenas de ansias de recuperación sacan de la desgracia misma la energía necesaria para combatirla o el ingenio capaz de remediarla.

La joven, al regresar a su habitación, examinó concienzudamente todos los rincones para ver si todo aquello no había sido una pesadilla y el tulipán aparecía por alguna parte; pero la realidad era ésa: la planta había desaparecido y probablemente había sido robada.

Entonces tomó una grave determinación; lió la ropa que necesitaba; cogió los trescientos florines de sus ahorros, o lo que es lo mismo, toda su fortuna; extrajo de entre sus encajes el tercer bulbo del tulipán y lo guardó cuidadosamente en su pecho; cerró la puerta con doble vuelta de llave para retrasar todo el tiempo posible el descubrimiento de su fuga y bajó la escalera. Salió de la cárcel por la misma puerta que una hora antes había usado Boxtel. Se dirigió a una casa de alquiler de carruajes y pidió uno.

El único coche de alquier de que allí disponían lo había alquilado Boxtel el día anterior, y con él iba ya camino de Delft.

Para la mejor comprensión del lector, debemos aclarar que para ir de Loewestein a Haarlem era necesario dar un gran rodeo y pasar por Delft, pues en línea recta —como los pájaros hacen volando— la distancia quedaba reducida a la mitad.

Pero en Holanda sólo los pájaros pueden viajar en línea recta, dado que es un país con gran cantidad de ríos, arroyos, canales y lagos.

Rosa, sin acobardarse por aquel contratiempo, alquiló un caballo que le fue relativamente fácil de encontrar dada su condición de hija del carcelero de la fortaleza y que la hacía muy conocida en toda la ciudad.

La joven confiaba poder alcanzar a su mensajero, un muchacho bien dispuesto que le serviría de guía y de protección al mismo tiempo.

En efecto, no había andado ni una legua cuando divisó, a lo lejos, a un muchacho caminando por un hermoso camino que flanqueaba el río.

Puso el caballo al trote y no tardó en darle alcance.

El muchacho desconocía la importancia de aquel mensaje, pese a lo cual había andado tan de prisa como si estuviera enterado de ello. En menos de una hora había recorrido legua y media.

Rosa le pidió la carta, pues ya no era necesaria, y le dijo que al que ahora necesitaba era a él.

El muchacho se puso a su disposición, prometiendo ir tan aprisa como el caballo, con tal de que Rosa le permitiera dejarse arrastrar por él sujetándose en la montura con la mano y asegurándole que no por ello retrasaría su marcha.

Cuando hacía cinco horas que se habían puesto en camino los dos viajeros, y llevaban ya andadas más de ocho leguas, el carcelero Gryfus todavía no se había enterado de la desaparición de su hija.

Gryfus confiaba haber inspirado un temor tal a su hija que ésta escarmentaría para siempre.

Pero mientras disfrutaba pensando en contarle a su amigo Jacobo tan interesante historia, éste se encontraba muy lejos de allí, camino de Delft.

Gracias a su ligero carruaje, llevaba cuatro leguas de ventaja a Rosa y a su acompañante.

Mientras Gryfus se imaginaba a su hija llorando en su habitación, ésta se iba alejando de allí.

A excepción hecha del prisionero, nadie estaba donde Gryfus suponía.

Rosa se veía tan escasamente con su padre durante el día que hasta la hora de comer, a mediodía, no advirtió Gryfus con cierta impaciencia que Rosa se retrasaba más de lo acostumbrado en preparar la comida.

La hizo llamar a través de un ayudante suyo y al volver éste diciendo que no la encontraba decidió ir personalmente en su busca.

Se fue directamente a su habitación, pero por más que llamó, Rosa no contestaba.

Mandó forzar la puerta al cerrajero de la fortaleza y de la misma manera como Rosa no había encontrado el tulipán, Gryfus encontró a faltar a su hija.

La joven estaba entrando en aquel momento en Rotterdam.

Por consiguiente era imposible que Gryfus la encontrase en alguna parte del edificio.

Júzguese el enojo del carcelero cuando al buscar por los alrededores se enteró de que su hija había alquilado un caballo y, cual otro Bradamante o una nueva Clorinda, había ido en pos de aventuras sin decir adónde se dirigía.

Gryfus se precipitó furioso hacia el calabozo de Baerle, a quien, tras injuriarle y amenazarle le destrozó todas sus pertenencias, prometiéndole tenerlo encerrado a partir de entonces en el lugar más oscuro y húmedo del calabozo, y le privó de toda comida.

Cornelio haciendo caso omiso de los gritos del carcelero se dejó amenazar, injuriar y maltratar, sin apenas protestar, insensible como estaba a todo dolor.

Después de haber buscado infructuosamente a Rosa por todas partes, Gryfus fue a ver a Jacobo y al no encontrarle tampoco, supuso que éste había raptado a su hija.

Entretanto, la joven, después de descansar unas horas en Rotterdam, reanudó la marcha. Aquella misma noche dormía en Delft, y al día siguiente llegaba a Haarlem, cuatro horas después que Boxtel.

Rosa se dirigió inmediatamente al domicilio del presidente de la Sociedad de Floricultura, señor Systens, a quien encontró ocupado en la redacción de un informe dirigido a la comisión de la Sociedad, escrito en un gran papel y con la mejor letra que sabía hacer.

Y como sea que Rosa se anunció con su nombre y apellidos, y este nombre, por sonoro que fuese era desconocido para Systens, éste se negó a recibirla.

A pesar de lo difícil que es forzar las costumbres de rutina en Holanda, país de diques y esclusas, no desmayó Rosa en llevar a cabo su empresa y se juró a sí misma que no se dejaría abatir por brutalidades e injurias que recibiese.

—Comunicadle al señor presidente que deseo hablarle del tulipán negro.

Estas palabras mágicas le sirvieron de pasaporte, pues gracias a ellas pudo entrar en el despacho del presidente Systens, el cual salió a recibirla amablemente.

El señor Systens era un hombrecillo delgado como el tallo de una flor; la cabeza semejaba el cáliz; sus dos brazos colgantes parecían la doble hoja oblonga del tulipán, y cierto balanceo que le era peculiar completaba su parecido con aquella flor cuando el aire hace que se incline.

—Señorita —preguntó tras responder al saludo de Rosa—, ¿venís a hablarme del tulipán negro?

—Sí, sí, señor —respondió la joven—, vengo a hablaros de él.

—¿Se mantiene en buen estado? —volvió a preguntar Systens con una sonrisa.

—¡Ay, señor!, lo ignoro.

—¿Es que ha ocurrido alguna desgracia?

—Una y muy grande, señor; no a él, sino a mí.

—¿Qué desgracia?

—Me lo han robado.

—¿Que os han robado el tulipán negro, decís?

—Sí, señor.

—¿Conocéis al ladrón?

—Tengo mis sospechas, pero al carecer de pruebas no me atrevo a acusar a nadie.

—La cosa sería fácil de averiguar.

—¿Por qué?

—Porque, habiendo transcurrido tan poco tiempo, el ladrón no puede andar muy lejos.

—¿Cómo lo sabéis?

—Porque hace escasamente dos horas he podido admirar la belleza del tulipán.

—¿Habéis visto el tulipán negro? —preguntó Rosa precipitándose hacia el señor Systens.

—¡Como os estoy viendo a vos, señorita!

—¿Dónde lo habéis visto?

—En casa de vuestro amo, probablemente.

—¿En casa de mi amo?

—Sí, ¿acaso no estáis al servicio del señor Isaac Boxtel?

—¿Yo?

—Sí, vos.

—¿Con quién me estáis confundiendo, señor Systens?

—¿Y vos por quién me estáis tomando?

—Señor, os tomo por lo que sois: el noble señor Systens, burgomaestre de Haarlem y presidente de la Sociedad de Floricultura, y no creo equivocarme.

—¿Y a qué habéis venido, pues?

—A deciros que me han robado mi tulipán.

—En ese caso, dado que vuestro tulipán es del señor Boxtel, creo que no os explicáis bien, hija mía, pues no sería a vos, sino al señor Boxtel, a quien habrían robado esa hermosa flor.

—Os aseguro, señor, que no conozco a ese tal señor Boxtel, ésta es la primera vez que lo oigo nombrar.

—¿Decís que no conocéis al señor Boxtel, y sin embargo afirmáis poseer otro tulipán negro?

—¿Es que existe otro tulipán, acaso? —preguntó Rosa palideciendo.

—Sí, el del señor Boxtel.

—¿Y cómo es ese tulipán?

—Negro.

—¿Del todo negro?

—Sin una sola mancha, sin el menor matiz de otro color.

—¿Y tenéis ese tulipán aquí depositado?

—No; pero lo estará, porque antes hay que

comunicar el magno acontecimiento a la Comisión para poderse otorgar el premio.

—Señor, ese Boxtel, ese Isaac Boxtel que dice ser propietario del tulipán negro...

—Y que lo es, efectivamente.

—¿Se trata de un hombre flaco?

—Sí.

—¿Es calvo?

—Sí, sí.

—¿De aspecto huraño?

—Más bien sí.

—¿Ligeramente encorvado y con las piernas tuertas?

—Estáis describiendo el fiel retrato del señor Boxtel.

—¿El tulipán está en un tiesto azul y blanco, adornado con flores amarillas que forman un canastillo por los lados?

—¡Oh!, de eso no estoy muy seguro. Me he fijado más en la flor que en la vasija que lo contiene.

—¡Este es el tulipán que me han robado; es mi tesoro y vengo a reclamarlo!

—¿Pretendéis reclamar el tulipán del señor Boxtel? ¡Diablos!, ¡es mucho atrevimiento el vuestro!

—Señor —dijo Rosa con firmeza—, no vengo a reclamar el tulipán del señor Boxtel sino el mío.

—¿El vuestro, decís?

—Sí, el que planté y crié yo misma.

—En ese caso id al encuentro del señor Boxtel en la hostería del Cisne Blanco y estendeos con él. A mí el hecho me resulta tan difícil de juzgar como el que plantearon a Salomón, y no abrigo la pretensión de ser tan sabio como aquel rey. Me limitaré a redactar mi informe, testificar la existencia del tulipán negro y entregar los cien mil florines a su inventor. Adiós, hija mía.

—¡Oh, señor, señor! —insistió Rosa.

—Os advierto, hija mía —prosiguió Systens—, porque sois bonita y parecéis inocente, que sigáis este consejo: actuad con prudencia porque en Haarlem hay un tribunal y una cárcel; además somos muy quisquillosos en lo que respecta al honor de los tulipanes. Marchaos pues, id en busca del señor Boxtel a la hostería del Cisne Blanco.

Y Systens, cogiendo nuevamente su pluma reanudó la redacción del dictamen.

26. *Un miembro de la Sociedad de Floricultura*

La posibilidad de recuperar el tulipán negro enloqueció de alegría a Rosa Gryfus. Salió de casa del señor Systens e inmediatamente se encaminó a la hostería del Cisne Blanco. Le acompañaba el barquero, robusto hijo de Frisa y capaz él solo de devorar a diez Boxtels.

En el trayecto, Rosa puso en antecedentes de aquel asunto a su joven acompañante, el cual le manifestó estar dispuesto a luchar si fuera necesario, cuidando, eso sí, de no dañar para nada al tulipán.

Sin embargo, tan pronto como llegó a la Grote-Markt, Rosa se detuvo de repente. Se le había ocurrido una idea, semejante a la que tuvo la Minerva de Homero al coger a Aquiles por los cabellos cuando estaba a punto de dejarse llevar por la cólera.

—¡Dios mío! —exclamó—. He cometido un grave error, que podía significar la perdición para Cornelio, para el tulipán y para mí misma. He dado la señal de alarma; he hecho nacer sospechas. No soy más que una mujer y esos hombres pueden unirse para hacerme la guerra y, en ese caso, estoy perdida. Sí, irremisiblemente perdida.

Pero esto sería lo de menos; por quien sufro es por Cornelio y su tulipán.

Y se detuvo a reflexionar: «Si voy a casa de ese Boxtel y resulta que no es Jacobo; si se trata de algún otro aficionado que ha descubierto también el tulipán negro, o si mi tulipán ha sido robado por otra persona y ha pasado a otras manos; si reconozco al tulipán y no al que lo posee, ¿cómo podré probar que es mío? Si, en efecto, Boxtel es el falso Jacobo, ¿quién sabe lo que puede ocurrir? Mientras intento aclarar este asunto podría morir el tulipán. ¡Oh, Virgen Santa, dadme una solución! En ello va la felicidad de toda mi existencia; se trata de un infeliz prisionero que acaso, a esas horas, se encuentra ya agonizando.»

Hecha esta invocación, Rosa esperó piadosamente la inspiración que había pedido al Cielo.

Entretanto, se oía un gran ruido que procedía del Grote-Markt. La gente corría hacia allí, se abrían las puertas y las ventanas de las casas, y únicamente Rosa permanecía insensible a aquella conmoción.

—Necesito volver a casa del presidente —dijo con resolución.

—Volvamos, pues —respondió el barquero.

Siguieron la pequeña calle de la Paja, hasta llegar al domicilio del señor Systens, quien con su mejor pluma y su más acicalada letra, seguía escribiendo su informe.

En todas partes se hablaba del tulipán negro y del premio de los cien mil florines. La noticia corría ya por toda la ciudad.

Le costó bastante trabajo introducirse de nuevo en aquella casa, pero el señor Systens no pudo resistirse a franquear la puerta al mágico nombre de tulipán negro.

Pero al reconocer a Rosa, la tomó por loca, y quiso arrojarla a la calle.

La joven frisona, juntas las manos y hablándole con la más absoluta sinceridad, le dijo:

—Señor, en nombre del Cielo, escuchadme, y si no podéis hacerme justicia tendréis que arrepentiros algún día en presencia de Dios de haber sido cómplice de una infamia.

Systens comenzaba a impacientarse; era la segunda vez que Rosa le obligaba a suspender aquel escrito en el que estaban en juego su doble amor propio de burgomaestre y de presidente de la Sociedad de Floricultura.

—¿Pero y mi escrito? —dijo—. ¿Y la Memoria que debo redactar con relación al tulipán negro?

—Señor —prosiguió Rosa con la seguridad de quien está convencido de su inocencia—, vuestra Memoria sobre el tulipán negro se basará, si prestáis oídos de sordo a lo que os digo, en hechos falsos y criminales. Os ruego, señor, que hagáis comparecer a Boxtel, a quien acuso de ser el impostor Jacobo, y juro en presencia de Dios cederle la propiedad del tulipán si no soy capaz de reconocer a la flor y a su ladrón.

—¡Vaya, eso sí que es curioso! —dijo Systens.

—¿Qué queréis decir?

—¿Qué pretendéis probar aunque los reconozcáis a ambos?

—Os consideraba un hombre honrado y ahora resulta que vais a premiar a una persona que no sólo no ha tenido nada que ver en la obra que presenta como suya, sino que además es quien la ha robado.

El acento de Rosa había impresionado profundamente a Systens, y cuando iba a responderle con mayor amabilidad, se oyó en la calle un gran ruido como el que momentos antes se había ya oído en el Grote-Markt; era el mismo ruido que no había podido sacar de su ensimismamiento a Rosa.

Un clamoroso estruendo de voces hizo temblar toda la casa.

Systens escuchó con atención aquel ruido que para Rosa tenía la misma importancia que otro cualquiera.

—¿Qué sucede? —preguntó el burgomaestre—: ¿Qué sucede?, ¿será posible lo que estoy oyendo?

Y al decir esto se dirigió a la antesala, sin volver a ocuparse de Rosa, que se quedó sola en el despacho.

Al llegar a la antesala, Systens gritó asustado al ver que la muchedumbre invadía la escalera hasta el vestíbulo.

Acompañado, o mejor dicho, seguido por el pueblo, un joven vestido con un sencillo traje de terciopelo de color violeta con bordadura de plata, subía con paso noble los blancos y relucientes peldaños de piedra.

Dos oficiales, uno de marina y otro de caballería seguían al intruso.

Systens, pasando por entre los asustados criados, se adelantó y se inclinó hasta casi postrarse ante el recién llegado, causa de tales rumores.

—¡Monseñor! —exclamó—. ¡Vuestra Alteza en mi casa!; ¡qué gran honor para mi humilde morada!

—Estimado señor Systens —dijo Guillermo de Orange con una serenidad que en él equivalía a una sonrisa—; soy un legítimo holandés; me gusta el agua, la cerveza y las flores, y a veces también ese exquisito queso que con tanta fruición saborean los franceses, y de entre todas las flores, naturalmente me quedo con el tulipán. Me han asegurado en Leyden que la ciudad de Haarlem poseía al fin el tulipán negro, y después de confirmar el hecho, que me parecía increíble, vengo a pedir detalles al presidente de la Sociedad de Floricultura.

—¡Oh, monseñor, cuánta gloria para la Sociedad si sus trabajos llegan a interesar a Vuestra Alteza! —dijo Systens con satisfacción.

—¿Tenéis aquí la flor? —preguntó el príncipe, probablemente arrepentido de haber hablado tanto.

—¡Oh, monseñor! No está aquí.

—¿Y dónde está, pues?

—En el domicilio de su dueño.

—¿Quién es?

—Se trata de un excelente cultivador de tulipanes de Dordrecht.

—¿De Dordrecht?

—Sí, monseñor.

—¿Cuál es su nombre?

—Boxtel.

—¿Dónde vive?

—Se hospeda en el Cisne Blanco. Haré que lo llamen, y si entretanto, Vuestra Alteza quiere dispensarme el honor de esperar en la sala, Boxtel no tardará en llegar sabiendo que os encontráis aquí.

—Perfectamente; mandadle llamar.

—Al momento; pero...

—¿Qué?

—¡Oh, nada que merezca vuestra atención!

—Nada es indiferente en el mundo, señor Systens.

—Pues bien, ha surgido una dificultad.

—¿Cuál?

—Existen usurpadores que reclaman el tulipán. Verdad es que vale cien mil florines...

—¿De veras?

—Sí, monseñor; usurpadores, falsarios.

—Esto es un crimen, señor Systens.

—Sin duda alguna.

—¿Hay pruebas de ese crimen?

—No, monseñor; la culpable...

—¿La culpable?

—Quiero decir que la persona que reclama el tulipán, monseñor, está ahí dentro, en esa habitación.

—¡Ah! ¿Y vos qué opináis?

—Opino, monseñor, que la ambición por embolsarse los cien mil florines le habrá tentado.

—¿Pero reclama el tulipán?

—Sí, monseñor.

—¿Cómo prueba que le pertenece?

—Lo ignoro; cuando entró Vuestra Alteza me disponía a interrogarla.

—Oigámosla, señor Systens, oigámosla. Soy el primer magistrado del país; mediaré en la cuestión y seré justo.

—He aquí el rey Salomón que se necesitaba —murmuró por lo bajo Systens, inclinándose e indicando el camino al príncipe.

Cuando éste iba a adelantarse, de pronto se detuvo.

—Pasad vos delante —dijo Guillermo de Orange—, y llamadme señor solamente.

Pasaron al despacho.

Rosa no se había movido, permanecía apoyada en la ventana mirando el jardín a través de los cristales.

—¡Ah! Es una frisona —exclamó el príncipe al observar el casquete de oro y la falda encarnada de Rosa.

Esta se volvió al oír los pasos, pero apenas pudo ver al príncipe que tomó asiento en el ángulo más oscuro y apartado de la habitación.

Toda la atención de Rosa se había fijado en el importante personaje llamado Systens, sin reparar en el humilde forastero que acompañaba al dueño de la casa.

El «humilde forastero» tomó un libro de un estante de la biblioteca e hizo señas a Systens de que procediera al interrogatorio.

Systens, satisfecho y orgulloso del honor que se le dispensaba, dijo:

—Hija mía, ¿prometéis decir la verdad y sólo la verdad sobre el asunto del tulipán?

—Os lo prometo.

—Bien; podéis hablar libremente delante de este caballero, es uno de los miembros de la Sociedad de Floricultura.

—Señor, ¿qué diré ya que no os haya dicho?

—¿Pero, entonces...?

—Entonces volveré a dirigiros la misma súplica que os hice antes.

—¿Cuál?

—La de que hagáis comparecer al señor Boxtel con su tulipán; si no lo reconozco como propio os lo diré francamente; pero si se tratase de mi tulipán lo reclamaré, aunque debiera presentarme para ello ante la presencia de Su Alteza, el Estatúder en persona, con las pruebas en la mano.

—¿Poseéis pruebas, entonces, hija mía?

—Dios, que conoce mi derecho, no puede negármelas.

Systens dirigió una mirada de inteligencia al príncipe, quien desde las primeras palabras de Rosa parecía rebuscar entre sus recuerdos. El son agradable de aquella voz le era vagamente familiar.

Un oficial salió en busca de Boxtel.

Systens siguió preguntando:

—¿Y en qué fundáis vuestra afirmación de ser la propietaria del tulipán negro?

—En una sencillísima razón; en que yo lo he plantado y cultivado en mi propia habitación.

—¿En vuestra habitación? ¿Y dónde tenéis vuestra habitación?

—En Loewestein.

—¿Sois de Loewestein?

—Soy la hija del carcelero de aquella fortaleza.

El príncipe hizo un gesto que expresaba: «¡Oh, ya recuerdo...!»

Y simulando seguir leyendo, examinó a Rosa con mayor atención que lo había hecho hasta entonces.

—¿Sois aficionada a las flores? —prosiguió Systens.

—Sí, señor.

—Entonces, ¿seréis una experta floricultora?

Rosa vaciló antes de responder; luego, en un tono que parecía salir de lo más profundo de su ser, dijo:

—Señores, confío en que me hallo entre personas de honor.

Su tono revelaba tanta firmeza, que Systens y el príncipe respondieron a un mismo tiempo afirmativamente con un movimiento de cabeza.

—En este caso, confesaré que no soy una floricultura; sólo soy una pobre hija del pueblo, una infeliz aldeana de Frisa, que hace tres meses no sabía ni leer ni escribir. No, el tulipán negro no lo he descubierto yo.

—¿Pues quién ha sido?

—Un prisionero de Loewestein.

—¿Un prisionero de Loewestein? —preguntó el príncipe.

Al oír aquella voz, Rosa se estremeció.

—Entonces será un prisionero de Estado, porque en Loewestein no hay otra clase de reos.

Y se puso de nuevo a leer, o al menos parecía fingirlo.

—Sí —respondió la joven temblorosa; un prisionero de Estado.

Systens palideció al oír aquella confesión en presencia de aquel testigo.

—Proseguid —dijo Guillermo de Orange con frialdad al presidente de la Sociedad de Floricultura.

—¡Oh, señor! —exclamó Rosa dirigiéndose al que creía su verdadero juez—; voy a acusarme a mí misma de un grave delito.

—En efecto —repuso Systens—; los prisioneros de Estado deben estar incomunicados en Loewestein.

—¡Ah, señor!

—Y, según confesáis, os habéis aprovechado de vuestra posición de hija del carcelero para tratar con él del cultivo del tulipán.

—Sí, señor —contestó Rosa acongojada—; sí, me veo obligada a confesarlo; lo veía diariamente.

—¡Desgraciada! —exclamó Systens.

El príncipe levantó la cabeza y al ver el espanto de Rosa y la palidez del presidente dijo en tono autoritario:

—Eso no incumbe a los individuos de la Sociedad de Floricultura, que sólo tienen que juzgar al tulipán negro, y no entienden de delitos políticos. Proseguid, joven, proseguid.

Systens, expresó con mirada elocuente su gratitud al nuevo individuo de la Sociedad, en nombre de los tulipanes.

Rosa, tranquilizada al oír las palabras de aquel desconocido refirió todo lo ocurrido durante tres meses; cuanto había hecho y cuanto había padecido. Habló de la crueldad de Gryfus, su padre; de la destrucción del primer bulbo del tulipán negro; del dolor del prisionero; de las precauciones adoptadas para el cultivo del segundo bulbo; de la paciencia de Cornelio Baerle; de sus angustias en el tiempo de su separación, de su propósito de dejarse morir de hambre al no tener noticias de su tulipán; de la alegría que experimentó al saber de él, y, por último, de su mutua desesperación cuando advirtieron el robo del tulipán una hora después de haber florecido.

Todo ello relatado con clara sinceridad, aunque pareciese no impresionar al príncipe, al menos en apariencia, sí produjo honda impresión en Systens.

El príncipe preguntó:

—¿Cuánto tiempo hace que conocéis al prisionero?

Rosa abrió sus hermosos ojos y miró al desconocido, que se ocultó en la sombra para esquivar su mirada.

—¿Por qué me hacéis esa pregunta, señor?

—Porque sólo hace cuatro meses que el carcelero Gryfus y su hija están en Loewestein.

—¡Es cierto!

—Y a no ser que solicitarais el traslado de vuestro padre para seguir al prisionero desde La Haya a Loewestein...

—¡Señor, señor! —le interrumpió Rosa azorada.

—Responded —dijo en tono imperativo Guillermo de Orange.

—Lo confieso, al prisionero le conocí en La Haya.

—¡Dichoso prisionero! —exclamó el príncipe sonriente.

El oficial que había ido en busca de Boxtel llegó en aquel momento, se acercó al príncipe y, después de hacerle una reverencia le dijo que el floricultor acababa de llegar.

—¿Ha traído el tulipán? —preguntó Guillermo de Orange.

—Sí, monseñor.

27. *El tercer bulbo*

Boxtel no tardó en hacer su entrada en el salón que servía de despacho a Systens.

Junto con el criminal floricultor entraron dos hombres, cada uno de los cuales llevaba en una caja el precioso tesoro, que fue depositado sobre una mesa.

Avisado el príncipe, salió de la estancia donde se estaba interrogando a Rosa, pasó al salón, admiró el prodigio en silencio, y volvió al oscuro rincón en el que él mismo había colocado su sillón.

Rosa, con el corazón palpitante, desencajada y llena de temor, esperaba ser invitada de un momento a otro para ver el tulipán. Al oír en la habitación contigua la voz de Boxtel, no pudo contenerse y exclamó:

—¡Es él!

El príncipe le indicó por señas que mirase el salón por entre la abertura de la puerta.

—¡Es mi tulipán! —replicó Rosa—. Es él; lo reconozco. ¡Oh, mi pobre Cornelio!

Y empezó a sollozar.

El príncipe se levantó y se dirigió hacia la puerta, donde permaneció un momento mostrándose a plena luz.

Rosa lo contempló detenidamente y creyó recordar que no era la primera vez que veía aquel señor.

—Señor Boxtel —dijo el príncipe—, pasad.

Boxtel acudió al punto y se tropezó frente a frente con Guillermo de Orange.

—¡Su Alteza! —exclamó asustado.

—¡Su Alteza! —repitió Rosa, confundida.

Al oír la exclamación de la frisona, Boxtel se volvió y divisó a Rosa.

Ante su presencia, todo el cuerpo del envidioso se estremeció como al contacto de una pila de Volta.

—¡Ved! —murmuró el príncipe—; se ha turbado.

Pero Boxtel sobreponiéndose a sí mismo logró calmar su ansiedad.

—Señor Boxtel —dijo Guillermo—, ¿tengo entendido que habéis descubierto el tulipán negro?

—Sí, monseñor —contestó Boxtel algo indeciso.

La emoción que el tulipanista había experimentado al reconocer a Guillermo de Orange fue indescriptible.

—Pues aquí hay una joven —prosiguió el príncipe—, que pretende haberlo descubierto también.

Boxtel sonrió con desdén y se encogió de hombros.

Guillermo de Orange observaba todos sus movimientos con interés y gran atención.

—Y vos —preguntó el príncipe—, ¿sabéis quién es esa joven?

—No, monseñor.

—¿Vos, muchacha, conocéis al señor Boxtel?

—No le conozco por ese nombre sino por el de Jacobo.

—Explicaos mejor.

—Quiero decir que en Loewestein, este señor

que ahora se hace pasar por Isaac Boxtel se llamaba Jacobo.

—¿Qué respondéis a eso, señor Boxtel?

—Juro, monseñor, que esa muchacha no dice la verdad.

—¿Entonces, negáis haber estado en Loewestein?

Boxtel vaciló un momento; la vista fija y penetrante del príncipe le impedía mentir.

—No niego haber estado en Loewestein, monseñor, pero no es cierto que haya robado el tulipán.

—¡Oh! Me lo habéis robado de mi propia habitación —saltó Rosa indignada.

—¡Eso es una calumnia! —protestó Boxtel.

—A ver, contestadme a eso: ¿podréis negar que me seguisteis al jardín cuando yo preparaba la tierra para plantarlo? Negáis que me seguisteis de igual modo el día en que fingí que lo enterraba? Negáis que al separarme de aquel sitio os precipitasteis en él buscando el bulbo? ¿Y negáis que revolvisteis la tierra sin provecho alguno, gracias a Dios, porque aquello no fue más que una añagaza para descubrir vuestras intenciones? ¿Negáis todo eso?

Boxtel no contestó a aquellas acusaciones, y dejando a un lado la polémica entablada con Rosa, se dirigió al príncipe y le dijo:

—Veinte años hace, monseñor, que vivo dedicado al cultivo de los tulipanes en Dordrescht, y he adquirido en ese oficio alguna reputación: una de las especies descubiertas por mí, lleva un nombre ilustre en el catálogo; la dediqué al rey de Portugal. Ahora, oíd la verdad. Esta joven estaba enterada de que yo había encontrado el tulipán negro, y en complicidad con cierto reo de Estado, prisionero en la fortaleza de Loewestein y enamorado suyo, se propuso arruinarme para fugarse con el premio de cien mil florines que con todos los merecimientos y con vuestra infalible justicia yo ganaré.

—¡Oh! —exclamó Rosa colérica.

—Silencio —ordenó el príncipe.

Luego, dirigiéndose a Boxtel, le preguntó:

—¿Y quién es ese prisionero enamorado de esta joven?

Rosa se sintió desfallecer, porque Cornelio Baerle había sido considerado por el príncipe como un peligroso criminal.

—El prisionero, monseñor —respondió Boxtel regocijado de que se le hubiese hecho tal pregunta—, es un hombre cuyo solo nombre y apellidos bastarán para Vuestra Alteza. Se trata de un reo de Estado que fue condenado a muerte.

—¿Cómo se llama?

Rosa ocultó su rostro entre las manos, con desesperación.

—Se llama Cornelio Baerle —repuso Boxtel—, y es el ahijado del malvado Cornelio Witt.

El príncipe palideció. Sus ojos, hasta entonces tranquilos, parecieron echar chispas, y el frío de la muerte se extendió sobre su rostro. Se acercó a Rosa y le mandó por señas que separase las manos de su rostro.

Rosa obedeció al instante.

—¿Y para seguir a ese hombre vos me rogasteis en Leyden que traslara a vuestro padre, no es cierto?

Rosa bajó la cabeza, y, anonadada, dijo:

—Sí, monseñor.

—¿Y bien...? —ordenó el príncipe a Boxtel.

—Nada más tengo que añadir —repuso éste—. Vuestra Alteza está enterado de todo. Ahora escuchad lo que me resistía a deciros por no avergonzar a esa muchacha por su innoble actitud. Estuve en Loewestein porque mis negocios me obligan a ello; allí conocí al viejo Gryfus, y me enamoré de su hija. Se la pedí en matrimonio, y como no era rico, le confié mi esperanza de ganar los cien mil florines con el premio de la flor, cosa que ¡necio de mí! quise justificar enseñándole el tulipán negro. Entonces, como su cómplice fingía haberse dedicado en Dordrescht al cultivo de los tulipanes para ocultar su verdadera actitud delictiva, ambos se pusieron de acuerdo, y decretaron mi ruina.

»La víspera de la floración del tulipán, esta joven lo robó de mi casa y lo llevó a su cuarto, donde pude recobrarlo en el momento en que se ocupaba descaradamente de enviar un mensajero a la Sociedad de Floricultura anunciando el descubrimiento de tan extraordinaria flor. Pero no por eso se acobardó. Seguramente, durante el tiempo que lo ha tenido en su casa, lo habrá mostrado a algunas personas, que le servirán de testigos. Pero, por fortuna, monseñor, ya estáis advertido contra esa intrigante y sus testigos.

—¡Oh, Dios mío, Dios mío! ¡Qué calumnia tan infame! —exclamó Rosa llorando desconsoladamente y arrojándose a los pies del Estatúder, quien, considerándola aún culpable no por eso dejó de compadecerla.

—Habéis procedido muy mal, mujer —dijo el príncipe—, y vuestro enamorado galán sufrirá el castigo que se merece por ser el instigador de tan incalificable hecho; porque vos sois tan joven y aparentáis tanta inocencia que me resisto a creer que hayáis sido la inductora.

—¡Monseñor! ¡Monseñor! —protestó Rosa—. ¡Cornelio es inocente!

El príncipe hizo un gesto de impaciencia.

—¿Queréis decir con ello que no ha sido él quien os lo ha aconsejado?

—Quiero decir que es tan inocente del segundo crimen que se le imputa como del primero.

—¿Del primero? ¿Sabéis en qué consistió su crimen? ¿Sabéis de lo que ha sido acusado? Nada más y nada menos que de haber ocultado, en complicidad con Cornelio Witt, la correspondencia del ex Gran Pensionario con el marqués de Louvois.

—El ignoraba, monseñor, el contenido del depósito que le confiaban. En caso contrario, me lo hubiera dicho. ¿Hubiera podido, acaso, su corazón de oro ocultarme a mí algún secreto? No, no, monseñor; lo repito aun cuando provoque con ello vuestro enojo: Cornelio es completamente inocente. ¡Oh, si le conocierais como yo le conozco!

—¡Es un Witt! —exclamó Boxtel—. Además, monseñor le conoce perfectamente bien, puesto que ya le ha perdonado la vida.

—Callad —ordenó el príncipe—. Los asuntos de Estado no incumben a la Sociedad de Floricultura de Haarlem.

Después, frunciendo el ceño, continuó:

—En cuanto al tulipán, descuidad, señor Boxtel, se hará justicia.

Boxtel sonrió radiante de dicha, y recibió los beneplácitos del presidente.

—En cuanto a vos, joven —prosiguió Guillermo—, habéis estado a punto de cometer una calumnia. No os castigaré; pero el verdadero culpable pagará por los dos. Un hombre con un apellido tan prestigioso como el que lleva Cornelio Baerle puede conspirar, ser traidor..., pero jamás debe degradarse hasta el extremo de ponerse a robar.

—¡Robar! —exclamó Rosa—. ¡Robar, él, Cornelio! ¡Oh, monseñor, reflexionad! Vuestras palabras le matarían antes que el hacha del verdugo en el Buytenhoff, de oírlas. Se ha cometido un robo, monseñor, y Boxtel es el ladrón. Lo juro.

—Probadlo —dijo Boxtel con frialdad.

—Pues bien, con la ayuda de Dios voy a probarlo —dijo con valentía Rosa. Y luego, encarándose a Boxtel, le preguntó:

—¿Es vuestro el tulipán?

—Sí.

—¿Cuántos bulbos teníais?

Boxtel dudó un momento; pero comprendiendo que la joven no le preguntaría aquello si no existiesen más bulbos que los dos de que él tenía conocimiento, contestó:

—Tres.

—¿Y dónde están?

—El uno ha abortado, el otro es el que ha producido el tulipán negro...

—¿Y el tercero? —interrumpió la joven.

—El tercero lo tengo en mi casa —dijo Boxtel algo turbado.

—¿En vuestra casa?; ¿en cuál de las dos?; en Loewestein o en Dordrecht?

—En Dordrecht —balbuceó Boxtel.

—¡Falso! —replicó Rosa—. Monseñor —prosiguió, dirigiéndose al príncipe—, voy a referiros la verdadera historia de estos tres bulbos. El primero fue destrozado por mi padre en el calabozo del prisionero y ese hombre lo sabe perfectamente, pues esperaba apoderarse de él. Cuando vio lo que había hecho, estuvo a punto de reñir con mi padre. El segundo, que yo misma planté y he cuidado, es el que ha producido el tulipán negro que acabáis de ver, y el tercero, el último (la joven lo extrajo de su pecho) está aquí, en el mismo papel que envolvía a los otros dos cuando Cornelio Bearle me los entregó al ser conducido al patíbulo. Tomadlo, monseñor.

Y Rosa, desenvolviendo el bulbo se lo entregó al príncipe, quien lo estuvo examinando con atención.

—Pero monseñor, esa joven puede haberlo robado también como hizo con el tulipán —observó Boxtel, alarmado por el cariz que tomaba aquel asunto y por la atención con que Rosa estaba leyendo algunas líneas trazadas en el papel que tenía en sus manos.

Repentinamente, los ojos de la joven demostraron una gran alegría; releyó aquel escrito pergeñado en aquel misterioso papel, y tras hacer una breve exclamación, se lo entregó al príncipe al mismo tiempo que le decía:

—¡Leed eso, monseñor; leedlo en nombre del Cielo!

El Estatúder pasó el tercer bulbo al presidente, y asió el papel.

Al fijar los ojos en él, palideció. Su mano temblorosa, a punto estuvo de dejar caer el papel, y su semblante adquirió una expresión entre dolorosa y compasiva.

Aquel papel era la hoja de la Biblia que Cornelio Witt había enviado a Dordrecht por conducto de Graeke, el enviado de su hermano Juan, encargando a Cornelio —su ahijado— que echase al fuego la correspondencia del Gran Pensionario con Louvois.

Aquellas líneas, como bien recordará el lector, decían lo siguiente:

> *20 de agosto de 1672*
> *Querido ahijado:*
> Arrojad al fuego los papeles que os he confiado, cuidando de no leer su contenido, con el fin de que permanezca desconocido hasta para vos. Los secretos de esta clase

matan a quienes los poseen. Quemadlos y salvaréis a Juan y a Cornelio.

Adiós, y queredme.

CORNELIO WITT

Esta hoja probaba al mismo tiempo la inocencia de Baerle y la propiedad de los bulbos del tulipán.

Rosa y el Estatúder cambiaron una mirada de inteligencia.

La de Rosa quería decir: «¡Ya veis que no he mentido!»

La del príncipe significaba: «Calma y confiad en mí.»

Guillermo de Orange se enjugó una gota de frío sudor que corría desde su frente a sus mejillas, y dobló con cuidado el papel, dejando que su mirada se ocultase en ese abismo sin fondo que se llama arrepentimiento y vergüenza por lo ocurrido.

Poco después irguió la cabeza y dijo:

—Id con Dios, señor Boxtel, y no dudéis de que se hará justicia.

Luego, dirigiéndose al presidente, le dijo:

—Vos, estimado Systens, intentad retener aquí a esa joven y custodiad el tulipán. Adiós.

Ante la asombrada mirada de todos, el príncipe salió sombrío y pensativo y al cabo de un rato se oyeron aumentar las aclamaciones de las gentes congregadas en la calle.

Boxtel regresó al Cisne Blanco algo inquieto. Aquel papel que Rosa había entregado a Guillermo de Orange, había sido leído, doblado y guardado con un interés excesivo que le inquietaba.

Rosa se acercó al tulipán, lo besó con veneración casi religiosa y se confió por entero a Dios, murmurando:

—¡Señor, Señor! ¿Sabíais lo que se proponía Cornelio cuando me enseñaba a leer?

Dios lo sabía, pues, infinitamente justo, premia a los buenos y castiga a los culpables, por medios que al hombre no es dado muchas veces comprender.

28. *La* Canción de las Flores

El infortunado Cornelio Baerle, olvidado de todos en el calabozo de la fortaleza de Loewestein, sufría los peores tratos de su carcelero, convertido en verdugo suyo.

Gryfus, al no tener noticias ni de Rosa ni de Jacobo, llegó a persuadirse de que todo lo que estaba pasando era obra del diablo, y que el doctor Cornelio Baerle era su representante en la tierra.

Con esta convicción, una mañana —la tercera desde la desaparición de Rosa y Jacobo— subió al calabozo de Cornelio más enfurecido que de costumbre.

Baerle, con la cabeza entre las manos y los codos apoyados en la ventana, la mirada perdida en el triste horizonte que los molinos de Dordrescht batían con sus alas, aspiraba todo el aire de que era capaz para contener el llanto que pugnaba por brotar de sus ojos.

Las palomas estaban en el mismo sitio de siempre, mas no así la esperanza en su porvenir, cuyas perspectivas aparecían cada vez más negras.

¡Pobre Rosa!, en manos de su padre no encontraría medio de ir a verle. Podría escribirle pero

¿cómo hacer que llegasen las cartas a su destinatario?

No, en los dos días anteriores había advertido demasiado furor y malignidad en los ojos del viejo Gryfus como para creer que pudiese descucuidar su vigilancia un solo instante. Rosa sufriría, además de algún tipo de reclusión forzada, de tormentos que él no se podía imaginar. Aquel viejo brutal, aquel sádico borracho, se vengaría al estilo de los justicieros padres de la tragedia griega, y presumiblemente, al emborracharse, su brazo, demasiado bien curado por Cornelio, adquiriría la fuerza de dos.

La idea de que Rosa fuese maltratada exasperaba a Cornelio, y al ver su impotencia por ayudarla se enfurecía todavía más.

Se preguntaba a sí mismo si la justicia de Dios podía enviar tantos males a dos criaturas inocentes, y en aquellos momentos llegaba incluso a dudar de su existencia. La desgracia hace incrédulos a los hombres.

Baerle había decidido escribir a Rosa; pero antes tenía que saber dónde estaba.

Había pensado también en escribir a La Haya en previsión de las tormentas que las denuncias de Gryfus podían hacer desencadenar sobre su cabeza.

¿Pero cómo escribir si Gryfus le había arrebatado el lápiz y el papel? Además, aunque los tuviese, no sería Gryfus precisamente quien llevaría la carta.

Cornelio se puso a repasar una y otra vez en su imaginación todos los ardides que los prisioneros solían utilizar.

Había pensado en la fuga, cosa que ni siquiera se le ocurría cuando Rosa iba diariamente a verle; pero cuanto más pensaba en ello, más imposible le parecía la proeza. Cornelio era uno de esos individuos dotados de una naturaleza dada a rechazar los medios vulgares, y que, frecuentemente, debido a ello dejan escapar las mejores ocasiones de su vida, por apartarse de ese espinoso camino de las cotidianidades.

«Sería imposible —pensaba Cornelio— evadirme de Loewestein de donde en otro tiempo se fugó Grocio. Desde aquella ocasión se había doblado la vigilancia. Las ventanas y las puertas aparecían doblemente reforzadas.

»Y además de las ventanas y las puertas, ¿acaso no era Gryfus un Argos terrible, tanto más peligroso cuanto que su vigilancia la ejercía con ojos de odio?

»Existe otra circunstancia que lo paraliza todo: la ausencia de Rosa. Aun cuando emplease diez años de mi vida en fabricarme un utensilio para cortar los barrotes, o en trenzar cuerdas para bajar desde mi ventana, o en fabricarme unas alas para volar como hizo Dédalo... sería inútil, estoy pasando por un período en que las cosas no me salen como quisiera. La lima se gastaría, la cuerda se rompería y lo más seguro es que mis alas se derritirían al sol. Me perdería estúpidamente. Me quedaría cojo, manco, o sin piernas ni brazos, y después de muerto me colocarían en el museo de La Haya, entre el jubón manchado de sangre de Guillermo *el Taciturno* y la mujer marina atrapada en Stavesen, y mi acción me proporcionaría el honor de formar parte de las curiosidades de Holanda.

»Mejor será emplear otros métodos. El día menos pensado Gryfus me hará alguna de las suyas. Ya voy perdiendo la paciencia desde que he perdido la alegría, las visitas de Rosa, y especialmente mis tulipanes. Es indudable que más tarde o más temprano, Gryfus logrará herirme en mi amor propio, amenazando mi seguridad personal, y ya que la reclusión me ha dado una violencia con irreprimibles deseos de lucha y sed de venganza, me lanzaría al cuello de ese viejo infame y le mataría.»

Cornelio al llegar a esta conclusión se detuvo con la boca contraída y la mirada fija.

Rebuscó ávidamente en su mente una idea que le agradara y luego, siguió pensando:

«Después de haberle estrangulado podría apoderarme de las llaves y bajar la escalera como si hubiese realizado la acción más meritoria. ¿Por qué no he de poder ir a buscar a Rosa en su habitación y huir con ella saltando desde su ventana al río Vahal? Nadaría yo por los dos. ¡Rosa! ¡Rosa! ¡Oh, Dios mío! ¡Pero ese Gryfus es su padre al fin y al cabo y jamás me perdonaría por amor que me profesara el haberle dado muerte!

»A causa de él podría entablarse una discusión, durante la cual algún soldado o algún guardallaves, alertado al encontrar a Gryfus muerto o moribundo podría llegar y prenderme de nuevo. Me encerrarían otra vez. En seguida volvería a ver el Buytenhoff y el reflejo de la terrible cuchilla que esta vez no se detendría en su caída y me haría rodar la cabeza. Nada de eso, Cornelio; ése es un mal camino.

»Pero entonces ¿qué va a ser de mí?; ¿cómo podré encontrar a Rosa?»

Cuando Cornelio se estaba haciendo estas reflexiones, se vio interrumpido por la violenta entrada de Gryfus.

Llevaba en la mano un grueso palo; en sus ojos brillaba la cólera y una sonrisa sádica crispaba sus labios; su cuerpo se agitaba convulsivamente y todo en él era amenazador.

Cornelio, al oírle entrar, ni siquiera le hizo caso, porque sabía que Rosa no venía con él.

Nada hay más irritante para un colérico que

ser tratado con indiferencia; entonces es cuando el espíritu se enardece, se inflama la sangre, y nadie desearía pasar por una situación parecida sin la seguridad de poderse desquitar después.

Toda persona honrada que ha templado su mal genio, desea ocasionar siquiera una sola vez en su vida algún daño. Y eso es lo que deseaba Cornelio.

Gryfus al ver la impasividad del prisionero, gruñó para llamarle la atención.

Pero como si tal cosa, Cornelio se puso entonces a entonar por lo bajo la *Canción de las Flores,* una triste y delicada canción:

Nosotras somos hijas del fuego,
fuego secreto que por las venas
circula oculto constantemente
bajo la ancha tierra.

Nosotras somos hijas del agua,
nosotras somos hijas del viento;
pero somos, ante todo, las hijas
del puro cielo.

Aquella canción, con su suave y melancólica música, encolerizó aún más a Gryfus, quien golpeó el suelo con su palo, gritando:

—¡Eh, señor cantor!; ¿es que pretendéis ignorar mi presencia?

Cornelio se volvió, miró al carcelero, le dio los buenos días y siguió cantando:

Cuando los hombres, enamorados
de nuestras gracias, nos acarician,
en vez de darnos felicidad,
nos asesinan.

Aunque los hilos de las raíces
siempre ocultamos dentro del suelo,
nuestro ramaje también alzamos
al puro cielo.

—¡Maldito brujo! ¡Me parece que te estás burlando de mí! —gritó Gryfus, furioso.

Cornelio siguió cantando:

Es la sublime región celeste
nuestra exclusiva y propia morada,
que nos envía, cuando venimos
al mundo, el alma.

Y allí retorna, cuando expiramos,
nuestro perfume que es nuestro aliento;
¡para las flores no hay otra patria
que el puro cielo!

Gryfus se acercó al prisionero.

—¿No observas, mi querido Cornelio, que he adoptado un nuevo sistema para hacer confesar tus crímenes?

—¿Habéis perdido el juicio, amigo Gryfus? —preguntó Cornelio volviéndose con toda naturalidad.

Y como que al decir esto advirtió que el rostro del viejo carcelero estaba excitado por la ira y sus ojos chispeaban y echaba espuma por la boca, siguió diciendo:

—¡Diablos! Me parece que estáis más que loco; estáis furioso.

Gryfus le amenazó con el palo; pero sin atreverse a acercársele.

—¡Caramba, señor Gryfus! —exclamó Baerle cruzando los brazos—; ¿acaso me estáis amenazando?

—¡Oh, sí, te amenazo! —respondió el carcelero.

—¿Y por qué?

—Primero mira lo que tengo en la mano.

—Creo que es un palo —dijo Cornelio tranquilamente—; un palo y bastante recio; pero no me amenacéis con él.

—¿Ah, no?; ¿y por qué no iba a hacerlo?

—Porque el carcelero que maltrate a un prisionero se expone a dos cosas, la primera a que le apliquen el artículo noveno del reglamento de Loewestein, que dice así: «Todo carcelero, inspector o guardallaves que maltrate a un reo de Estado, será expulsado.»

—¡Maltratar! —replicó Gryfus lleno de rabia.

—La segunda —prosiguió Cornelio—, que no consta en el reglamento, pero que está en el Evangelio, dice así: «Quien a hierro mata a hierro muere» y «El que pegue con un palo, a palos será molido».

Gryfus, cada vez más furioso por el tono impertinente y sentencioso de Cornelio, blandió su palo; pero cuando lo iba a levantar, Cornelio se arrojó sobre él, se lo arrebató de las manos y se lo guardó bajo el brazo.

Gryfus rugía salvajemente.

—¡Oh, buen hombre! No desearía que por mí perdieseis vuestro empleo.

—¡Brujo!; ¡ya te atraparé con otros medios!

—Como gustéis.

—Puedes ver que tengo las manos vacías.

—Lo celebro mucho.

—Bien sabes que no las traigo así cuando subo la escalera por las mañanas.

—¡Ah, es cierto! Me traéis generalmente, la peor de las sopas o el más repugnante rancho que imaginarse pueda; pero como yo me alimento exclusivamente de pan, cuanto peor es para vuestro paladar más sabrosa yo la encuentro. Eso no sería ningún castigo para mí.

—¿Decís que lo encontráis sabroso al paladar?

—En efecto.

—¿Y cómo puede ser eso?

—Pues muy sencillo.

—Vamos, explicaos mejor.

—Con mucho gusto. Sé perfectamente que suponéis que dándome pan de pésima calidad me hacéis sufrir.

—La verdad es que no te lo estoy dando por agradarte, evidentemente.

—Pues bien, como soy brujo, según sabéis bien, soy capaz de transformar ese pan de pésima calidad en un pan suculento, que me agrada más que si fuera torta, y experimento un doble placer, el de comer a mi gusto y el de haceros rabiar.

Gryfus estalló en cólera.

—¡Ah, de modo que confiesas que eres brujo!

—¿Por qué no, si es la verdad? No lo digo delante de todos, porque esto podría conducirme a la hoguera, como les pasó a Godofredo y a Urbano Grandier; pero estando los dos solos, no tengo reparo en decirlo.

—Bien, bien —repitió Gryfus—, entonces, un brujo que convierte el pan negro en blanco, no morirá de hambre aunque le falte pan.

—¿Adónde pretendéis llegar? —se espetó Cornelio.

—Veremos como te las arreglas cuando hayas pasado ocho días sin comer siquiera pan.

Cornelio se puso pálido.

—Hoy mismo empezaré. Puesto que eres brujo, veremos si conviertes en pan los muebles de tu calabozo, con lo que podré ahorrarme los dieciocho sueldos diarios que me pasan para tu alimentación.

—¡Eso es un abuso! —dijo Cornelio impulsado por el temor a morir de hambre.

—Ya que eres brujo —prosiguió Gryfus burlándose—, vivirás pese a todo.

Cornelio recobrando de nuevo su aspecto alegre le dijo:

—¿Sabéis que las palomas de Dordrescht se posan frecuentemente en la ventana?

—¿Y qué?

—Una paloma asada es un buen bocado y comiendo una paloma diaria no moriría de hambre.

—¿Y el fuego para asarla?

—¿Fuego? ¿Ignoráis acaso que tengo pacto con el demonio? ¿Suponéis que él puede dejarme sin fuego, cuando éste es su elemento?

—Un hombre, por resistente que sea, no podrá vivir mucho tiempo alimentándose exclusivamente de palomas. Además, se han cruzado muchas apuestas sobre esto, y nadie ha conseguido llegar al final, si no es muriendo.

Bueno —replicó Baerle—, si me canso de comer palomas, haré subir los peces del Wahal y del Meusa.

Gryfus abrió extraordinariamente sus aterrorizados ojos.

—El pescado —continuó Cornelio— es un excelente plato; por cierto, jamás me lo servís para comer, y así con la excusa de que queréis matarme de hambre aprovecharé para regalarme con buenos platos de pescado.

Gryfus no supo si desmayarse de cólera o de terror; pero se repuso al momento, y llevándose una mano a su bolsillo, dijo:

—Muy bien, tú te lo buscaste, puesto que me obligas a ello...

Y sacó una navaja que abrió en seguida.

—¡Vaya, una navaja! —exclamó el prisionero disponiéndose a defenderse con el palo.

29. *Cornelio Baerle, antes de salir de Loewestein, arregla las cuentas a Gryfus*

Permanecieron así un largo rato; Gryfus estaba a la ofensiva y Baerle a la defensiva; pero como la situación era insostenible por más tiempo, Cornelio, deseando conocer la causa que motivaba el enfado de Gryfus le dijo:

—Pero en realidad, ¿qué es lo que pretendéis?

—¿Que qué es lo que pretendo? Voy a decírtelo —dijo Gryfus—. Quiero que me devuelvas a mi hija.

—¡Vuestra hija!

—Sí, Rosa; Rosa, a quien me has robado por arte mágico. Vamos, ¿me dices dónde está?

La actitud de Gryfus era cada vez más amenazadora.

—¿Pero Rosa, no se encuentra en la fortaleza? —preguntó extrañado Cornelio.

—Bien lo sabes. Te lo preguntaré de nuevo. ¿Me devuelves o no a mi hija?

—Está claro que pretendéis tenderme una trampa —respondió Cornelio.

—Por última vez, ¿me dices dónde está Rosa?

—Adivinadlo vos mismo, bribón, si no lo sabéis.

—¡Ah! ¿No quieres hablar? Pues bien, yo haré

que confieses —gritó Gryfus fuera de sí y con los labios temblorosos.

Avanzó un paso hacia Cornelio, empuñando el arma que brillaba en su mano.

—¿Ves este cuchillo? —dijo—. Pues con él he matado a más de cincuenta gallos negros y del mismo modo daré muerte al demonio, su señor; ¿lo oyes?

—Infame —gritó Cornelio—. ¿Pretendéis, en verdad, asesinarme?

—Quiero rajarte el corazón para ver dentro de él el sitio donde ocultas a mi hija.

Y, al decir esto, Gryfus se abalanzó sobre Cornelio, que tuvo el tiempo justo de protegerse detrás de la mesa y evitar el primer golpe.

Gryfus blandía su gran cuchillo y profería obscenas amenazas.

Cornelio, al advertir que aunque fuera del alcance del cuchillo podía arrojárselo desde lejos, sin perder tiempo, y con el palo que por fortuna había conservado, descargó un fuerte golpe sobre la mano de Gryfus que sostenía el cuchillo.

El arma cayó al suelo e inmediatamente Cornelio le puso el pie encima.

Luego, como Gryfus parecía decidido a entablar una lucha sin cuartel, que el dolor del golpe y la vergüenza de haber sido desarmado podían convertir en lucha sangrienta, Cornelio se decidió a intervenir y apaleó a su carcelero, eligiendo a placer el sitio donde golpeaba.

Gryfus, pidió, al fin, perdón.

Pero sus fuertes quejidos fueron oídos, alertando a todos los empleados de la fortaleza. Dos guardallaves, un inspector y algunos soldados se presentaron en el acto, sorprendiendo a Cornelio con el palo levantado y el cuchillo bajo el pie.

Con la irrupción imprevista de aquellos testigos del atentado, cuyas circunstancias, como hoy se diría, eran desconocidas, Baerle se consideró perdido.

Todas las apariencias le acusaban.

Le desarmaron al momento y Gryfus contó rugiendo de rabia los cardenales que le había ocasionado el brujo, como él le llamaba, y que formaban una especie de colina de tumores jaspeados.

Se instruyeron las diligencias oportunas, quedando probada la violencia ejercida por el reo sobre el carcelero. El sumario, espoloneado por Gryfus, marchaba a gran velocidad; se acusaba a Baerle, nada menos que de una tentativa de asesinato y de acto de rebelión a la autoridad.

Después de instruirse las diligencias contra Cornelio, y tras prestar declaración Gryfus, los guardianes acompañaron a éste hasta su habitación. Tenía el cuerpo lleno de morados y se quejaba amargamente.

Los guardias que detuvieron a Cornelio le instruyeron respecto a los usos y costumbres de Loewestein, de los que él dijo estar tan enterado como ellos, puesto que le habían leído el reglamento al entrar en la prisión por primera vez.

Le contaron además la forma en que había sido aplicado este reglamento a un prisionero llamado Matías, que en 1668 había cometido un acto de rebelión mucho menos grave que el suyo.

Un día que encontró excesivamente caliente la sopa del rancho, la arrojó al rostro del jefe de los guardianes, al cual como consecuencia de aquello se le fue cayendo la piel a tiras.

Doce horas después de haber cometido aquel hecho, Matías fue sacado de la prisión y llevado al cuarto de guardia, donde inscribieron su nombre en el libro de salidas. Después, le condujeron a la explanada y al llegar allí le ataron las manos, le vendaron los ojos y le mandaron arrodillarse.

Doce tiradores de Loewestein, a una señal del sargento, le introdujeron con gran acierto doce balas en el cuerpo.

Matías murió al instante.

Cornelio, después de oír atentamente este desagradable relato comentó:

—¿Doce horas después le fusilaron?

—Sí, creo que no había dado aún la duodécima campanada —añadió el narrador.

—Gracias —dijo Cornelio.

En aquel momento, cuando pendía aún de los labios del guardia, la sonrisa con que había rematado su narración, se oyeron pasos en la escalera.

Unas espuelas chirriaban por los gastados peldaños.

Los guardias se apartaron para dejar paso a un oficial.

Su presencia se producía en el momento en que el escribano de Loewestein estaba extendiendo el sumario.

—¿Es ésta la celda número once? —preguntó.

—Sí, capitán —respondió el teniente.

—¿Entonces, es aquí donde está el prisionero Cornelio Baerle?

—Sí, mi capitán.

—¿Dónde está el prisionero?

—Aquí me tenéis, capitán —dijo Cornelio palideciendo, pero mostrándose valeroso.

—¿Sois vos el señor Cornelio Baerle? —le preguntó.

—Sí, señor.

—Entonces, tened la bondad de seguidme.

—¡Cielos! —exclamó Cornelio sintiendo ya las agonía de la muerte—; qué de prisa se procede en la fortaleza de Loewestein. ¡Aquel insensato que me había dicho que tardaría doce horas!

—¿Qué os dije yo? —murmuró el guardia historiador al oído de Cornelio.

—Una mentira.

—¿Cómo?

—Me habíais dicho doce horas.

—Cierto, pero os mandan un ayudante de Su Alteza, uno de sus más fieles servidores, el señor Deken. ¡Oh!, no se dispensó tanto honor al pobre Matías.

—Vamos, pues —dijo Cornelio respirando con fuerza—. ¡Sea!, demostraremos a esas gentes cómo un ahijado de Cornelio Witt puede recibir tantas balas como ese Matías sin acobardarse.

Y, tranquilamente, pasó ante el escribano, quien, viéndose interrumpido en el ejercicio de sus funciones se aprestó a decir al oficial.

—¡Pero capitán Deken, el sumario no está concluido aún!

—No es necesario que lo acabe —contestó el oficial, secamente.

—Está bien —dijo el funcionario judicial, guardando resignadamente los papeles y la pluma en una vieja y sucia cartera.

—Está escrito —murmuró con pesar Cornelio—, que no podré traspasar mi nombre a un hijo, a una flor, ni a un libro; esas tres necesidades de las cuales impone Dios realizar al menos una a toda persona dotada, en la tierra, de la propiedad de un alma y del usufructo de un cuerpo.

Y siguió al oficial, con paso firme y con la cabeza erguida.

Cornelio iba contando los peldaños que llevaban a la explanada, lamentando no haberse informado por el guardia sobre la cantidad de ellos que había; seguro que aquel guardia historiador le hubiera complacido.

El prisionero, al recorrer aquel trayecto que

suponía el último viaje de su vida, hubiera detestado en aquel momento tropezarse con Gryfus y, por contra, le hubiera complacido enormemente poder contemplar por última vez el rostro de su Rosa querida. Era fácil imaginarse a ambos; ¡qué satisfacción reflejaría la cara del padre! ¡Qué dolor el rostro de la hija!

¡Cómo gozaría Gryfus con aquel martirio!, feroz venganza de una acción punible que Cornelio había realizado con la tranquilidad y la conciencia de haber cumplido con su deber.

En cuanto a Rosa. ¡Oh, si no podía ver a su amada, si moría sin darle el último beso, sin decirle adiós siquiera!

Iba, en fin, a morir sin saber nada de su gran tulipán negro, y a despertar en el otro mundo sin saber adonde mirar para encontrarle. Para no llorar entonces, el cultivador de tulipanes tuvo que hacer un sobrehumano esfuerzo por retener sus lágrimas.

Cornelio llegó a la explanada sin haber visto ni a Rosa ni a Gryfus.

La decepción de no ver a su amada se compensaba en parte por el placer de no haber tenido que soportar la visión del carcelero.

Al llegar a la explanada, Cornelio buscó con la vista a los guardias que debían fusilarle y vio, efectivamente, a una docena de ellos reunidos y conversando. No llevaban mosquetes y ni siquiera estaban formados.

Más que conversar, parecían estar cuchicheando; actitud que Cornelio consideró indigna de la formalidad que debe presidir semejantes actos.

Mientras tanto Gryfus, que apenas podía tenerse de pie, había salido a rastras de su habitación. Había concentrado en una última mirada de odio todo el fuego de sus grises ojos de felino y dirigió al reo abominables imprecaciones hasta el extremo que éste tuvo que avisar al oficial.

—¿Señor, está bien que consintáis que se me ultraje de esta manera en las circunstancias actuales?

—Este pobre hombre está en su perfecto derecho a odiaros, ya que le habéis molido a palos —dijo el oficial riendo.

—Sí, pero actué en legítima defensa.

—¡Bah...! —exclamó el oficial moviendo los hombros en un gesto expresivamente filosófico—. Dejad que se desahogue, total ¿qué os importa ya?

Un sudor frío perló la frente de Cornelio al oír aquella respuesta, que consideró totalmente gratuita, tanto más cuanto que procedía de un oficial que, según le habían dicho, era muy estimado por Su Alteza.

Cornelio al ver que no debía abrigar ninguna esperanza de salvación, acabó resignándose.

—¡Está bien! —dijo inclinando la cabeza—. Más injurias sufrió Cristo que era también inocente, y en cambio él se hubiera dejado apalear por su carcelero sin ofrecer la menor resistencia.

Dirigiéndose entonces al oficial, que parecía complacido en observar aquella escena, le preguntó:

—Pero vamos a ver, caballero, ¿adónde me lleváis?

El oficial le indicó una carroza conducida por cuatro caballos, que le hizo recordar otra de igual que había visto en el Buytenhoff en circunstancias análogas.

—Subid —le dijo.

—¡Ah! Entonces, no me conceden el honor de morir en la explanada —exclamó Cornelio en voz alta para que pudiese ser oída por el guardia que le había referido el caso de Matías.

Al sentirse aludido, el citado guardián se vio

en la obligación de darle nuevas explicaciones y aprovechando que el oficial, con el pie en el estribo daba algunas órdenes, le dijo desde la portezuela en voz baja:

—En ocasiones conducen a los sentenciados a su ciudad de origen, para mayor ejemplaridad. Los ejecutan ante la puerta de su casa. Hay precedentes.

Cornelio le agradeció la explicación con un movimiento de cabeza, al tiempo que pensaba: «He ahí a un individuo siempre dispuesto a dar consuelo, ciertamente le tengo que estar muy agradecido.»

El carruaje se puso en marcha.

—¡Ah!; ¡traidor!; ¡infame! —gritó desde lejos Gryfus, alzando el puño amenazador hacia su víctima a la que no había podido maltratar debidamente.

—¡Y además se marcha sin devolverme a mi hija!

«Si me conducen a Dordrescht —pensó Cornelio—, al pasar por delante de mi casa veré el estado en que han quedado mis plantaciones de flores.»

30. Donde se vislumbra el suplicio al que iba conducido Cornelio Baerle

El carruaje que conducía a Cornelio no se detuvo en todo el trayecto. Dejó Dordrescht a la izquierda y atravesó Rotterdam, llegando hasta Delft. A las cinco de la tarde los viajeros llevaban recorridas unas veinte leguas, aproximadamente.

Durante el viaje el prisionero hizo algunas preguntas al oficial que le servía de vigilante y al mismo tiempo de acompañante; pero aunque hechas con comedida circunspección quedaron sin respuesta.

Cornelio echó de menos a aquel guardián tan complaciente que le contó la historia de aquel preso sin que le preguntasen.

El le hubiera dado seguramente explicaciones pormenorizadas y graciosas de aquella situación por la que estaban pasando, como antes lo había hecho con el caso de Matías.

Cornelio ignoraba lo sucedido en Haarlem, pero el lector tiene derecho a saber, antes que el protagonista de esta historia, qué había sido de Rosa y del tulipán.

Dejamos a la joven con la flor en el momento en que el príncipe Guillermo de Orange salía de la casa del presidente Systens.

Rosa no había vuelto a recibir noticias del Estatúder, hasta que fue de nuevo llamada ante su presencia.

Avisada por un oficial del príncipe para que se presentara en el Parlamento de la ciudad, la joven acudió al instante y se encontró a Su Alteza escribiendo en el salón de Deliberaciones.

Estaba solo, con un lebrel de Frisa tendido a sus pies. El perro contemplaba a su amo con atención, como si el fiel animal pretendiera adivinar su pensamiento.

El príncipe prosiguió en su tarea durante un breve rato, pasado el cual alzó su vista y al ver a Rosa, allí de pie, ante la puerta, le dijo sin dejar de escribir:

—Acercaos, señorita.

Rosa acortó la distancia que le separaba del príncipe.

—Monseñor —murmuró la joven deteniéndose.

—Está bien; sentaos.

Rosa obedeció, porque Guillermo de Orange estaba mirándola; pero apenas éste volvió a fijar la vista en el papel se apartó de nuevo.

El príncipe concluyó su carta.

Entretanto, el perro se había aproximado a Rosa y la estaba olfateando.

—¡Ah! —exclamó Guillermo—. Ya sabe que es una compatriota suya.

Luego, dirigiéndose a Rosa y poniendo en ella su mirada escrutadora y a la vez lejana, le dijo:

—Veamos, hija.

El príncipe no tenía más de veintitrés años y Rosa aparentaba estar entre los dieciocho o veinte, y sin embargo la llamaba hija cuando mejor hubiera debido llamarla hermana.

—Hija mía —continuó con un tono imponente que helaba los corazones—, nos encontramos solos. Podéis hablar libremente.

Rosa temblaba de pies a cabeza, a pesar de que el rostro del príncipe no podía ser más benévolo.

—Monseñor —murmuró tímidamente la joven.

—¿Tenéis a vuestro padre en Loewestein, no es cierto?

—Sí, monseñor.

—Y, ¿le tenéis afecto?

—No, señor; por lo menos todo el que una hija debería sentir por su padre.

—Malo es no amar a un padre, hija mía; pero es meritorio no engañar a un príncipe.

Rosa inclinó la cabeza.

—¿Por qué causa no amáis a vuestro padre?

—Porque no es buena persona.

—¿Y de qué modo revela su maldad?

—Maltratando a los prisioneros.

—¿A todos?

—A todos por un igual.

—Pero ¿no le acusáis de maltratar a algunos más que a otros?

—Mi padre maltrata especialmente a Cornelio Baerle.

—¿A quien vos amáis...?

Rosa retrocedió un paso y contestó con orgullo:

—Sí, monseñor.

—¿Desde hace mucho tiempo?

—Desde el instante en que le vi.

—¿Y cuándo fue eso?

—Al día siguiente de ser asesinados los hermanos Juan y Cornelio Witt.

Los labios del príncipe se contrajeron, su frente se tensó y sus párpados cerraron por un momento su mirada. Después de una pequeña pausa, siguió preguntando:

—¿Pero qué sacáis con amar a un hombre destinado a ser carne de presidio toda su vida?

—Si vive y muere en una prisión, monseñor, yo le ayudaré a bien vivir y a bien morir.

—¿Llegaríais incluso a casaros con el prisionero?

—Sería la más feliz y la más dichosa de las mujeres siendo la esposa del señor Baerle; pero...

—¿Pero qué?

—No me atrevo a decirlo, mi señor.

—Por el tono de vuestra voz deduzco que abrigáis alguna esperanza. ¿En qué confiáis?

Rosa abrió sus hermosos ojos y los posó en el príncipe. Aquellos ojos reflejaban tan penetrante inteligencia, que encontraron el camino de la clemencia que dormía en el fondo de aquel corazón sobrio, con un sueño semejante a la muerte.

—¡Oh! Ya comprendo.

Rosa se sonrió y juntó sus manos.

—¿Tenéis confianza en mí? —preguntó el príncipe.

—Sí, monseñor.

—¡Bien!

El príncipe cerró la carta que había terminado de escribir, y llamando a uno de sus oficiales, le dijo:

—Señor Deken, llevad a Loewestein este mensaje; leed las órdenes que doy al gobernador y cumplidlas al pie de la letra.

El oficial saludó y momentos después resonaba bajo la bóveda de la casa el galope de un caballo.

—Hija mía —prosiguió el príncipe—, la fiesta del tulipán es el domingo, y el domingo es pasado mañana. Tomad esos quinientos florines para embelleceros, porque deseo que ese día sea para vos el mejor de los mejores.

—¿Cómo agradaría a Vuestra Alteza que me vistiera?

—Como se visten las jóvenes de Frisa cuando van a casarse. Ese traje os sentará muy bien.

31. *Haarlem*

Haarlem es una hermosa ciudad holandesa que con razón puede enorgullecerse de ser una de las ciudades mejor cuidadas del reino.

Mientras otras ciudades ponían todo el acento en destacar por la esplendidez de sus arsenales, sus carreteras, sus almacenes, sus pajares, Haarlem se vanagloriaba de ser la primera con el mayor número de árboles, destacando por sus paseos sombreados, sobre los que se entrelazaban, formando una continua bóveda, las ramas de las encinas, de los tilos y de los castaños.

Haarlem, al advertir que Leyden, su vecina, y Amsterdam, su reina, se inclinaban, la primera por las ciencias y la segunda por el comercio, decidió hacerse una ciudad agrícola, o mejor dicho ajardinada de flores.

Y, efectivamente, al estar bien resguardada, bien ventilada y bien caldeada por el sol, ofrecía a los jardineros unas ventajosas seguridades respecto a cualquier otra ciudad.

Al mismo tiempo, poco a poco, habían ido estableciéndose en Haarlem todos los espíritus sensibles que sentían amor por la tierra y por sus frutos. En Rotterdam y en Amstedam, se habían afincado gentes inquietas, amantes de los viajes y del comercio, y en La Haya todos los políticos y los amigos de los placeres.

Leyden había sido conquistada por los sabios; Haarlem se aficionó por las cosas apacibles, por la música, la pintura, por los jardines, los prados, bosques, flores, y en especial por los tulipanes.

Haarlem organizaba concursos para premiar los mejores tulipanes, y a esto se debe que hayamos podido citar el que el día 15 de mayo de 1673 se organizaría para premiar el gran tulipán negro.

Ya hemos dicho más de una vez, que este premio estaba dotado con la importante suma de cien mil florines.

Haarlem, haciendo gala de su especialidad, resaltaba una vez más su predilección por las flores en general y por los tulipanes en particular; Haarlem, haciendo florecer el ideal de sus pretensiones, pudo lograr el honor de conseguir por vez primera el gran tulipán negro; Haarlem, la hermosa ciudad, poblaba de árboles en un claroscuro de sombra y de luz, había decidido celebrar aquel magno acontecimiento con una fiesta que permaneciera indeleble en la memoria de los hombres.

Holanda es el país de las fiestas; jamás una naturaleza tan perezosa desplegó tanta actividad bulliciosa como la que hacían gala los republicanos de las Siete Provincias en cuanto a fiestas, cosa que testimonian los cuadros de los dos Taniers.

Haarlem se hallaba regocijada por un motivo poderoso; tenía que celebrar una festividad triple: en primer lugar, había sido descubierto el tulipán negro; en segundo lugar, el príncipe Guillermo asistiría a la ceremonia como otro holandés más; y por último, era un honor para los Estados poder demostrar a los franceses que, después de una guerra tan desastrosa como la de 1672, los cimientos de la república Bátava se mantenían tan firmes que podían permitirse el lujo de bailar al compás que marcaban los cañonazos de la flota armada.

La Sociedad de Floricultura de Haarlem se había mostrado a la altura de los acontecimientos cuando decidió pagar doce mil florines por un bulbo de tulipán. La ciudad no había querido tampoco desaprovechar la ocasión de lucirse y había votado una suma igual para los gastos de celebración calculados para ese día.

Consiguientemente, el domingo indicado para tan solemne festividad, era tal el gentío y tanto el entusiasmo, que inspiraba verdadera admiración el carácter de aquellos honrados holandeses capaces de gastar su dinero lo mismo en la construcción de un navío destinado a combatir al enemigo y a sostener el honor de la nación, que en recompensar la invención de una flor, de vida efímera, condenada a entretener durante un solo día a mujeres, sabios y demás curiosos.

A la cabeza de los notables de la Sociedad de Floricultura iba su presidente, el señor Systens, luciendo su más elegante traje. Había hecho todos los esfuerzos imaginables por presentarse con un vestido a tono con su flor predilecta. La presencia sombría y severa de aquel vestido llamaba poderosamente la atención. Negro azabache, terciopelo de escabiosa, seda de pensamientos y una camisa impecable; tal era la indumentaria del señor Systens, que, al frente de su comité llevaba un gran ramillete en la mano, parecido al que ciento veintiún años más tarde vistió Robespierre en la fiesta del Ser Supremo; pero el presidente de la Sociedad de Floricultura, en vez del corazón henchido de odio y de la ambición desenfrenada del tribuno francés, abrigaba en su pecho nobilísimos sentimientos, tan inocentes como la más inocente de las flores que llevaba en su mano.

Coloreados como un florido prado, perfumados como una primavera, iban tras del comité los cuerpos facultativos de la ciudad: los magistrados, los militares, los nobles y los plebeyos.

El pueblo se agolpaba en la calle situándose en los mejores sitios para poder ver y... también para prever. Es el pueblo que espera que termine el desfile para tener de qué hablar y, en ocasiones para saber también qué hacer.

Esta vez no se trataba del triunfo de Pompeyo ni del de César; no se celebraba la derrota de Mitrídates ni la conquista de las Galias.

La comitiva se asemejaba a un rebaño de ovejas, y era inofensiva como una bandada de pájaros.

Haarlem no tenía más héroes que sus jardineros. Amando las flores, Haarlem divinizaba al cultivador florista.

En medio de aquel pacífico y perfumado cortejo destacaba el tulipán negro, que era llevado sobre unas andas cubiertas de terciopelo blanco con galones de oro. La llevaban cuatro hombres y de trecho en trecho eran relevados por otros cuatro, como hacían en Roma los que desde Etruria llevaban a la madre Cibeles al sonido de los clarines y en medio de las aclamaciones de todo un pueblo.

Aquella exhibición del tulipán era el tributo de un pueblo inculto y sin gusto al gusto y a la cultura de los jefes célebres y bondadosos que derramaron su sangre en el cenagoso pavimento del Buytenhoff y cuyos nombres fueron inscritos, después, en las más bellas piedras de los panteones: los hermanos Witt.

Se había decidido que el príncipe entregase personalmente el premio de los cien mil florines y que fuese él quien pronunciara el discurso de inauguración, cosa que interesaba tanto a sus amigos como a sus enemigos, ya que en estos actos es donde unos y otros desean siempre exhibir un rayo de luz de su pensamiento.

En resumen, había llegado el tan deseado día 15 de mayo de 1673 y el vecindario de Haarlem y de los pueblos adyacentes estaba ya situado a lo largo y ancho de las hermosas avenidas de árboles, con el propósito de no aplaudir por una vez siquiera a los conquistadores de la guerra sino a los de la Naturaleza. El pueblo aplaudió regocijado a Systens, luego a las corporaciones y finalmente se aplaudió a sí mismo. Además tributó aplusos, justos por cierto, a la música que lanzaban al aire los alegres sones de la banda de la ciudad.

Tras contemplar el tulipán negro, todas las miradas confluyeron en su descubridor.

Este, que debía ser presentado después del discurso del presidente Systens, causaría seguramente más impacto incluso que la presencia del mismo Estatúder.

De aquella memorable jornada hay que resaltar, en especial, el personaje, cuidadosamente peinado y vestido con un traje color escarlata, cuyo color hacía resaltar su cabello negro y su tez amarillenta, que iba entre los individuos del comité de la Sociedad de Floricultura.

Aquel brillante triunfador, aquel héroe del día, cuya presencia haría olvidar el discurso de Systens y la presencia del Estatúder era Isaac Boxtel, que iba situado entre el tulipán negro, a su derecha, y la espaciosa bolsa que contenía los cien mil florines en relucientes monedas de oro, a su izquierda, y que bizqueaba para no perder de vista ni a uno ni a otra.

A veces, Boxtel, adelantaba el paso para rozar sus codos con Systens, tomando un poco del valor ajeno para formar el suyo propio, del mismo modo como robó el tulipán a Rosa para alcanzar gloria y provecho.

Sin embargo, de vez en cuando, Boxtel dejaba por un momento el tulipán y la bolsa, y dirigía una tímida mirada a la multitud, temeroso de descubrir entre ella el pálido semblante de la hermosa Rosa, cuya sola presencia hubiera turbado su alegría, lo mismo que la sombra de Banquo turbó el festín de Mackbet. Aquel canalla, que había escalado un muro y subido a la ventana de su vecino para introducirse en su casa; que había violado el aposento de Rosa, entrando en ella con una llave falsa; que había robado la gloria a un hombre y la dote a una mujer, no se consideraba un ladrón.

Había vigilado con tanta perseverancia aquel tulipán, lo había perseguido tan vehementemente desde el cajón donde lo guardaba Cornelio en el invernadero, hasta el patíbulo del Buytenhoff, y desde allí a la fortaleza de Loewestein; le había visto nacer y desarrollarse con tanta delectancia; había tan frecuentemente calentado con su aliento el aire que le rodeaba, que nadie debía tener más derechos que él. Pero por fortuna no vio a Rosa.

El cortejo se detuvo en el centro de un gran espacio circular en torno al cual los árboles se engalanaban con guirnaldas y pancartas. La música inundó de alegres sones el aire, y las jóvenes de Haarlem se ofrecieron para escoltar al tulipán hasta el sitio reservado para tan magno acontecimiento, situado al lado del sillón de Su Alteza el Estatúder.

El tulipán, colocado en su pedestal, no tardó en presidir a toda la concurrencia allí reunida, que al verle atronó el espacio con sus aplausos de entusiasmo.

32. *Súplica postrera*

En aquel solemne momento, cuando los aplausos tributados a la flor eran más estruendosos, un carruaje pasaba por el camino que lindaba con el bosque, y reducía su marcha para evitar a los chiquillos que invadían el camino.

En aquel carruaje lleno de polvo, que rechinaba sobre sus ejes, iba el infortunado Cornelio Baerle, quien contemplaba el espectáculo descrito anteriormente, desde la portezuela abierta.

La muchedumbre, el ruido, la eclosión de colores, deslumbraron al prisionero como un relámpago que hubiera penetrado en su calabozo.

Pese a lo reacio que estuvo su guardián acompañante para responderle cuando le preguntó acerca de su propia muerte, se aventuró a preguntarle sobre el significado de tanto movimiento y ruido.

—¿Qué sucede, señor teniente? —preguntó Baerle al oficial encargado de su escolta.

—Es una fiesta —respondió lacónicamente el oficial.

—¡Ah, es una fiesta! —dijo Cornelio con un tono de indiferencia típico de quien desde hace mucho tiempo se ve privado de felicidad.

Cuando el carruaje había andado algunos metros, volvió a preguntar:

—¿Se trata de la fiesta del patrono de Haarlem?, porque veo muchas flores.

—Se trata de una fiesta en que las flores desempeñan el papel principal.

—¡Oh, qué agradables perfumes!; ¡qué hermosos colores! —exclamó Cornelio.

—Deteneos para que este caballero pueda ver el espectáculo —ordenó el oficial al conductor, motivado por uno de esos impulsos de compasión que con frecuencia experimentan los militares.

—Gracias por vuestra bondad, señor —dijo Baerle—; pero es una triste alegría a veces ver como gozan los demás. Os ruego que me dispenséis presenciar este espectáculo.

—Como queráis. Sigamos adelante. Había dado orden de parar el carruaje porque me pareció oír que me lo pedíais, y además, porque tenéis fama de ser persona muy aficionada a las flores, y en especial de estas cuya fiesta se celebra hoy.

—¿De qué flores se celebra hoy la fiesta?

—De los tulipanes.

—¡De los tulipanes! —exclamó Baerle exaltado—. ¿Se celebra la fiesta de los tulipanes, decís?

—Sí, señor; pero ya que este espectáculo os entristece, prosigamos la marcha.

Y el oficial ordenó poner en marcha al carruaje.

Cornelio le detuvo; acababa de ocurrírsele una idea terrible.

—Caballero —preguntó temblándole la voz de emoción—. ¿Acaso es hoy el día de la entrega del premio?

—Del premio del tulipán negro, sí, señor.

Las mejillas de Cornelio enrojecieron; su cuerpo se estremeció de arriba abajo y su frente se bañó de sudor.

Luego al pensar que sin él ni su tulipán allí presente la fiesta resultaría probablemente un frasaco, dijo:

—¡Ah! Todas esas buenas gentes se verán en parte defraudadas al no poder contemplar la belleza de la flor a la que han sido invitados.

—¿Qué decís, caballero?

—Digo —contestó Cornelio recostándose en el interior del carruaje—, que el tulipán negro jamás será realizado por nadie, excepto por una persona que conozco.

—En ese caso, caballero —dijo el oficial—, esa persona a que aludís lo ha encontrado ya, porque lo que todo Haarlem está admirando en este momento es precisamente esa flor.

—¡El tulipán negro! —exclamó Baerle sacando la mitad del cuerpo fuera de la portezuela del carruaje—. ¿Dónde está la flor?

—Miradla allá, en el trono; ¿la veis?

—Sí, sí.

—Vamos, caballero —dijo el oficial—; es tarde, necesitamos seguir nuestro camino.

—¡Oh! ¡Por favor, piedad caballero! —suplicó Baerle—. Detengámonos; permitid que lo contemple un segundo más. ¿Lo que estoy viendo allí es el tulipán negro...?, ¿es posible?, ¿lo habéis visto vos? Seguramente tendrá manchas o será imperfecto, o acaso esté sólo teñido. Si estuviera allí lo sabría en seguida; permitid que me acerque, por favor.

—¿Habéis perdido el juicio, caballero? ¿Acaso pensáis que estoy capacitado para hacerlo?

—Os lo ruego.

—¿Es que habéis olvidado que estáis aquí en calidad de preso?

—No, no lo olvido; pero soy hombre de honor,

y por mi honor os juro que no intentaré escaparme; ¡dejadme ver la flor!

—Pero ¿y mi deber de soldado, caballero?

El oficial hizo un nuevo ademán para ordenar al soldado que reanudara la marcha.

Cornelio volvió a detenerle.

—¡Oh, tened piedad! ¡Mostraos generoso; toda mi vida depende ahora de un impulso de vuestra compasión! ¡Ay! Mi vida no es ya muy larga y no sabéis cuánto sufro, caballero; no podéis imaginaros las dudas que hay en mi cabeza y en mi corazón; porque si ese tulipán fuese el mío —prosiguió Cornelio con desesperación—; si fuese el que han robado a Rosa... ¡ay, caballero! ¿Comprendéis lo que es haber descubierto por vez primera el tulipán negro? ¿Lo habéis visto un momento; esa obra prodigiosa del arte y de la naturadeza; y perderlo, perderlo para siempre? ¡Oh! Necesito bajar, es necesario que lo vea de cerca; después podéis matarme si queréis, pero debo verlo, lo veré.

—Callad, infeliz; entrad en seguida al carruaje porque la escolta de Su Alteza el Estatúder dentro de un momento va a cruzarse con la nuestra, y si el príncipe advirtiera algún escándalo, nos perderíamos vos y yo.

Baerle, para no perjudicar a su guardián entró en el interior del coche; pero no permaneció quieto medio minuto siquiera; y apenas habían pasado los primeros jinetes de la escolta del Estatúder, se asomó de nuevo a la portezuela y gritando dirigió una súplica al príncipe Guillermo de Orange cuando éste pasaba a su altura.

Guillermo, con la impasibilidad que le caracterizaba, se dirigía a la plaza para presidir la fiesta. Llevaba en la mano un rollo de vitela, que en aquella solemnidad desempeñaba las funciones de bastón de mando.

Al ver el Estatúder a aquel hombre que gesticulaba y gritando le suplicaba, reconociendo tal vez al oficial que le acompañaba, se detuvo cerca del carruaje donde iba Baerle.

—¿Qué sucede? —preguntó el príncipe al oficial, que al ver al Estatúder se había apeado y con mucho respeto se le iba acercando.

—Monseñor —respondió—, es el prisionero de Estado que por una orden vuestra he ido a buscar a Loewestein y que cumpliendo vuestros propios deseos conduzco a Haarlem.

—¿Y qué desea?

—Ruega insistentemente que se le permita detenerse aquí un momento.

—¡Para ver el tulipán negro, monseñor! —añadió suplicante Baerle—. Cuando lo haya visto y sepa lo que debo saber, moriré tranquilo; pero moriré bendiciendo a Vuestra Alteza misericordiosa, medianera entre la divinidad y yo; a Vuestra Alteza, que habrá permitido que mi obra al fin, sea glorificada como se merece.

Era realmente un curioso espectáculo el que ofrecían aquellos dos hombres hablando de portezuela a portezuela de sus respectivos carruajes ante la expectación de los guardias que los rodeaban; el uno omnipotente, el otro un derrotado; el uno a punto de subir las gradas de un trono, y el otro a subir las del cadalso.

Guillermo de Orange miró fríamente a Cornelio y escuchó su vehemente súplica.

Entonces, dirigiéndose al oficial, le dijo:

—¿Este prisionero es el rebelde que intentó dar muerte a su carcelero en Loewestein?

Cornelio suspiró profundamente e inclinó la cabeza. Su semblante enrojeció y palideció casi al mismo tiempo. Aquellas palabras del príncipe que nada ignoraba, dotado de una infabilidad casi divina, y que por un mensajero secreto e invisible se había enterado ya de su crimen, eran presagios no sólo de un castigo más severo sino también de una negativa para ver la flor.

No intentó luchar ni defenderse, y ofreció al príncipe el espectáculo de una desesperación lo suficientemente expresiva para un corazón y un alma tan grandes como los de quien lo presenciaba.

—Permitid que el reo se apee —ordenó el Estatúder—, y que contemple el tulipán negro, digno, por su parte, de ser visto por todo el mundo una vez siquiera.

—¡Oh, oh, monseñor! —exclamó Cornelio sin caber en sí de alegría y vacilando emocionado en el estribo del carruaje.

Estuvo a punto de caerse, y a no ser por el oficial que se aprestó a ofrecerle una ayuda, sosteniéndole, el pobre Cornelio habría dado las gracias a Su Alteza de bruces, con la frente en el suelo.

Tras otorgar aquella pequeña merced, el príncipe reanudó su marcha rodeado de entusiastas aclamaciones.

Momentos después, el príncipe Guillermo de Orange ocupaba su sillón en el estrado, mientras que a lo lejos podía oírse el estampido de las lombardas.

33. *Apoteosis*

Cornelio Baerle, algo repuesto de la emoción de poder contemplar de cerca al tulipán, se acercó, acompañado de cuatro guardias que le abrían paso entre la multitud, a la maravillosa flor. La contempló a seis pasos y aspiró sus perfumes. La admiró detrás de un grupo de jóvenes muchachas que rodeaban a aquella reina de nobleza y de pureza. Y, sin embargo, cuanto más se convencía por sus propios ojos de la perfección de su tulipán, más sentía rompérsele el corazón. Buscaba en torno suyo a alguien a quien dirigir una sola pregunta; pero sólo veía personas desconocidas, cuya atención estaba fija en el trono sobre el que acababa de sentarse el Estatúder.

Guillermo de Orange miró tranquilamente a la muchedumbre gozosa y sus ojos penetrantes se fijaron en los extremos de un triángulo cuyos lados lo formaban tres situaciones humanas detentadas por tres personas distintas.

En uno de aquellos ángulos se encontraba, trémulo, Boxtel, lleno de impaciencia y devorando con la mirada al príncipe, la bolsa que contenía los florines, el tulipán negro y la multitud.

En el otro ángulo se hallaba Cornelio, agitado interiormente, mudo y sin ojos, ni vida, ni corazón, ni amor, más que para el tulipán negro, al cual él había concebido su existencia.

Por último, en el tercer ángulo, de pie sobre una grada y entre las vírgenes de Haarlem, se hallaba una hermosa frisona vestida con el traje típico de Frisa bordado en plata y cubierto de encajes, tocada con un brillante casco de oro.

Aquella frisona era Rosa Gryfus, que, desfallecida y con los ojos llenos de lágrimas, se apoyaba en el brazo de uno de los oficiales de Guillermo de Orange.

Al ver el príncipe que el pueblo allí congregado estaba esperando a que hablase, desenrolló lentamente el papel de vitela que tenía en la mano y con voz tranquila y clara, aunque débil, dijo:

—Ya conocéis el objeto por el que habéis sido convocados aquí. La Sociedad de Floricultura de Haarlem había ofrecido un premio dotado con cien mil florines a quien descubriese el tulipán negro, esa maravilla de Holanda que podéis contemplar ahora con vuestros propios ojos. La extraordinaria flor ha sido creada cumpliendo todos los requisitos exigidos en el programa de la citada Sociedad. La historia de su nacimiento y el nombre de su autor quedarán escritos con letras de oro en el libro de la ciudad. Ordenad que se acerque hasta aquí la persona propietaria del tulipán negro.

Y al pronunciar estas palabras, el príncipe, con el fin de juzgar el efecto que iban produciendo, recorría con su tranquila mirada los tres ángulos de aquel triángulo imaginado.

En un ángulo vio a Boxtel, agitándose en su grada.

En el otro observó a Cornelio haciendo un movimiento de avance involuntario. Y, finalmente, en el último ángulo, vio al oficial que cuidaba de

Rosa conducir a ésta o mejor dicho, empujarla hacia su trono.

A ambos lados de donde estaba el príncipe se oyó un doble grito que resonó al mismo tiempo en los oídos de los espectadores. Boxtel, aterrorizado, y Cornelio atónito, habían exclamado al unísono:

—¡Rosa, Rosa!

—Este tulipán es el vuestro; ¿no es cierto, muchacha? —preguntó el príncipe.

—Sí, monseñor —tartamudeó emocionada Rosa cuya encantadora hermosura acababa de ser saludaba con un murmullo general de admiración.

«¡Oh! —pensó Cornelio—; entonces, ¿mentía al asegurar que le habían robado el tulipán? Por eso se marchó de Loewestein, siendo burlado por la que creía mi mejor amiga.»

«¡Oh! —gimió por sus adentros Boxtel—, estoy perdido.»

—Este tulipán —siguió diciendo el príncipe—, llevará el nombre de su inventor y será inscrito en el catálogo de flores con el nombre de *Tulipanigra Rosa Baorleinsis*, recibiendo esta denominación de su inventor Baerle, que será en lo sucesivo el nombre de casada de esta joven.

Una vez dichas estas palabras, Guillermo de Orange tomó la mano de Rosa y la puso junto a la de un hombre que, pálido, aturdido y loco de alegría acababa de arrojarse a los pies del trono, saludando simultáneamente a su príncipe, a su futura esposa y a Dios, que, desde su Trono de Suprema Justicia, contemplaba sonriendo la fusión de dos corazones felices.

Al mismo tiempo caía abatido a los pies del presidente de la Sociedad de Floricultura, señor Systens, otro hombre herido por una emoción de signo completamente contrario.

Boxtel, abrumado por el peso de sus esperanzas fallidas, acababa de perder el conocimiento.

Lo levantaron, intentaron reanimarle, pero todo resultó inútil. El envidioso y criminal cultivador de tulipanes Isaac Boxtel, fulminado por el rayo divino, había dejado de existir.

Aquel accidente no impidió que la alegría de la solemne fiesta prosiguiera, pues nadie, empezando por el señor Systens, pasando por los miles de espectadores y acabando por el príncipe Guillermo de Orange lo consideraron lo suficientemente importante.

Cornelio retrocedió asustado, porque acababa de reconocer en el ladrón y falso Jacobo a su vecino Isaac Boxtel, a quien jamás hubiera creído capaz de cometer una infamia como aquélla.

Fue, sin embargo, una suerte para Boxtel que Dios le enviase tan oportunamente su castigo, porque de ese modo se ahorró de testimoniar lo que tan dolorosamente hubiera afectado a su orgullo y avaricia.

Luego, al son de las trompetas y de los clarines, inició la procesión su marcha. Habían cambiado considerablemente las cosas, no obstante, con relación a unos momentos antes; Boxtel había muerto y Rosa y Cornelio iban, como dos vencedores, cogidos de la mano.

Al llegar al Parlamento de la ciudad, el príncipe señaló con el dedo la bolsa que contenía los cien mil florines de oro a la vez que le decía a Cornelio:

—No sé con exactitud quién de los dos se merece este dinero; ya que si vos sois quien ha descubierto el tulipán, Rosa lo ha cuidado y hecho florecer. Además, se trata de un donativo que la ciudad de Haarlem hace al tulipán.

Cornelio escuchaba en silencio porque no había adivinado aún cuál era la intención verdadera del príncipe. Este prosiguió:

—Doy, pues, a Rosa los cien mil florines que creo se ha ganado merecidamente; son el premio a su amor, su entrega y su honradez. En cuanto a vos, caballero, gracias también a Rosa, la cual ha suministrado la prueba contundente que ha permitido vuestra puesta en libertad (al decir esto el príncipe mostró a Cornelio la famosa hoja de la Biblia donde Cornelio Witt había escrito la carta de exculpación de su ahijado, y en la que estuvo envuelto el tercer bulbo), en cuanto a vos, habiéndose comprobado vuestra inocencia, quedáis en libertad y dado que los bienes de una persona inocente no pueden ser confiscados, desde ese instante os quedan restituidos. Caballero Baerle, fuisteis ahijado de Cornelio Witt y amigo de Juan, conservaos digno del nombre que os dio el uno en la fuente del bautismo, y de la amistad que el otro os profesó. Conservad la tradición de las virtudes cívicas de ambos, porque los hermanos Witt, juzgados precipitadamente y castigados con injusticia en un momento de revolución, eran dos perfectos ciudadanos de quienes Holanda entera debe estar orgullosa.

El príncipe, después de este breve discurso que, contra su costumbre, pronunció en un tono de voz conmovida, dio a besar sus manos a los dos jóvenes, que ante él quedaron postrados.

Luego lanzó un suspiro y exclamó:

—¡Ay! ¡Dichosos vosotros que, procurando hacer glorioso el nombre de Holanda y, ante todo, trabajando por su felicidad, no aspiráis a mayores conquistas que las de crear nuevas especies florales!

Dicho esto, el príncipe dirigió una mirada en dirección a las montañas que daban a la parte de Francia, como si en aquella dirección viera formarse nuevas nubes que presagiaran nuevas amenazas, montó de nuevo en su carruaje y se puso en marcha.

EPILOGO

El mismo día de la celebración de la fiesta de los tulipanes, Cornelio Baerle y su amada Rosa partieron hacia Dcrdrescht.

La frisona envió a la anciana Zug, en calidad de embajadora cerca de su padre, para que le informase de lo ocurrido.

El lector que conoce suficientemente el carácter del viejo Gryfus, comprenderá fácilmente la resistencia que éste opondría a tener que reconciliarse con su yerno. No podía olvidar los palos recibidos, los cuales ascendían, según afirmaba, a unos cuarenta; pero acabó por ceder para no mostrarse menos generoso que Su Alteza el Estatúder, según decía.

Convertido en vigilante de tulipanes, con su experiencia de carcelero fue el más temible guardián de flores que hubo en toda Flandes, e inspiraba risa el verle perseguir a las mariposas peligrosas, cazar a los ratones y ahuyentar a las abejas demasiado hambrientas.

Enterado de la historia de Boxtel y furioso por haber sido engañado por el falso Jacobo, destruyó el observatorio que éste se había construido en otro tiempo detrás del simocoro; y el solar de Boxtel, subastado en público, pasó a formar parte del de Cornelio, quien, de este modo pudo ponerse a salvo de los anteojos de Dordrescht en lo sucesivo.

Rosa, cada vez más bella, fue adquiriendo también mayores conocimientos y a los dos años de matrimonio sabía leer y escribir tan a la perfección que pudo encargarse por sí sola de la educación de dos hermosos niños que le nacieron, como tulipanes, en el mes de mayo de 1674 y 1675, respectivamente y que no le proporcionaron tantos disgustos como la célebre flor.

Al ser uno varón y otro hembra fueron bautizados con los nombres de Cornelio y Rosa.

Baerle se mantuvo fiel a Rosa como lo había sido a sus tulipanes, y toda su vida la empleó en procurar la felicidad de su mujer y en el cultivo de las flores, cultivo que le proporcionó grandes compensaciones.

Las dos hojas de la Biblia de Cornelio Witt, en una de las cuales le había ordenado quemar la correspondencia del marqués de Louvois y en la otra donde se legaba a Rosa el bulbo del tulipán negro, constituyen los dos principales adornos del lugar preferente de su casa. Ambas hojas están enmarcadas en oro.

La condición fijada por él al redactar su testamento en la cárcel de Loewestein, de que Rosa se casara con un muchacho agraciado, de veintiséis a veintiocho años, a quien amase y por quien fuese amada, se había cumplido escrupulosamente, aunque sin por ello Cornelio se hubiera muerto, sino todo lo contrario.

Por último para prevenirse contra los envidiosos seres que el futuro pudiese depararle, escribió sobre su puerta estas palabras que Grocio había grabado, antes de fugarse, en la pared de su calabozo.

«Con frecuencia se sufre lo suficiente para no poder afirmar nunca: soy sumamente dichoso.»

Indice